Luís de Camões

Os Lusiadas

卢济塔尼亚人之歌

［葡萄牙］路易斯·德·卡蒙斯
张维民 译

四川文艺出版社

图书在版编目（CIP）数据

卢济塔尼亚人之歌 / (葡) 路易斯 · 德 · 卡蒙斯著 ; 张维民译.
— 成都 : 四川文艺出版社, 2020.1（2021.1重印）
ISBN 978-7-5411-5034-0

Ⅰ. ①卢… Ⅱ. ①路… ②张… Ⅲ. ①诗集－葡萄牙－中世纪
Ⅳ. ①I552.23

中国版本图书馆CIP数据核字（2019）第246922号

LUJITANIYAREN ZHI GE

卢济塔尼亚人之歌

（葡萄牙）路易斯 · 德 · 卡蒙斯　著　张维民　译

出品人　张庆宁
策　划　副本制作文学机构
出版统筹　冯俊华
责任编辑　余　岚　周　轶
责任校对　段　敏
责任印制　桑　蓉
封面设计　Tsui-Shichi　黄　儿
封面原画　欧飞鸿

出版发行　四川文艺出版社（成都市槐树街 2 号）
网　址　www.scwys.com
电　话　028-86259287（发行部）　028-86259303（编辑部）
传　真　028-86259306

邮购地址　成都市槐树街 2 号四川文艺出版社邮购部　610031
排　版　四川最近文化传播有限公司
印　刷　成都东江印务有限公司
成品尺寸　140mm × 203mm　开　本　32 开
印　张　21　字　数　420 千
版　次　2020 年 1 月第一版　印　次　2021 年 1 月第二次印刷
书　号　ISBN 978-7-5411-5034-0
定　价　88.00 元

“最好的东西”

（代前言）

在一个历史的而非半神话的时代里，一个人讲述着，他本人与他的英雄们完全精神相同，最充分地分享着他们的战斗、苦难和胜利，这在文学史上独一无二。……卡蒙斯仍然对得起他的时代和他的民族最好的东西。再没什么能对得起我们时代最好的东西了！

—— 雅各布 · 布克哈特

1. 单眼佬的生平

我们能找到的路易斯 · 德 · 卡蒙斯的生平记载并不充分，细节也不可考证。争夺诗人出生地的城市有多个，较被接受的证据表明他更可能是1524年出生于里斯本的没落小贵族家庭，同一年达伽马在印度逝世，葡萄牙的海外事业从扩张往巩固过渡。三岁时，为逃避瘟疫，诗人全家移居中部的科英布拉，他的叔叔是当地的修道院院长，他在那里长大并进入大学，接受古典和人文教育，学习和享乐上都扎实地用了功。1544年，他回到里斯本，以（贫穷的）贵族和（桀骜不驯的）抒情诗人的形象出入宫廷社交圈子，一说因为爱上宫廷的侍女或/和国王的姐姐，一说因为其剧作影射了前国王曼努埃尔一世，两年后，宫廷的嫌弃使他被迫离开里斯本，成为一名驻守北非的军人，在直布罗陀海峡与阿拉伯人海战时失去了右眼。

再次回到里斯本后，1552年卡蒙斯在街头斗殴时用刀刺伤了一个贵族官员。他自愿去印度“为国王服务”，换得若昂三世的赦免。1553年3月，诗人上了船，目的地是葡属东方殖民地的首府果阿。他与摩尔人和原住民打仗，参加过到红海等地去的远征，欠了债并被拘押；他有一些时间写诗和戏剧，发表议论，包括在匿名的剧作中抨击果阿是不道德和腐烂的。卡蒙斯的昂扬被长官记恨，根据正传，1556年他被派往澳门，担任“处置死者和失踪者事务”的军官，这相当于流放了。1558年他回果阿，途中在湄公河河口遭遇海难，他靠着浮木得救，并且泅水救回《卢济塔尼亚人之歌》的手稿，但没能救回他的中国爱人“Dinamene”。他可能1561年才回到果阿，从贪污指控中获释后，诗人在新总督的照顾下过上一段好日子，参加殖民地的文化建设，集中精力写这部史诗。1567年诗人回葡萄牙，借的钱只够到莫桑比克，又在此地滞留了两年，直到其他回国的朋友们发现了他。1570年

4月，终于回到特茹河口时，他已是穷愁潦倒。

《大不列颠百科全书》指出其寥寥无几的生平记载“限于三种来源：17世纪最初为他作传之人所写的记叙，19世纪发现的少数文件和随后的少量研究，以及他作品中对自己生平的一些极为抽象的暗示，在编年上很难确定”。卡蒙斯将《卢济塔尼亚人之歌》献给国王塞巴斯蒂昂一世，1572年被批准出版，作为回报，他获得了一份数额不多的年金，这似乎主要是给退伍老兵而非诗人的，没能让他免于穷困。诗人没有结婚，从澳门或爪哇开始跟随他的一个仆人“Jau”照顾着他。后者有时要靠街头行乞才能维持主人的生活，不过这很可能是后人的虚构。除了殖民地生活带来的衰老，葡萄牙在马哈赞河之战的灾难性失败也带来了严重刺激，被认为是诗人病倒和在1580年逝世的重要原因。他由行善者埋葬，他的母亲比他活得更长。

据同时代人描述，卡蒙斯中等身材，健壮，有着参差不齐的金色头发。他的墓碑在1775年的里斯本大地震中丢失，1880年，他被移葬到崇高的热罗尼莫斯修道院，旁边是达伽马。人们觉得棺中骸骨不是他本人的。他是文艺复兴时期游历最广的诗人。后世有研究者认为，诗人可能游历了南中国海，可能到过澳门，但不大可能在澳门长住和写作《卢济塔尼亚人之歌》，关于他的中国爱人也受到争议。不过，这些传说仍在东方被构筑成混合着治理术意图的文化形象，白鸽巢公园里的石洞据说是卡蒙斯躲清闲和写作的地方，他的形象印在邮票和纸币上，澳门人称其为贾梅士，民间叫“单眼佬”。

2. 这本书的再版及翻译

我们是四名当代汉语文学的写作者，2016年，我们中的一位在里斯本与张维民先生相遇，成为这一次再版《卢济塔尼亚人之歌》的缘起。经过张先生的首肯、指导和副本制作的组织，我们形成了小组，协助编辑工作，主要负责提出对书稿里一些习语的替换意见，兼顾行文节奏上的推敲。这个烦琐的过程中，先生展现了让后辈感铭于心的严谨和仁厚。受先生之托，我们勉力执笔了这篇代前言。张先生曾在一封信里给我们讲述本书的翻译经过，全文抄录如下：

> 1979年是卡蒙斯逝世四百周年，那时我刚刚从北京第二外国语学院西班牙语专业毕业不久，在外文局转学葡萄牙语。一开始，参加《北京周报》葡语版的创刊，后来参加《中国建设》的出版。外文局的葡语专家安东尼奥·格拉萨·德·阿布列乌是葡语培训班的老师，也负责修改我们为杂志翻译的稿件。他是文学青年，热爱葡萄牙文学，他向葡语组的资深翻译王全礼建议，选译一些卡蒙斯的抒情诗，以纪念这位伟大的葡萄牙文学家。王全礼老师便召集赵鸿瑛、李平和我，由安东尼奥选内容，其中包括一些五七音节诗和《卢济塔尼亚人之歌》的章节选段，我们翻译好之后，大家一起讨论，主要由王全礼做校对修改。1981年，安东尼奥联系到葡萄牙古本江基金会的赞助，由社科院外文所出版了《卡蒙斯诗选》。

这次经历引起我对《卢济塔尼亚人之歌》的兴趣。正好，古本江基金会赠送给《中国建设》葡语版一批葡萄牙文化书籍，其中就有《卡蒙斯全集》。从那时开始，我做了最初的阅读和翻译尝试。

1985年，古本江基会金的理事若泽·博朗克先生来中国访问。在一次同他见面时，我说起有翻译卡蒙斯史诗的想法，得到他支持，同意颁发给我一个奖学金，在葡萄牙解决翻译中遇到的问题。

1986年起，我着手翻译这部史诗，在国内完成了第一章的初稿，增加不少信心。1988年，我得到奖学金来葡萄牙，开始实施这个计划。从语言上说，卡蒙斯的诗是古葡语，许多词汇的意义与今天不同。文化知识上，这部史诗运用了大量的希腊、罗马神话典故，叙述了欧洲和葡萄牙的地理历史、大发现的经过、宗教问题、文艺复兴时期科学上的发现。诗歌的形式上，卡蒙斯通篇用10（11）音节的诗句，为了押韵，将语句的结构打乱，造成理解上的困境。

《卢济塔尼亚人之歌》全书十章，计1102节，每节八句。1993年12月我完成了书稿，1995年由葡萄牙东方基金会赞助，在中国文联出版公司出版。

今天，回想二十五年前这部书的翻译过程，印象深刻的是翻译工作基本上在夜间完成，从晚上九十点开始，到凌晨四五点。我喜欢夜里工作，是因为周围的寂静，可以集中精力。对原文的理解和翻译，其实只是一小半工作，大部分时间是对译文的反复校对和修改，那时还没有电脑，改动全部用手写。修改、誊写，稿纸积在书桌下面。翻译过程中，有登山运动员的感受。不过也并不是非到登顶的时候，才有克服困难后的喜悦。翻译过程中，卡蒙斯的丰富的学识、人文主义情怀、深刻的社会批判、讽刺和幽默、语言的节奏，都给译者难以表达的快感。

翻译是一种阅读，一种学习，一种潜意识在同古人对话，寻找那种于我心有戚戚焉的感觉。有时候，能笑出声。

3. 对阅读的几个建议

《卢济塔尼亚人之歌》使卡蒙斯在后世居于葡萄牙精神国父的地位，理解这一地位的形成过程将帮助我们理解这部史诗。

1139年，葡萄牙在伊比利亚半岛的收复失地运动中独立，到1249年完成本土的收复失地运动时，葡萄牙人已经形成了民族意识，与对阿拉伯人的胜利而催生的弥赛亚热情结合在一起。这个小王国地处沿海地区，难以向内陆扩张，事实上还要对付来自卡斯蒂利亚的兼并威胁，经济则靠渔业和农牧业，贫穷得没有铸造金币的能力。到1415年，开创阿维斯王朝的若昂一世率领舰队渡过直布罗陀海峡，攻占了北非的港口城市休达，开启了大航海时代。之后的一百六十三年，葡萄牙通过海洋扩张迅速实现了历史上未发生过的事情，成为第一个日不落帝国，这被视为对弥赛亚热情的肯定。葡萄牙人有理由相信自己的故事比希腊人（《伊利亚特》）和罗马人（《埃涅阿斯纪》）更值得歌颂，在16世纪，据说出现了四十六种试图呈现这段历史和民族梦想的史诗。在《卢济塔尼亚人之歌》开篇，卡蒙斯即提示我们，他将发明一个诗的新空间，这部史诗要与达伽马竞争，为已经获得尘世荣耀的葡萄牙人争夺神祇和时间中的位置（他采取人文主义者的常见做法，把天主教和多神教宇宙糅合在一起。史诗因此受到耶稣会的审查，再版时被删节），所以史诗的表达重心、最富于感染力的篇章几乎无一关于达伽马远航的现实过程。

弥赛亚热情最终让塞巴斯蒂昂一世在1578年发动了对北非的远征，他的失败和失踪标志着阿维斯王朝的终结。在卡蒙斯逝世的同一年，葡萄牙被西班牙兼并，开始了丧失独立的六十年。这期间，塞巴斯蒂昂成了弥赛亚和亚瑟王的混合象征，他将在某一个清晨归来，领导葡萄牙重返荣耀；但帝国的衰落不可逆转，人们认清这一点花了些时间，《卢济塔尼亚人之歌》中神话化了的葡萄牙成了黄金时代的象征。有讽刺意味的是，卡蒙斯首先在西班牙获得这一名声，腓力二世支持史诗的翻译和出版，作为文化怀柔的一部分，之后他被翻译成意大利语，和塔索并置。

随着葡萄牙再次独立和经历了更多战争，卡蒙斯本人也传奇化了，他的经历和形象成为世俗化的葡萄牙民族价值投射，史诗中粗朴的愤世嫉俗和坦率的肉欲被认为是民众的觉醒之声。葡萄牙语被称为“卡蒙斯的语言”；1825年，阿尔梅达·加勒特以他为主角的史诗《卡蒙斯》出版，标志着葡萄牙的浪漫主义开端；1880年，对他的纪念在激进知识分子中催生了共和党，后者于1910年推翻王室、建立了共和政体；康乃馨革命后，葡萄牙放弃所有殖民地，在1977年把诗人的逝世日定为国庆日、卡蒙斯日和葡侨日，以建设新的民族认同。伏尔泰和孟德斯鸠都是卡蒙斯的有力传播者。1790年，史诗被翻译成波兰语，同样有弥赛亚热情、地处欧洲另一边缘（波兰把俄罗斯视为东方世界）的波兰人对他兴趣更浓，当时波兰已经衰落，经历了第一次瓜分，即将经历第二次、第三次瓜分；卡蒙斯成为一代浪漫主义者和民族主义者的偶像，其人格和意识在两者中发生了长期影响。也许，当卡蒙斯可能被今天的读者视为不得体的“外乡人”时，亚当·密茨凯维奇在《先人祭》里对“四十四”的呼唤已经提供了一种回应。此外，诗人自然是巴西文学的源头之一。

《卢济塔尼亚人之歌》的天主教/白人优越论和欧洲/葡萄牙中心论立场会让我们感到不适，卡蒙斯祈祷武运昌隆（我们不应忘记他是一名合格的大航海时代的葡萄牙军人，这意味着他要为西方扩张和殖民的人道代价负上责任），在葡萄牙人的开创性事业被后来者覆盖乃至遗忘的今天看来，一些表达更显得粗鲁和无节制。“对他者的偏见”和认知局限在史诗中也俯拾皆是（比如对东西空间的分隔对比意识：前者一定是昏暗黑暗的，后者一定是光辉稳定的；比如对摩尔人、撒拉逊人的模式化谴责；比如“风暴之角”作为种族主义神话的化身），这使卡蒙斯成为性别与后殖民批评的经典对象。虽然前面提供一些历史性的轮廓，我们还是鼓励有兴趣的读者找关于葡萄牙帝国崛起的作品做补充阅读；史诗的第三章、第四章、第五章，诗人借达伽马之口，概论欧洲地理、历史起源与列国形势，进而概述葡萄牙史，给予我们所谓如椽巨笔者莫过于此之感。我们也建议读者要注意其中关于分界线的意象和珍宝的意象。

卡蒙斯在史诗中密集地使用神话、历史、地理、人文典故，使这本书的注释超过了七百个，为保持排版的形式和阅读的整体感，注释被集中在正文后。

Z. W. X. F.

2019年11月

参考文献：

1 维基百科；

2 《征服者：葡萄牙帝国的崛起》，［英］罗杰·克劳利，陆大鹏译，社会科学文献出版社 2016 年；

3 《葡萄牙海洋帝国史（1415－1825）》，顾卫民，上海社会科学院出版社 2018 年；

4 《诗人卡蒙斯：神话与传说》，姚风，载《外国文学评论》2012 年第 4 期；

5 《葡萄牙文学史》，［葡萄牙］安东尼奥·若泽·萨拉依瓦，路修远、林栎译，中国社会科学院外国文学研究所、葡萄牙古本江基金会 1983 年；

6 《历史讲稿》，［瑞士］雅各布·布克哈特，刘北成、刘研译，生活·读书·新知三联书店 2014 年。

一

雄壮的船队，刚强的勇士
驶离卢济塔尼亚[1]西部海岸，
经过从未有人穿越的大洋
甚至跨越塔普罗瓦纳海角[2]。
艰险的经历，不断的战争
超出人力所能承受的极限，
在荒僻、遥远的异域拓建
新的帝国，使之辉煌灿烂。

二

那些为了传播他们的信仰
实行开疆拓土的历代君王，
在阿非利加和亚细亚大地
他们的名字全部得以传扬。
还有那些，因其丰功伟绩
从而超脱死神法律的英灵，
为了这世间永远都能说出
那些名字，愿我心手相应。

三

智慧的古希腊人和特洛伊人
其宏伟远航，已泯灭于忘川。
也无人再谈论亚历山大[3]、
图拉真[4]之流的不世壮举。
我要激扬卢济塔尼亚精神
涅普顿[5]、玛尔斯[6]也退居一侧，
缪斯[7]女神不再吟诵往昔
有更为绚丽的诗，她要传扬。

四

哦，我可爱的塔吉忒姊妹[8]
请赐给我烈火般的激情吧，
倘若，你们那欢乐的灵泉
一向赐给我的是平庸诗句。
此刻，请赐我激越的音调
让我获得慷慨谐咏的风格，
你们的河水为福玻斯[9]所辖
又何必去羡慕马泉[10]的清冷。

五

请赐我振作、明朗的歌喉
别像芦管一般喑哑而简陋，
要似号角那样高亢，嘹亮
令群情振奋，使热血沸腾。
赐我无愧那些战事的灵感
既然你也曾那样帮助战神，
若诗歌能使崇高之物彰显
就让英名以诗，广布寰穹。

六

哦，你[11]，天生就是古老的
卢济塔尼亚之自由的保障，
去开拓狭窄的天主教领域
你同样肩负着坚定的希望。
你会让摩尔族人[12]胆战心惊
你是命运使然的当代奇迹，
上帝赐你于世界，为让你
把更广袤的世界向他还奉。

七

你是树上繁茂娇嫩的新枝
在整个西方天主教世界中，
无论是法王，还是德皇
都不比基督对你的钟爱。
你的盾徽，就是明确见证
上面铭刻着你往昔的胜利，
那场战役[13]中，他对你显圣
盾徽上留下他受难的伤痕[14]。

八

哦，英主，你的疆土
最先沐浴初升的朝曦，
骄阳在中天俯视你的领邑
夕阳的金光洒遍你的大地。
我们对你怀着无限的希望
愿你让愚蠢的伊斯兰骑士，
依旧在饮马圣河的土耳其
和异教之邦蒙受奴役之辱。

九

请稍稍垂俯你尊贵的容颜
让我景仰你新光般的威仪，
气质中已呈现当年的英武
你的圣名将可与日月争辉。
请稍稍俯下你仁慈的目光
看看爱国者中新萃的一个，
他正写下无数的、瑰丽的
诗章，在人世间颂扬祖国。

十

他不为卑鄙的赏赐所驱使
仅出于对祖国永恒的热爱，
若因歌颂祖辈的土地成名
对他已经不是微薄的奖赏。
听吧，看你统治下的臣民
怎样获得举世褒美的声誉，
试想究竟怎样更令人向往：
做世界主宰还是葡萄牙王？

十一

听吧，我不会用虚缈传说
光怪陆离的想象歌功颂德，
更不会像神奇的缪斯那样
荒诞不经随心所欲地夸饰。
勇士们真实、奇瑰的经历
远远超过了一切幻想传奇，
阿里奥斯托[15]笔下骑士再生
也难以同你的众英雄相媲。

十二

我要讲努诺[16]的英勇故事
他为国王立下了显赫战功，
埃伽斯[17]、福阿斯[18]经历非凡
让人渴望获得荷马的古琴。
不讲圆桌骑士的冒险奇遇
却讲英格兰剑客马戈雷苏[19]，
我还要讲到忠勇的达伽马[20]
为自己赢得《伊尼特》[21]的声誉。

十三

如果你问，世间有哪些英雄，
无愧与查理曼[22]和恺撒[23]齐名，
请看，阿方索一世[24]的长矛
令外国的一切光荣黯然失色。
若昂一世[25]以其辉煌胜利
牢牢奠定葡萄牙的基石，
还有另一位若昂国王[26]骑士、
阿方索三世[27]、四世[28]和五世[29]。

十四

我的诗歌也不会忘记那些
在奥罗拉[30]王国的遥远大地
立下如此卓越的赫赫战功
竖起你常胜之旗的英雄们。
勇敢的帕切科[31]、阿尔梅达父子[32]
特茹河永远追念这些英雄，
可怕的阿尔布开克[33]、卡斯特罗[34]
和众多让死神无奈的功臣。

十五

尊贵的国王，我歌颂勇士
然而却不敢对你如此冒昧，
愿你早日亲临王国的朝政
提供旷古未闻的诗歌素材。
非洲的土地和东方的海洋，
已经领受到你的军队，和
其非凡功绩的巨大的重量
（让整个世界都感到震惊）。

十六

看见你，摩尔人觳觫胆寒
你是他们彻底灭亡的象征，
还有那些野蛮的异教之邦
看见你，会立即俯首称臣。
你英姿雄发令忒提斯[35]倾慕
一心向往做你的美丽新娘，
把她浩渺无际的蓝色领邑
全奉献出来，做她的嫁奁。

十七

两个英魂[36]在天宫注视你
那是你光荣的祖父和外祖，
金色和平天使在一位身边
另一位在血腥战争中出名。
在你身上，他们寄托着厚望
期待你，重振他们的伟业，
当你走完光辉的生命旅程
将在圣殿祀享永恒的祭奉。

十八

正当这光阴在流逝得缓缓
盼你亲政的臣民如愿尚远，
请你宽恕我的大胆与冒昧
让我把这部长歌向你敬献。
将看到你的阿尔戈号英雄[37]
在狂暴的大海上乘风破浪，
你的目光，时刻关怀他们
你将听惯他们对你的呼唤。

十九

船队已行驶在辽阔的海面
快乐的浪花，拍打着两舷，
温柔的海风，吹拂着人面
海面上全都是胀满的白帆。
蓝色的大海泛起层层浪花
船头如利剑，斩开海面，
大海就是普罗透斯[38]的牧场
海中的鱼儿就是他的畜群。

二十

此刻，在金碧辉煌的天宫
主宰人类命运的奥林匹斯[39]，
众神正在举行庄严的会议
讨论决定东方的未来命运。
阿特拉斯老神英俊的外孙[40]
为伟大雷神[41]吹起传令号角，
听到墨丘利召唤的一众神祇
踏上璀璨的天街，齐聚神殿。

二十一

各路神祇离开最高的天神
受权与他们所管辖的各界，
只凭意志支配着天地大海
不一会儿他们就会聚一堂。
有的神祇住在寒冷的北极[42]
有的在奥斯忒耳[43]统治的南方，
有的在奥罗拉的摇篮之边
还有的，在索尔[44]的藏身地。

二十二

无比高贵威严的众神之父[45]
善射武尔坎[46]锻造的闪电，
坐在星光闪烁的宝座之上
神色高傲庄严，他的金冠
和权杖之上镶嵌着比钻石
更为明亮夺目的珍贵宝石。
如果凡人一看见他的形象
勿须淬炼即立刻化为神祇。

二十三

其他神祇在稍下点的地方
在光芒耀眼的椅子上落座，
椅子上装饰着黄金和珍珠
众神秩序井然，按部就班。
年长位尊的神在前面端坐
少年无名的神则靠后恭立，
这时，只听高贵的朱庇特
用低沉而可怖的声音说道：

二十四

星光瑰丽的天空中的神界
无比荣耀的、永恒的居民，
我想你们一定都没有忘记
强悍的卢索的传人的志向。
你们一定更加清楚地了解
命运的意志如何坚定不移，
他们将要使人类忘掉亚述、
希腊、罗马和波斯的古人。

二十五

你们清楚地看见我让他们
以那么单薄的力量光复了
强大的摩尔人手中霸占的
风光秀丽的特茹河的两岸，
抵抗可怕的卡斯提尔入侵
一向获得庄严的上天保佑。
他们就是这样永远把荣誉
铭刻于胜利者的凯旋之柱。

二十六

且不提他们古时候的英名
让罗慕路斯[47]后人威风扫地，
当初在维里亚托[48]统帅之下
以抗击罗马人而遐迩闻名。
我不必再讲那个历史典故
那个曾使他们扬名的事件，
推举一个外乡人[49]作为统帅
那流放者谎称受神鹿启示。

二十七

你看，他们驾着一片轻舟
闯入布满疑问的巨大海洋，
驶越从未被人用过的航道，
不畏惧仄费洛斯[50]和诺托斯[51]
的力量，更敢于历遍日长
和日短的地区。之后
他们立志要到达东方
去寻觅白昼诞生的摇篮。

二十八

天意难违，是最高的法律
永恒的天命已做出了许诺，
让他们天长地久地统治着
那片洒满朝霞的红色海域。
他们已在海上度过了严冬
此刻已迷惘绝望精疲力竭，
看来已是向他们展示出
令人渴望的新陆地的时候了。

二十九

你们都知道在这次远航中
他们遭受多么严酷的考验，
经历了多少种恶劣的天气
狂怒的风神多么暴戾凶残。
我决定让他们在非洲海岸
受到朋友一般的盛情款待，
颠沛的船队需要补充给养
然后，才可继续漫漫远航。

三十

朱庇特的一席话刚刚说完
众神祇便按座次发表意见，
他们议论纷纭，矛盾重重
每个神祇都有不同的理由。
巴克科斯[52]的心中愤愤不平
他不满朱庇特的那篇宏论，
深知若让这些人到达东方
他在那的功绩将毁于一旦。

三十一

命运之神曾向他泄露天机，
说将有一个最强悍的民族
远渡重洋，从西班牙[53]而来
把多丽斯[54]怀抱的印度统治，
新的胜利将超越千古功业
任何人，都难以与之相比。
万分痛苦的酒神不甘失去
至今仍在尼萨[55]受祀的光荣。

三十二

很早以前他就把印度征服
从未被幸运与偶然所剥夺，
畅饮帕耳那索斯泉水的人[56]
都赞美他是印度的胜利者。
此刻他心中真是惧恨交集
坚强的航海者如抵达印度，
酒神巴克科斯的一世英名
岂非要被可悲地没入忘川？

三十三

美丽的爱神[57]反对巴克科斯
她钟情于卢济塔尼亚勇士，
从这些远航者的身上看到
可爱的罗马人的高贵品质：
他们意志坚强，吉星高照
这早已在丹吉尔[58]战场证实，
他们的语言，更令人幻想
简直是稍不纯正的拉丁语。

三十四

库忒瑞[59]被这些原因所打动，
此外她从帕耳开姊妹[60]那里
获悉这些航海者所到之处
都将修建起祭祀她的神庙。
就这样，酒神怕失去声誉
爱神维纳斯又为追求虚荣，
两位固执己见，争持不下
众神祇都偏袒各自的知己。

三十五

仿佛是在茂密的荒山野林，
凶狠的诺托斯和玻瑞阿斯[61]
以无法形容的猛烈与粗暴
把林中参天大树枝干吹断。
整座山峦发出呜呜的低吼
树叶在狂舞，山野在沸腾，
好一个奥林匹斯清明圣界
众神之间争吵得骚乱一团。

三十六

这时只见玛尔斯挺身站出，
分拨开各持己见的众神祇
无比坚定地站在爱神一方，
或许这是由于他旧情难忘
或许是勇敢的人当之无愧。
战神的面色似乎略带阴郁
把坚固的盾牌向身后一掠
那一脸怒容实在令人生畏。

三十七

他稍稍扶正一下钻石兜鍪
抬一抬护眼罩，表达观点，
他一身戎装，威武而英俊
坚定地站在朱庇特的面前。
他把枪尖在无瑕的御座上
狠狠一击，天空为之颤抖，
阿波罗[62]像个惊慌的胆小鬼，
吓得面色苍白，失去光焰。

三十八

他说：父王呵你创造一切
任何人都应服从你的帝权，
如果你这样热爱这些勇士
寻找新天地的勇气与事业，
又何必像你所安排的那样
长久以来使他们备受挫折？
正因为你就是直接的裁判
不必听从居心叵测的理由。

三十九

如果巴克科斯讲的这些话
不说明理智被恐惧所征服，
他更有道理支持这些勇士
他们是他密友卢索的后裔。
可是此刻，你不必理睬他
因为妒火已毒害了他的心，
他人的妒嫉从不应该夺走
上天所赐受之无愧的利益。

四十

伟大而非凡的众神之父啊
既然你已经做出这种决定，
就应义无反顾，当机立断
有始无终，是软弱的表现。
请你马上命令墨丘利下凡
比疾风迅速，比劲箭敏捷，
向勇士们展示出那片土地
让他们恢复体力，获得印度的消息。

四十一

战神的演说的确慷慨激昂
强大的众神之父微微颔首，
显然他赞同勇敢的玛尔斯
然后便赐给众神葡萄美酒。
于是，众神立刻起身告辞
踏上繁星灿烂的天路启程，
相互之间礼貌客气地道别
然后回到自己居住的府邸。

四十二

正当至高无上的奥林匹斯
堂皇的天宫中发生这一切，
英勇善战的人们乘风破浪
已驶入南方和东方的水域。
此时正在埃塞俄比亚海岸[63]
与著名的圣劳伦索岛[64]之间，
骄阳正烤灼着被堤丰吓坏
变成了一对鱼的两个天神[65]。

四十三

海风，温柔地推送着航船
上天仿佛他们的亲密朋友，
天空晴朗，风平浪静
不见一丝乌云危险和恐惧。
船队已越过了普拉索海角[66]
这是那条海岸的古老地名，
就在这时，茫茫的大海上
渐渐浮现出一群新的海岛。

四十四

坚强的船长瓦斯科·达伽马
献身于伟大而崇高的事业，
具有骄傲不凡的雄心壮志
一向受到命运的殷勤保佑。
他觉得没道理在那里停留
岛上荒无人迹，更无鸟兽，
因此他决定继续向前航行
事情的发展却出乎他想象。

四十五

海面上忽然出现一群小船
朝着他们，扬帆破浪驶来，
远远望去那些船似乎来自
距离陆地最近的那座海岛。
船队上下快乐得无法形容
只知道向着来者欢呼雀跃，
他们心中自问，来者何人
有什么风俗、法律和国君？

四十六

只见那些小船飞快地行驶
船体又细又长，十分狭窄，
每条船上都扯起一面风帆
是用棕榈叶片编制成的席子。
船上的人完全是肤色如炭
这要怪法厄同[67]当初的鲁莽，
使那片大地燃起熊熊烈火
让兰珀提亚在波河边哭泣。

四十七

船上的人们穿着棉布衣裳
有的是白色，有的是条纹，
有的人把衣服缠系在腰间
有的人潇洒地，交搭着双臂。
人人都袒露出结实的胸膛
手中握着锋利的匕首短刀，
他们的头上都裹着缠头布
驾着船，吹响震天的号角。

四十八

看啊，他们摇着旗，并招手
向船队示意等待他们前来，
船队轻捷的船头掉转航向
驶向那些岛屿，停泊收帆。
船上的水手一阵手忙脚乱
仿佛一路艰辛已到达终点，
他们收落主帆，卸下帆桁
大铁锚在海面上溅起浪花。

四十九

奇形怪状的人不等船停稳
就攀缘着缆索，爬上船舷
一个个笑逐颜开欢天喜地。
高贵的船长非常懂得礼节
即命人抬来桌子款待来宾，
透明的玻璃酒杯里斟满的
都是列欧[68]酿造的葡萄美酒，
法厄同烤焦的人一饮而尽。

五十

他们兴高采烈，大吃大喝
一面用阿拉伯语仔细盘问，
这只船队到底从哪里驶来
一路上已航行过哪些水域。
坚强的卢济塔尼亚航海者
措辞谨慎，恰当地回答道：
我们是西方的葡萄牙船队
前往东方，寻找印度大地。

五十一

我们的航船已经驶越过
南北两极间的一切水域，
绕过整个阿非利加大陆
阅历了无数地形和气候。
我们臣属于强大的国王
他是受人民爱戴的仁君，
为了他，我们闯荡大海
哪怕去到地狱赴汤蹈火。

五十二

遵从王命，我们前去寻觅
那印度河浇灌的东方沃土，
在茫茫无际的大海航行
一路只见到丑陋的海狗。
我已说明了自己的来历
你们如不拒绝讲出实情，
请问你们是谁，此处何地
你们是否知道印度的消息？

五十三

只听一个岛上人回答道：
我们并不是当地的土人
大自然在这里繁育出了
毫无宗教和理智的野人。
亚伯拉罕之后[69]传授我们
光辉完美的宗教，如今
他已统治了整个世界，
他有希伯来之母，异教之父。

五十四

我们所居住的这座小岛
扼守着古洛亚[70]、蒙巴萨[71]、
索法拉[72]一带沿海的咽喉，
是航海者必经的中途站。
只因为它是兵家必争之地
我们才像土人生活在这里，
这些，你们都已亲眼目睹
这座岛的名字叫莫桑比克。

五十五

你们已远远地，航行至此
去寻找炎热的印度河流域，
就会从这里获得领航向导
让他来英明地领你们前去。
你们最好在这里暂作休息
从陆地补充些清新的淡水，
这里的统治者会接见你们
向船队提供些急需的用品。

五十六

摩尔人说着，即率领随从
回到他们驾来的小艇之上，
告别了船长和他的水手们
表现得彬彬有礼周到客气。
这时，福玻斯驾驶水晶车
关闭了大海上光明的白昼，
休息时把照耀世界的职责
托付给他一母同胞的妹妹[73]。

五十七

在那个夜晚，疲惫的船队
感到平生未尝的难言快乐，
在那万里遥遥的异域他乡
竟然获得久已渴望的佳音。
每个水手心中都暗自思量
这儿的人民和怪诞的风俗，
惊奇妖言惑众的异端邪说
怎么会流传到这天边地角。

五十八

宝石般的夜空，皎皎月光
在银色的海浪上闪闪跳跃，
满天，镶嵌着耀眼的星斗
仿佛漫山遍野盛开的雏菊。
狂暴的风神此刻已钻进了
幽深而奇妙的洞府里酣息，
可是，远航船队的水手们
依然一如既往地警惕戒备。

五十九

当奥罗拉把她美丽的长发
飘然地披散向宁静的天空，
为睡醒的光明的许珀里翁[74]
刚刚敞开那座粉红的彩门，
整个船队就开始活跃起来
欢天喜地搭起庆祝的彩棚，
要以兴高采烈的节日气氛
迎接已出发的岛上的首领。

六十

那个摩尔酋长快活地起程
参观卢济塔尼亚人的海船，
他还随身携带新鲜的食物
以为航海者来自里海之边，
是路经此地的土耳其大军
要前去征服亚细亚的土地，
他们曾按命运之神的旨意
夺取君士坦丁的庞大帝国[75]。

六十一

船长达伽马，满面春风
欢迎摩尔人和他的随从，
命人取来特为这种场合
所携带的一件贵重礼物。
他命人捧出甜美的果脯
还有那暖心快意的露酒，
摩尔人愉快地接受一切
大吃大喝使他更加兴奋。

六十二

这时候，卢索的水手们
满怀惊奇地攀缘上桅索，
注意着来者的奇怪打扮
和那野蛮而混乱的语言。
狡猾的摩尔人也在疑惑
肤色、装束和战船式样，
他详细询问船队的一切
问他们是否来自土耳其。

六十三

他问船长，能否看一看
随船队携带的宗教经典，
以此证实一下他的想象：
这些人与他的信仰不同。
为暗中把一切牢牢记住
他又向船长提出个要求，
看一看发生战争的时候
用什么武器同敌人作战。

六十四

借助通晓那种语言的人
勇敢的达伽马这样答道：
尊贵的先生，听我解释
我的来历、宗教和武器。
我既不是从土耳其而来
也非恶心的土耳其后裔，
我来自英勇好战的欧洲
去寻找举世闻名的印度。

六十五

我追随那位天神[76]的宗教
他统治有形无形的一切，
是他创造了无际的宇宙
和里面有情无觉的万物。
他历尽世间屈辱和磨难
不公正而非人道的死刑，
他离开天堂降临到人间
拯救世间灵魂升入天堂。

六十六

他是位至高无上的神人
我并未携带着他的经典，
既然应时时铭记在心中
我当然可以不携带书卷。
倘若想看一看我的武器
你的愿望倒也不难满足，
作为朋友还可见识见识
作为敌人千万不可领教。

六十七

说着，他命令敏捷的勇士们
整理戎装，披挂铠甲，
佩上闪闪发光的护心镜
系上密实的鱼鳞甲战裙。
盾牌上描绘着各种图案，
精钢锻造的火枪和弹丸
强弓硬弩和装满的箭囊
画戟、长矛、匕首和短剑。

六十八

他让摩尔人看他的大炮
还有盛满火药的大铁锅，
却不赞同武尔坎的勇士[77]
发射猛烈而可怕的炮火。
宽宏大量慷慨勇敢的人
面对如此少数的胆怯者，
的确不该显示全部威力
羊群里充雄狮实属软弱。

六十九

摩尔人把一切认真观察
把看到的一切暗记心头，
他心头燃起仇恨的火焰
头脑里闪出狠毒的打算。
表面上他装得神色坦然
不露声色一副轻松笑脸，
他决定先暂时委曲求全
小不忍则乱大谋，以待时机。

七十

船长请他委派几名领航员
能够引导船队，抵达印度，
如他们能接受这一任务
一定能获得慷慨的报酬。
摩尔人表面上满口应承
可暗中却恨得咬牙切齿，
若有可能当即杀死他们
又用得着派什么领航员。

七十一

当他一旦听说这些外国人
追随大卫之子[78]传授的真理，
他们就突然变得那样可憎
心灵深处，顿时燃起仇恨。
呵！那位永恒之神的秘密
任何智慧都无法把你解释，
那些如此地热爱你的人们
却永远不缺少负义的仇敌！

七十二

这时，那虚伪的摩尔人
率领着随从，离开船队，
笑里藏刀装得彬彬有礼
向达伽马和水手们告辞。
小船划破涅普顿的海洋
只驶过不远的一段水路，
岸上乌合之众把他迎接
摩尔人回到自己的宫殿。

七十三

那个从父亲髀肉里出生的
伟大忒拜人[79]从堂皇的天宫，
望见那群卢济塔尼亚勇士
使摩尔人如此厌恶和苦恼。
不由灵机一动，计上心头
想借此以使他们彻底毁灭，
他心里刚把这坏主意想好
口中便不禁自言自语说道：

七十四

命运之神虽然已做出裁决
让那些葡萄牙航海者战胜
这地方英勇尚武的土著人，
取得无比光辉的伟大胜利。
难道我要辜负父王的英名
枉费我这一身广大的神通？
竟然甘心忍受命运的摆布
任凭这些人湮灭我的威风？

七十五

众神祇已然让腓力之子[80]
享有这一带那么多权势，
凶猛的玛尔斯曾令此地
一切都服从于他的统治。
我岂能够容忍命运之神
将才智赐予这区区数人，
使我，马其顿和罗马人
拱手把地位相让给他们？

七十六

事情绝对不能这样发生，
我要在他们到达印度前
巧妙地设置下千难万险
叫他们永世休想见东方。
现在，我就要降落人间
撩起摩尔人心中的仇恨，
因为只要懂得不失时机
就能够做到事半而功倍。

七十七

说着他气得几乎要发狂
降落在阿非利加的陆地，
摇身一变化成凡人模样
大摇大摆向普拉索走去。
他为了让骗局更加巧妙
就变成一位当地摩尔人，
他在莫桑比克德高望重
是深受酋长敬重的长者。

七十八

他寻找一个恰当的时机
对酋长编出了一篇鬼话，
告诉他这些新来的人们
是如此这般的江洋大盗。
在沿海居住的各民族间
这些人已然是臭名昭著，
所经之处总以和平条约停泊
紧接着便烧杀抢掠无恶不作。

七十九

要知道，我是多么了解
血债累累的基督教徒呵，
他们杀人放火恶贯满盈
几乎让整个大海都倾覆。
他们已经从远方带来了
对付我们的险恶的阴谋，
目的是屠杀和掠夺我们
奴役我们的妻子和儿女。

八十

我知道那船长已经决定
明天一早率领他的士兵，
心中有鬼必然疑惧重重
到陆地取淡水战战兢兢。
你就应该召集起众勇士
悄悄地在暗处设下埋伏，
等他们大摇大摆地出现
一定不小心中你的妙计。

八十一

假使这个计策仍旧落空
还不能把他们一网打尽，
我还有另一个锦囊妙计
肯定能让你满意而高兴。
可派给他们一名领航员
要为人机智，随机应变，
把他们引领到覆灭之地
让他船破人亡葬身鱼腹。

八十二

酒神的这些话刚刚说完，
精明而老练的摩尔酋长
马上伸出双臂去拥抱他
深深地感激如此的忠告。
摩尔酋长当即调兵遣将
小岛上设置好天罗地网，
让葡萄牙人找不到淡水
却让他们赔上鲜红的血。

八十三

为了实现精心策划的阴谋
他还找来一个摩尔领航员，
此人精明老练，诡计多端
足智多谋适于委托以重任。
让他来伴送卢济塔尼亚人
通过如此这般海岸和水域，
纵使他们能从这一处脱险
也别想逃出下一个鬼门关。

八十四

阿波罗已放射出万道金光
照耀在那巴特[81]的重峦叠嶂，
达伽马决心率领他的勇士
小心谨慎，去陆地上汲水。
小艇上的水手们如临大敌
仿佛罪恶的阴谋已被识破，
其实很容易让人产生疑惑
心灵的预感从来不会说谎。

八十五

此前船长已遣人到陆地
请求派出所需的领航员，
得到的答复却出人意料
全然是一篇战争的宣言。
况且他还知道假如相信
负义的对手是多么错误，
因此尽可能地警惕戒备
率领仅有的三只小艇而去。

八十六

摩尔人在海滩来回走动
把守着船队渴望的水源，
有的举着盾牌手执标枪
有的拉开弓弦搭上毒箭。
大队人马都埋伏在四处
专等待勇敢的人们出现，
为了让达伽马贸然轻敌
只让少数饵兵暴露在外。

八十七

几名凶狠好斗的摩尔人
在白色的沙滩上走动着，
挥舞手中的盾牌和长矛
向坚强的葡萄牙人挑战。
高贵的人怎能过分容忍
一群恶狗朝他龇牙咧嘴，
众勇士敏捷地跳上海岸
的确难以分清谁先谁后。

八十八

仿佛斗兽场上幸福的情人
见看台上有美丽的心上人，
便冲上去在公牛面前炫耀
跳跃、奔跑、并招手叫喊。
正在这时那头凶猛的野兽
压低长着一对利角的额头，
怒吼一声凶狠地把斗牛士
撞倒刺伤杀死委弃在地上。

八十九

葡萄牙人小艇上的大炮
就这样凶猛地喷吐怒火，
猛烈的炮火盛开于丛林
铅弹呼啸着，划过天空。
摩尔人被吓得魂飞胆裂
他们惊恐万状，血冰凉，
埋伏暗处的人慌忙逃命
冒险露头的人已被炸死。

九十

葡萄牙人并不以此而满足
乘胜摧毁村庄，屠杀百姓，
既无城墙也无设防的村镇
可怜被炮火炸成一片灰烬。
摩尔人的首领已追悔莫及
想不到代价竟会如此惨痛，
颤抖的老人，哺子的母亲
已经开始诅咒万恶的战争。

九十一

怯懦的摩尔人一面逃跑
一面仓皇无力放着乱箭，
无目标地投出滚石檑木
葡萄牙人则愤怒地冲杀。
摩尔人全员溃退出小岛
向安全的大陆方向逃窜，
他们只用一眨眼的工夫
就游过环抱小岛的海峡。

九十二

有些人乘着超载的木筏
有些人在拼命游渡海峡，
有些人，淹死在波涛里
有些人呕吐呛入的海水。
雨点般的弹片把野蛮人
精巧的独木舟炸成碎片，
葡萄牙人就以这种方式
惩罚了奸险邪恶的敌人。

九十三

他们凯旋，回到海船上
满载丰富的战利品而归，
然后去随心所欲地取水
不必担心遇到任何阻碍。
摩尔酋长真是痛心疾首
无比强烈的旧恨加新仇，
他难以咽下去这口恶气
只好一计不成又生二计。

九十四

这充满仇恨之地的酋长
悔恨交加地派人来议和，
卢济塔尼亚人并不清楚
和平幌子下将送来战争。
酋长为了表示请和停战
假意派来了一名领航员，
实际上这个人包藏祸心
要把这支船队引向覆灭。

九十五

这时风和日丽，大海如镜
正适于回到那习惯的远征，
船长接受了派来的领航员
继续寻觅渴望到达的印度。
他十分热情地款待领航员
并且还彬彬有礼地答复了
摩尔人的酋长派来的使节，
然后就下令船队乘风起航。

九十六

就这样，船队告别这里
分开安菲特里忒[82]的浪花，
涅柔斯[83]美丽快活的女儿[84]
是船队忠实甜蜜的伙伴。
达伽马丝毫也没有落入
领航员设置的阴谋罗网，
反而从他那里大量获得
印度和所经沿海的情况。

九十七

可是被狠毒的巴克科斯
授过阴谋诡计的摩尔人，
为他到达印度前安排了
死亡陷阱和被俘的灾难。
向他介绍着印度的港口
详细解答他的每个问题，
达伽马把鬼话信以为真
勇敢的人惯于无所畏惧。

九十八

像西农[85]欺骗弗里吉亚人[86]
领航员虚伪地对船长说：
离那里不远有一座小岛
基督教徒自古住在那里。
聚精会神的达伽马船长
听到这个消息十分兴奋，
请求领航员引他到那里
慷慨许诺他巨额的报酬。

九十九

虔诚的天主教徒的要求
正中伪善的摩尔人下怀，
原来占领那座岛屿的人
是愚蠢的穆罕默德之徒。
领航员心想在那个地方
置卢济塔尼亚人于死地，
那是非常著名的吉洛亚
力量远比莫桑比克强大。

一〇〇

快乐的船队朝那里驶去。
库忒拉岛受祭祀的女神
见船队偏离正确的航线
自投罗网地去寻找意外，
她不愿让这样可爱的人
被毁灭在这荒僻的地方，
于是刮起逆风，使船队
漂离领航员所指的方向。

一〇一

那个心地狠毒的摩尔人
眼见他的阴谋不能实现，
便一计不成，又生二计
耐心地实现险恶的目的。
他说，由于强大的海流
船队已驶越了那座小岛，
不过附近有一个地方
混居着天主教徒和摩尔人。

一〇二

正如临行前秘授的机宜
这同样是一番弥天大谎，
那里根本没有天主教徒
实际只有穆罕默德信徒。
船长对摩尔人毫不怀疑
下令掉转风帆向那里航行，
然而由于守护女神的阻止
未能驶入港湾，停在外洋。

一〇三

小岛距离大陆如此之近
只隔有一条窄窄的海峡，
小岛上屹立着一座城市
如宝石镶嵌在大海额头。
从大海上远远遥望过去
城市一派华厦蔚为壮观，
这里有一位年迈的国王
小岛与城市都叫蒙巴萨。

一〇四

当船长抵达这座小岛时
格外高兴，他盼望见到
摩尔领航员谎称的那些
受过基督教洗礼的人民。
变成摩尔人的巴克科斯
早已向这里的国王报信，
这时岛上驶来几条小船
送来了当地国王的口谕。

一〇五

小船带来了友好的口谕
谁知道，其中包藏祸心，
请看阴谋败露真相大白
其实是敌人的笑里藏刀。
那巨大而严峻的危险呵
永远生死未卜的人生呵，
无论把希望寄托于何方
人类的生命总缺乏安全！

一〇六

海上有多少折磨和灾难
陆地有多少欺诈和战乱，
多少次，死神设好陷阱
多少苦难让人感到厌倦。
弱小的人类，何处栖身
短暂人生何处得以保全，
对于可怜的生灵呵，庄严的上天
又有怎样震怒的惩罚，还未用尽！

第 二 章

一

那颗规定每日时间的星——
光明的太阳，已经来到
他渴望而又遥远的终点，
黑夜之神已经迈出那座
神秘的海中宫殿的大门
向人类遮掩了白昼之光。
这时阴险狡诈的摩尔人
悄悄潜近刚抛锚的船队。

二

其中一个摩尔人这样说
（他来之前曾被秘授机宜）：
无比坚强男毅的船长呵
你御风破浪，越过海洋。
统治着这座小岛的国王
对你的光临，倍感荣幸，
他愿意为船队接风洗尘
奉献上船队的所需物品。

三

你的到来是伟大的事件
我王极望一睹你的风采，
请不必有任何顾虑犹豫
即刻率领船队开入港湾。
漫漫征途如此辛劳苦涩
令你的勇士们虚弱疲倦，
我王愿让他们恢复体力
渴望陆地乃是人的天性。

四

如果你想到东方去寻找
遍地的黄金，无量的财富，
辛辣的香料，桂皮与丁香
益智健身的名贵的补药，
如果想寻找晶莹的珠宝
坚硬的钻石，瑰丽的玛瑙，
此地的宝藏便堆积如山
你的愿望在此就能实现。

五

船长回答对国王的使臣道
他对国王的盛情表示感激，
此刻却难以从命驶入湾口
因为太阳已经隐藏入大海。
当明早的晨曦照明了航道
能看清前方没有任何危险，
他一定会遵从国王的旨意
放心地率领船队驶入港口。

六

他询问是否如向导所说
这里居住的是天主教徒，
狡猾的使臣便不动声色
称本地人大半相信上帝。
达伽马船长心中的疑惑
就这样几乎一下子消失，
他就是这样放心大胆地
轻信了奸险狠毒的敌人。

七

达伽马手下有几名水手
乃因犯罪被判刑的囚徒，
遇到这生死未知的情势
就让他们冒险将功折罪。
派其中两个最精干的人
前去打探摩尔人的底细，
观察他们的城市和虚实
去看看久违的天主教徒。

八

命他们为国王带上礼物——
依据来使表示出的善意
证明国王的可靠与仁善，
可一切事实上恰好相反。
这时那群丑恶的摩尔人
已辞别船队，来到海上，
达伽马派去的两名水手
在陆地受到虚伪的款待。

九

水手转达船长的问候
献上他们所带去的礼物，
然后，就在城中访问
可是却未能尽情观览。
摩尔人戒备并谨慎地
不让这两人看到全部，
倘若，自己居心不良
便会对他人疑神疑鬼。

十

可是，那出生于两个母体
永远长着年轻俊美面孔的人[87]，
早已设置好了一个阴险圈套
以便将那些航海者彻底毁灭。
他来到那座城的一所房子里
化身为一个身穿教袍的凡人，
装扮成一个虔诚的天主教徒
在他变出的华美圣坛前祈祷。

十一

圣坛上供着圣母的画像——
人世间唯一纯洁的凤凰[88]，
圣母上方画着一只鸽子
象征着至高无上的圣灵[89]。
上面还画着十二位使徒
他们的表情，生动各异，
似乎都在惊奇地叫喊着
激动地欢呼圣灵的降临。

十二

这两位伙伴被带到了那座
巴克科斯施展魔法的房子，
他们无比虔诚地拜倒在前
心中想着统治世界的上帝。
提俄涅[90]将那种极端名贵的
产于阿拉伯的安息香点燃，
虚伪的巴克科斯，就这样
顶礼膜拜着那位真正的神。

十三

那两个天主教徒在这里
受尽款待，安度了一夜，
他们丝毫也没有察觉出
这神圣的一切皆为骗局。
就这样，第二天清晨
太阳把金光洒遍了世界，
在红宝石色的天边露出了
晨光女神[91]玫瑰面颊。

十四

摩尔人又从陆地，返回船队
转达国王请船队进港的旨意，
随他而来的还有那两名水手
国王向他们表示真诚的友谊。
因此我们的葡萄牙人相信了
那座城市里不存在任何危险，
为了去探望那里的天主教徒
船长决定渡过那苦涩的海峡。

十五

被派去的人说，他们在陆地
见到了神圣的教堂和神父，
当白昼被夜幕严严裹住时
他们在那里安然过了一夜，
并感到当地的国王与人民
都充溢着由衷的欢迎之情。
友谊表示得如此明显完美
确实让人难以再产生疑虑。

十六

尊贵的船长听到这些消息
高兴地把摩尔人迎到船上，
可是，知人知面却难知心
他轻信了笑里藏刀的敌人。
海船上，到处站满摩尔人
他们乘来的小艇靠在两舷，
摩尔人个个都眉飞色舞
一致以为：猎物已到手。

十七

陆地上，摩尔人磨刀擦枪
慎重地准备着武器和弹药，
葡萄牙船队一旦停在河边
他们就会扑上去大举冲杀。
酋长做出这一负义的决定
妄图将葡萄牙人一举歼灭，
让他们毫无戒备自投罗网
偿还在莫桑比克欠的血债。

十八

水手习惯地唱起航海号子
把执拗的铁锚从海底绞起，
他们仅仅扬起了一面前帆
船头向着出色的港湾驶去。
然而，时刻守护勇士们的
那位美丽的厄律克斯女神[92]，
眼见如此诡秘的巨大阴谋
便箭一样从天空飞降大海。

十九

她召集起大海的纯洁女儿们
又唤来她们所有的蓝色伙伴，
因为维纳斯是在大海里出生
所有水族的精灵都顺从于她。
她先说明了自己下界的原因
然后就率领着她们一齐出发，
去拯救那支濒于危险的船队
阻止它陷入可怕的灭顶之灾。

二十

美人鱼们用银色的鳍尾急速
在海面掀起一路白色的浪花，
克罗托也不似平日那样温柔
猛劲地用胸脯劈开一条水路，
巴萨跳跃着，在海面上飞奔
涅丽娜奋力扑向汹涌的波浪[93]，
见到大海的女儿们如此迅猛
恭顺的海浪吓得忙让开道路。

二十一

美丽的狄俄涅女神[94]怒气冲冲
她骑在特里同[95]肩上面颊涨红，
驮负着如此的美人怎不骄傲
特里同浑然觉不出她的体重。
仙女们来到英勇的船队附近
强劲的海风吹鼓起白色帆篷，
海船正乘风破浪轻捷地航行
仙女们散开阵形，围拢船队。

二十二

美丽的维纳斯率领着仙女们
冲上去，把旗舰迎头拦住，
封锁船队驶向海湾的航道
任风帆胀满，船却难以前进。
娇嫩的胸脯抵住坚硬的龙骨
迫使牢固的海船向后方倒退，
有的仙女则从四面将船抬起
把船队拖离满是敌意的海港。

二十三

她们真像一群勤劳的蚂蚁
共同合力把食物抬向洞穴，
为了对付凛冽寒冬的威胁
它们不懈工作，不畏艰苦。
仙女们也是这样不辞辛劳
表现出令人想不到的勇气，
就这样，阻止了悲剧发生
使船队避免驶入覆灭之地。

二十四

此刻，海船被迫向后倒退
甲板上惊慌喊叫乱成一团，
水手徒劳地拼命调整帆向
把舵轮无谓地转来又转去。
机警的水手长就站在船尾
他发现航线前方有个暗礁，
沉船的威胁使他枉然呐喊
他担心会在那里船毁人亡。

二十五

身强力壮的水手奋力搏斗
齐声喊起吓人的劳动号子，
巨大的声音吓住了摩尔人
仿佛听到战场上杀声四起。
不知这些水手为什么发怒
仓促间更不知该向谁求救，
莫非自己的阴谋已经败露
眼看就要遭到无情的惩处？

二十六

突然之间只见他们一个个
纵身跳上来时乘坐的小船，
还有人一头扎进滔滔大海
游泳逃命顾不得水深浪急。
眼前的景象实在令人胆寒
摩尔人都慌忙从两舷逃命，
他们宁可到大海中去冒险
也不愿送命在敌人的手中。

二十七

仿佛在远古时代的吕基亚[96]
荒凉的湖畔上，挤满青蛙，
它们无忧无虑，离水上岸
偶然察觉到有什么人走近，
便扑通通从四处跳入水中
去逃避它们预感到的危险，
躲进它们熟悉的庇护之所
仅把一只只蛙头浮露水面。

二十八

就这样，摩尔人纷纷逃窜，
把船队引向灾难的领航人
以为自己的阴谋已经败露
也忙跳入苦海，仓皇逃命。
为了不让海船触礁而沉没
在此丧失宝贵美好的生命，
达伽马立即下令旗舰抛锚
另外两只船停靠在它两侧。

二十九

达伽马船长真是大为吃惊
他实在想不到这奇怪举动，
竟连那个向导也惊慌逃窜
野蛮人的企图就不问自明。
他看到既不顶风也不逆水
航船却不能向前移动一点，
于是明白一定发生了奇迹
因此他仰望苍天高声呼喊。

三十

这真是不可思议的神奇呵
这分明是一个伟大的奇迹，
出人意料的阴谋竟然败露
这些人真是不义而又凶狠！
倘若不是威严的上苍保佑
肯于拯救弱小无依的生灵，
谁又能如此巧妙而安全地
逃脱如此精心策划的险境？

三十一

苍天有灵，祂明显地表示：
这里的港湾，充满了危险，
我们大家非常清楚地看到
摩尔人骗取了我们的信任。
即使人类非常智慧与谨慎
也难识破如此诡秘的阴谋，
守护神，没你我们难生存
请继续细心地保佑我们吧！

三十二

倘若这四海漂泊的可怜人
如此感动你那仁慈的胸怀，
他们只有靠你的大慈大悲
才能逃脱邪恶之人的魔掌。
请你此刻就决定引导我们
到达一座真正安全的港口，
要么就显示那渴望的土地
为你效劳我们才远航至此。

三十三

听见了这些哀求的话语
美丽的狄俄涅非常感动，
她告别了大海的女儿们
突然的离别真令人眷恋。
女神飞上了灿烂的星空
在第三层天[97]上受到迎接，
又径直来到第六层天上
在那里居住着她的父王。

三十四

女神行色匆匆面带红晕
更加显出她的美丽动人，
星星、天空、周围的空气
都为她的美而神魂颠倒。
那双居住着她的爱子的
显示她活泼性格的眼睛，
能让冰雪的两极燃起烈火
也能让熊熊烈火凝为冰霜。

三十五

朱庇特一向视她为掌上明珠
为让父王对她更加宠爱娇纵，
她像在伊达山对帕里斯[98]那样
无比娇媚地出现在父王面前。
那位因为偷看裸体的狄安娜
沐浴山泉而失掉人形的猎人[99]，
若看见如此美丽动人的女神
绝不至被恶犬撕碎，定先被欲火焚身。

三十六

卷曲的金丝长发，披在胸前
她的胸，让白雪也自觉形惭，
隐形的阿摩尔[100]，爱抚着她那
随步履颤动的乳房，白皙的
腰肢放射出情焰，那男孩儿
也就用它们去撩拨人的心灵，
贪婪的情欲像一条条常春藤
在沿着那两条光洁的腿攀缘。

三十七

她用一条薄薄的轻纱遮掩着
那个用羞怯做天然屏障之处，
可是那薄纱却丝毫也不吝啬
隐隐露出那枝粉红色的百合。
维纳斯缠上那块珍贵的纱绸
正是为了刺激更强烈的情欲，
整个天宇间，处处可以感到
武尔坎的醋意，玛尔斯的爱情。

三十八

她那天使般美丽的面颊
略带着微笑和一丝忧愁，
像一个谈情说爱的姑娘
受到粗心的情人的伤害。
哀怨的神情掺杂着欢笑
幸福的脸上略带着愁容，
与其说哀伤不如说撒娇
真是无与伦比。

三十九

她对父王说：尊贵的强大无比的父王呵
我一向以为凡我所喜欢的，
就会让你感到可爱而亲切
哪怕会遭到任何人的反对。
可无缘无故我又没有过错
却无端对我大发雷霆之怒，
听任巴克科斯的胡作非为
我只有自叹生来就是苦命。

四十

这是个属于我的伟大民族
看起来我枉然为他们流泪，
我的宠爱反让他们受牵累
你这样地与我的愿望作对。
我为了他们向你哭诉哀求
为他们我与我的命运搏斗，
既然我的爱使他们受虐待
我就诅咒他们或许能得救。

四十一

就让他们死在野蛮人手中
我真是……说着她已泣不成声，
腮颊上滚动着晶莹的泪珠
像鲜艳的玫瑰上挂着朝露。
女神沉默了片刻一阵哽咽
唇齿间像有说不出的哀怨，
她再欲启口，强大的雷神
走上前来，把她的话打断。

四十二

这一席娇滴滴的温柔言语
甚至打动铁石心肠的猛虎，
只见朱庇特顿时满面春风
犹如乌云驱散，日丽空晴。
他动情地为女儿擦干眼泪
亲吻她的脸，拥抱那玉体，
倘若当时那里无其他神祇
肯定会诞生另一个丘比特。

四十三

可越是亲吻她那可爱的脸
她越加泪水涟涟抽泣不停，
仿佛受到女仆虐待的孩子
若去安慰，她会更加伤心。
朱庇特为了让她平息怒气
便把未来的事情说给她听，
他把命运和天意反复斟酌
然后才对维纳斯耐心劝说。

四十四

美丽的女儿，你不必担忧
卢济塔尼亚人会遭受灾难，
任何人不能像你这双泪眼
对我能够具有如此的魅力。
美丽的女儿，我向你许诺
你将看到他们定能在东方
建树无比辉煌壮丽的事业，
让人忘掉希腊罗马的功绩。

四十五

善辞令的尤利西斯[101]摆脱了
永世为俄古癸亚奴的命运，
安忒诺耳[102]能穿越伊利里亚
抵达蒂马沃河畔重建家园，
善良的埃涅阿斯[103]能够闯过
斯库拉和卡律布狄斯之险[104]，
卢济塔尼亚人所成就的伟业
是把一个新世界展现于人间。

四十六

女儿，你将看到他们建起
宏伟的城堡，繁华的都市，
看到孔武剽悍的土耳其人
永远成为他们的手下败将。
那些自由稳固的印度国王
将对强大的君主俯首称臣，
通过这些主宰一切的人们
世界将颁布更完美的法律。

四十七

看，这行色匆匆不辞辛劳
把印度河苦苦寻觅的船长，
连涅普顿也被他吓得发抖
无风的海上竟然翻起巨浪。
真是旷古奇闻，平静的海
竟然剧烈震荡，沸腾起来，
胸怀远大无比坚强的人呵
四大元素[105]对他们心怀恐惧！

四十八

那个拒绝供给淡水的地方
终将变成一座文明的港口，
从西方远航到那儿的船只
都将在此地停泊获得休整。
总言之，此刻这整条海岸
到处都在设置死亡的陷阱，
认识到卢索不可抵御之后
就会驯服地向你供奉祭品。

四十九

你看，连声威显赫的红海
也将被他们吓得颜色惨黄，
你将看到强大的霍尔木兹[106]
也两度在他们的手下沦亡。
你将看到发了狂的摩尔人
用利箭射穿自己人的胸膛，
女儿呵，你将清楚地看到
凡反抗你者，都自取灭亡。

五十

看到你守卫第乌城[107]的勇士们
坚不可摧地抵御了两次围攻，
他们在那里显出勇气与幸运
他们在那里建树奇伟的军功。
卢济塔尼亚人的雄心壮志呵
叫伟大的玛尔斯也心怀嫉妒，
看到摩尔人临终绝望的叫喊
向苍天诅咒穆罕默德的伪善。

五十一

从摩尔人的手中夺取果阿[108]
把它变成威严的东方主宰，
卢济塔尼亚人的胜利战绩
将赋予这城市显赫的地位。
她将傲然屹立，为人称颂
给崇拜偶像者和所有试图
与卢济塔尼亚人为敌的人
都戴上严厉的桎梏和枷锁。

五十二

你还将看到他们以少胜多
英勇地捍卫卡纳诺尔[109]城堡，
你将看到那座繁荣昌盛的
卡利卡特[110]被化成一片废墟。
你还将看到一位孤胆英雄
在科钦城[111]骄傲地脱颖而出，
缪斯姊妹从来也未歌唱过
如此堪称不朽的辉煌胜利。

五十三

奥古斯都[112]率领勇猛的水军
在亚克兴一役英勇地战胜
暴戾恣睢的罗马统帅[113]之日，
路卡特海峡也未那样汹涌。
当安东尼从奥罗拉的领邑
著名的尼罗，繁荣的大夏，
满载着盛誉和战利品而归
却被妖媚的埃及女王[114]所俘。

五十四

你的英雄们所点燃的战火
是如何让大海熊熊燃烧呵，
他们俘获崇拜偶像的蛮人
战胜摩尔人和不同的民族。
他们将夺取富饶的金光岛[115]
还将航行到最遥远的中国，
将抵达东方最偏远的岛屿[116]
将让整个大海都俯首听命。

五十五

我美丽的女儿呵，就这样
他们显出超乎人类的力量，
从印度洋直到加的斯海峡
从北海到那个被人侮慢的
卢济塔尼亚人发现的通道[117]。
纵使一切古代的英雄复活，
这世界上也不会有任何人
能与他们的雄心壮志较量。

五十六

说罢便命那个接受祭献的
迈亚的儿子[118]立即降临人间，
安排一处安全和平的港湾
以便船队无忧无虑地停泊。
为不让坚强的船长滞留在
危机四伏充满敌意的地方，
还让他出现在达伽马梦中
给他指示那片平安的驻地。

五十七

库勒涅之神[119]已飞翔在天空
展开脚上的双翅降落人间，
他手上拿着那支生死权杖
它可以让疲倦的眼睛入睡，
也能让地狱冤魂起死回生
这支权杖还能够呼风唤雨。
他头戴着那顶常见的金冠
就这样兴冲冲飞到梅林德[120]。

五十八

他随身还携带着多嘴的珐玛[121]
去传扬卢济塔尼亚人的品质，
伟大珍贵的品格能引起敬重
声名显赫的人物能引起爱慕。
珐玛把勇士的声誉传布四方
如此为他们唤醒坚定的友谊，
梅林德已充满了热烈的盼望
要亲眼一睹强盛之人的风采。

五十九

紧接着他又飞向蒙巴萨
船队正在那里惊魂未定，
他要让它离开那个地方——
充满仇恨和疑惧的港湾。
因为人的智能终究有限
对魔鬼的阴谋无能为力，
倘若无上天的指点相助
人的经验智勇无济于事。

六十

黑夜已然走过一半旅程
满天的星斗眨闪着眼睛，
广袤的世界披戴着寒光
人类安享着快乐的梦乡。
高贵的船长已有些倦意
夜深人静他却心神不定，
布置好轮流值夜的哨兵
他只想稍稍闭一下眼睛。

六十一

这时墨丘利出现在梦中
快逃吧，卢济塔尼亚人！
逃离恶人所设下的陷阱
他让你们死无葬身之地！
逃吧，海风会帮助你们
万里晴空大海风平浪静，
你将在他乡遇到好国王
在那儿，可以安全休整。

六十二

只有残忍的狄俄墨得斯[122]
在此开设黑店捉住行人，
将他们一个个残忍杀害
作饲养烈马的美味珍馐。
这里只有部西里斯[123]祭坛
把不幸的异乡人当祭品，
如再迟疑，你下场相同
快逃离凶狠负义之人吧！

六十三

你沿着这条海岸继续航行
就会抵达一片真诚的土地，
那里太阳从天空垂直照耀
那里夜晚与白昼平均分割[124]。
你将在那里遇到一位国王
诚挚的友谊、安全的驿馆，
还有一名英明可靠的向导
指引你的船队远航到印度。

六十四

说着他驱散了船长的睡意
达伽马毛骨悚然即刻惊醒，
他看见，一道圣洁的金光
倏忽间划破了黑暗的夜空。
他知道这一切是神的旨意
这险恶之地绝不可再滞留，
便抖擞精神，对水手下令
乘强劲的海风，扬帆起航。

六十五

让我们马上扬帆破浪吧
风和日丽，此乃是天意，
我看见一位光明的天使
一直在暗暗地护送我们。
说话间水手们行动起来
他们在大船上各自忙碌，
高喊着号子，绞起铁锚
显示出令人钦佩的力量。

六十六

正当水手们起锚的时候
几个躲在暗中的摩尔人，
恰好要偷偷把锚索割断
欲让海船撞碎在岩石上。
可卢济塔尼亚人的眼睛
像灵猫一样，早已察觉，
摩尔人见惊动了水手们
便飞快划起船慌忙逃跑。

六十七

此刻，刀锋般锐利的船头
划破海面分出银色的水路，
一股股温缓而有力的海风
平稳、轻快地推动着海船。
人们议论着刚渡过的危险
经历惊心动魄，终生难忘，
真是千钧一发，危在旦夕
能够死里逃生，纯属侥幸。

六十八

火一般的太阳运行了一圈
又开始了一个明媚的早晨，
这时，人们望见远处的海
风息浪静，两条小舟在动。
那两条船上肯定有摩尔人
船长命令掉转头顺流追去，
其中一条船发现来者不善
便驾驶着小船逃向了海岸。

六十九

另一条船却并非如此机警
当即被卢济塔尼亚人截获，
不必请玛尔斯动雷霆之怒
也不必让武尔坎施展威风。
因为小船上只有寥寥数人
既软弱又胆怯，无力抵抗，
倘若那些摩尔人不识时务
等待他们的是更大的劫难。

七十

达伽马急欲找到一位向导
能指引他到达苦寻的印度，
他以为船民之中必有此人
可事实与想象却大不一样。
船民中谁也不能向他说出
印度位于天空下什么方位，
可是都说附近有个梅林德
那里肯定能找到一位向导。

七十一

摩尔人称颂国王心地善良
他为政自由，待人坦诚，
是位仁慈宽厚的有道之君
具有受人敬重的伟大品质。
达伽马确信这一切是事实
因为墨丘利早已托梦给他，
于是决定向那个梦中所兆
摩尔人所指示的地方出发。

七十二

光芒万丈的福玻斯[125]照耀着
抢劫欧罗巴的金牛的星座
将那头牛的双角烤得发烫[126]，
芙罗拉割断阿玛尔忒亚之角[127]。
匆忙的太阳在欢乐的季节
让人们回忆起神圣的日子，
那一天统治世间万物之主
给他的一切杰作打上戳记。

七十三

恰恰就在这个欢乐的节日
船队开入了梅林德的海域，
远远望去人民在张灯结彩
一片庆祝神圣节日的景象。
真是彩旗如画，迎风招展
一片祥云缭绕，紫气氤氲，
水手们列好队，敲响战鼓
船队快乐威武，驶入海湾。

七十四

梅林德海岸上，人群拥簇
都赶来参观这漂亮的船队，
当地人比一路经过的所有
地区的人都更加诚实开化。
卢济塔尼亚船队开进港口
沉重的铁锚牢牢抓住海底，
船长派一个捕获的摩尔人
向国王通报船队到来的消息。

七十五

国王久闻葡萄牙人之盛名
十分仰慕他们的高尚风节，
勇士们如此偏爱他的港口
真是这个小国的莫大荣幸。
热情而诚挚的梅林德国王
崇敬葡萄牙人的豪情壮志，
当即，迎接水手上岸休息
坚强的人无愧于这种礼遇。

七十六

尊贵的勇士远渡万里海路
国王派人向他们致以问候，
还派人送来了真诚的礼物
其中不含任何恶毒的用意。
他派人抬来了肥美的羔羊
鲜嫩的母鸡和时鲜的果品，
尤其送来了一片赤诚之意
远比这些礼物更令人感动。

七十七

达伽马高兴地接待了使者
更高兴接受了国王的问候，
当即命人取来备好的礼物
回敬给尊贵的梅林德国王。
一匹猩红的威尼斯呢面料
一树精致而名贵的红珊瑚——
它原在海水中柔软地生长
一旦出水却变得坚硬如石。

七十八

船长派一名水手去见国王
这个人风度潇洒娴于辞令，
令他与国王达成和平协定
为自己不能登陆表示歉意。
精明强干的使者立刻出发
登陆去觐见那梅林德国王，
用帕拉斯[128]传授给他的口才
对梅林德国王说出一篇宏论。

七十九

尊贵的国王呵，奥林匹斯
神圣的会议赐给了你权力
统治这里勇敢骄傲的人民，
你的臣民都对你无比敬畏。
众神赐你整个东方世界中
最强大、也最牢固的港口，
国王呵，我们寻找到陛下
正是为了求得可靠的帮助。

八十

我们并不是一伙江洋大盗
偷袭一路经过的弱小城市，
为贪婪地掠夺他人的财富
用火与剑屠戮无辜的平民。
受一位尊贵的国王的派遣
我们从骄傲的欧罗巴出发，
远航万里去寻找一片沃土——
那辽阔富饶而遥远的印度。

八十一

我们遇到多少野蛮的部落
他们的习俗是多么丑陋呵，
为何不仅对我们封锁港口
连荒凉的海滩也不许停留。
为何对我们心怀刻骨之仇
竟那样恐惧我们寥寥数人，
为何设下那些邪恶的陷阱
不见到船毁人亡誓不甘休？

八十二

心地善良的梅林德国王呵
我们是多么坚信你的赤诚，
衷心希望从你的这里得到
阿尔喀诺斯[129]曾给予遇难的
伊萨卡人的那种可靠帮助。
天意指引着我们航行到此，
既然这一切是上天的旨意
你一定是诚实人道的国王。

八十三

国王呵，请千万不要以为
我们船队的那位英明统帅
未前来觐见你并为你效力，
是由于依然怀疑你的诚意。
这样做是遵从我王的旨意
要知道他从不敢有违王命，
因为根据葡萄牙国王之命
任何地方他不可擅离船队。

八十四

身为臣子对国王的旨意
像四肢服从头脑的支配，
既然你也有国君的威仪
决然不愿有人违反王命。
此刻你对我们施以关怀
这对我们是巨大的恩德，
我们的统帅和他的部从
海枯石烂都会永远铭记。

八十五

使者一席慷慨激昂的话语
引起在场的众人议论纷纷，
赞叹葡萄牙人的非凡勇气
闯过长天之下广阔的大海。
尊贵的梅林德国王想象着
那非凡卓越的葡萄牙国王，
那样遥远，依然受人服从
葡萄牙人是如此忠心耿耿！

八十六

他和颜悦色，眼带着微笑
对那位令人尊敬的使者说：
请打消内心的一切疑虑吧
不要让疑惧笼罩你的心头。
你们的伟业，非凡的勇气
一定使全世界都感到钦佩，
那些为你们设置障碍的人
必定缺乏高尚的胸襟情怀。

八十七

你们为了遵从国王的旨意
全体船员都不能离船上岸，
尽管我感到既遗憾又惊奇
但敬重你们如此服从国王。
既然你们的国王不能允许
我更不同意你们违反王命，
怎能仅仅为满足我的私愿
损害你们如此杰出的忠诚！

八十八

明天的朝曦一旦降临世界
我就会乘上我的独木小舟，
前往参观你们的强大船队
实现我多少日就有的夙愿。
如果说一路风尘万里遥遥
你们受尽狂风恶浪的摧残，
你们在这里将会无忧无虑
将获得领航员和一切物品。

八十九

当国王说完这些话的时候
勒托之子[130]已隐没在大海里，
不辱使命的使者乘上小舟
欢欣地辞别国王返回船队。
所有人的心中都充满快乐
他们终于找到真诚的帮助，
眼看将到达所寻求的土地
因此兴高采烈，一夜欢庆。

九十

天上，礼花绚丽地闪烁
仿佛一串串灿烂的流星，
炮手们放射出隆隆炮声
震荡大地、海洋和天空。
库克罗普斯之军[131]大显神威
一颗颗炮弹炸开团团火光，
有的人敞开喉咙放声歌唱
喧闹地吹奏起高亢的鼓乐。

九十一

陆地上，人们也遥相庆祝
焰火在空中旋转发出呼啸，
在夜空中划出一个个螺旋
闪烁着光环，并发出巨响。
人们的欢呼声，直冲云天
欢腾的大海仿佛燃起火焰，
沉沉的大地也同样在燃烧
如此欢庆，仿佛一场鏖战。

九十二

那永不休止地运转的天穹
又来催促人们去辛勤劳作，
门农的母亲[132]带来一片光明
打断了人类那沉沉的睡梦。
黑暗的夜色正在渐渐淡去
在鲜花上凝成冰凉的露珠，
这时梅林德国王乘上王船
去海上，观看壮观的船队。

九十三

海滩上真是一片热烈景象
欢乐的人们纷纷赶来观看，
人们都身穿着节日的盛装
紫色的长袍和闪光的绸缎。
看不见那杀气腾腾的刀枪
看不见那弯如满月的弓弩，
只见人们手捧着棕榈树枝
为胜利者编织真正的桂冠。

九十四

一条巨大而宽敞的王船上
绸缎扎成五彩缤纷的凉棚，
梅林德的国王端坐在船上
陪伴他的是满朝王公大臣。
国王的服饰的确光彩夺目
不愧是当地最华贵的服装，
头上戴着绫罗绸缎的缠头
上面缀满黄金和贵重宝石。

九十五

他身上穿着当地最高贵的
紫色的大马士革锦缎长袍，
脖子上戴着一只纯金项圈
那只精美的首饰巧夺天工
闪着灿烂耀眼的钻石光芒。
腰上佩着镶嵌宝石的短剑，
脚上蹬着一双大绒缎皮靴
上面用金丝珍珠绣出花纹。

九十六

国王的一名侍从用手举着
锦缎和丝绸制作的遮阳伞，
真金的伞柄上雕刻着图案
为国王遮挡着毒辣的阳光。
王船上有一支喜庆的乐队
奏着响亮而又奇怪的音乐，
一只只弯成弧形的长号角
吹奏着无和声的一片杂音。

九十七

卢济塔尼亚人也乘上小艇
并率领着武士从船队出发，
到海上去迎接梅林德国王
和随从他的满朝文武大臣。
达伽马一副西班牙式戎装
身上披着一件法兰西战袍，
衣料都是亚德里亚海岸边
名贵的威尼斯大洋红软缎。

九十八

他的衣袖上紧紧系着金扣
在强烈的阳光下耀眼夺目，
打造战袍甲片的那种金属
幸运之神从不肯轻易许人。
紧身的护胸上美丽的花边
也用金丝银线精巧地绣成，
腰带上挂着意大利的金剑
稍稍斜戴的帽子插着羽翎。

九十九

陪伴船长前往的武士们
也披着各式各样的战袍，
珍贵的骨螺[133]提炼的染料
为服饰增添鲜艳的颜色。
五颜六色像绚丽的釉彩
远远地望去，交映成辉，
简直就像陶玛斯的女儿
活泼而美丽的彩虹仙女[134]。

一〇〇

一阵阵清脆嘹亮的号角
激起了人们欢乐的情绪，
摩尔人的小舟遍布海面
船上搭着彩篷逶迤而来。
轰隆的炮声，响彻云天
硝烟像遮天蔽日的乌云，
欢呼声像一场熊熊烈火
摩尔人忙用手掩住耳朵。

一〇一

国王登上了船长的小艇
伸出双臂，热情拥抱他，
按照对国王应有的礼节
达伽马连忙向国王施礼。
从摩尔人的神情里看出
他心中充满惊奇和敬佩：
他们来自那样遥远的地方
去寻找印度实在值得钦佩。

一〇二

只听梅林德国王慷慨地说道
他愿倾国所有，供船长需要，
如果缺少什么给养不必客气
尽管像自己的东西一样索取。
他说虽然从没有见到过他们
却已久闻卢济塔尼亚的大名，
据说他们在遥远的什么地方
曾与伊斯兰教徒发生过战争？

一〇三

国王说当初卢济塔尼亚人
摘取了赫斯珀里得斯姊妹
曾居住过的王国的皇冠时[135]，
整个非洲都盛传那一事迹。
他还讲出许多赞美的话语
远远超出了他听到的传闻，
可比卢济塔尼亚人的事迹
所应获得的称颂相差甚远。

一〇四

只听达伽马如此回答他道：
心地善良的国王，只有你
对卢济塔尼亚人深怀怜悯，
遭受了那么多不幸和挫折
经受过了大海的疯狂折磨，
令人世沧桑物换星移的神
授予我们如此伟大的事业
只有你才能给我们以报偿。

一〇五

所有被阿波罗烤焦的人中
只有你，给我们和平接待，
无底的海，我们在这找到
躲避可怕风暴的安全庇护。
只要这天空还有星光闪烁
只要这世界还有阳光普照，
无论此后，我生活在何处
你的名字都会在那里传扬。

一〇六

达伽马船长与梅林德国王
便如此交谈着，驶向船队，
他们绕着一条条战船巡游
梅林德国王即仔细地观赏。
武尔坎的大炮喷射向天空
轰鸣的礼炮，向国王致敬，
船队上吹起了雄壮的军号
与摩尔人的号角遥相呼应。

一〇七

可是那位仁慈的摩尔国王
认真观赏过壮丽的船队后，
耳中听着那种陌生的炮声
面色中显现出心中的惊惧。
他请求赶快停止鸣放礼炮
把载炮的小艇停泊在远处，
然后才慢慢向勇敢的船长
讲述起一些他听说的事情。

一〇八

这位梅林德国王兴致勃勃
畅谈天南海北的逸事奇闻。
他问他们与穆罕默德信徒
发生过哪一些著名的战争，
他问远在天涯的伊比利亚
半岛上究竟住着哪些民族，
他问半岛附近有哪些邻国
还问在大海上有哪些航线。

一〇九

可是英雄的船长呵，他说
请你首快给我们讲一讲，
故乡的气候和风土人情
你们所生活的世界和社会，
还有你们祖先的光荣历史
如此强大的王国怎样创立，
筚路蓝缕有哪些辉煌胜利
所有这些，一定极其壮丽。

一一〇

还要请你绘声绘色地讲述
疯狂的大海上的漫长征途，
一路所见我们粗犷的非洲
所孕育出的各种野蛮风俗。
请你此刻就开始来讲述吧
看那寒冷的黎明已然度过，
太阳已升起，风儿已沉睡
大海已温柔，波浪已平静。

一一一

看吧，就连天地也愿倾听
你将要讲述的那神奇故事，
葡萄牙人杰出不凡的业绩
难道有谁没有听到过传闻？
那位光辉灿烂的太阳神呵
同样赐给我们头脑和智慧，
梅林德人并不是愚昧粗鲁
对伟大的功绩不懂得推崇。

一一二

傲慢的巨灵[136]曾经向光明的
奥林匹斯神祇狂妄地宣战，
无知的皮里托奥斯[137]、忒修斯[138]
曾闯入恐怖的普路同王国[139]。
如果世间还有同样的伟业
可与冒犯天庭和地狱相媲，
同样艰苦卓绝，光辉壮丽
那便是不怕涅柔斯的暴戾。

一一三

那个疯狂的黑若斯达特斯[140]
为了让世间流传他的名字，
竟然把狄安娜的宏伟神庙
巧匠忒瑟丰杰作付之一炬。
假使成名的欲望竟然使人
做出如此盲目愚蠢的举动，
建树如此堪被歌颂的伟业
更有理由获得永恒的荣誉。

第 三 章

一

此刻请指点我吧，卡利俄珀[141]
把达伽马的故事谱写成诗歌，
请在这颗崇拜你的平凡心中
激发起非凡诗思的灵感长河。
你为光明药神[142]生子俄耳甫斯[143]
他对你，女神，从来一往情深，
达芙涅[144]、克吕提厄[145]、琉科托厄[146]
不能改变他对你的神圣之爱。

二

卢济塔尼亚人之功无愧称颂
请赐我灵感，让我实现愿望，
让全世界人都听见这首长歌
看到特茹河流出赫利孔醴泉[147]。
别留恋鲜花遍野的品都斯山[148]
阿波罗赐我沐浴骄傲的灵泉，
否则会以为你嫉妒我的才华
担心你的俄耳甫斯诗名暗淡。

三

所有人，都在屏气凝神倾听
高贵的达伽马要讲出的故事。
他稍稍地思索了一会儿之后
便昂起头来，如此开始说道：
尊贵的国王呵，你让我说明
我的民族和它那伟大的史迹，
你并不让我讲述别人的历史
而是歌颂我民族的光荣经历。

四

歌颂赞美他人的丰功伟绩
是人们习惯而情愿的事情，
然而若居功自矜自吹自擂
却让人难以启口心怀犹疑。
而且若想把一切讲述清楚
恐怕时间再长也会嫌短暂，
既然人常说恭敬不如从命
那么容我简明扼要地叙说。

五

而且我必须如实讲述一切
这是我身负的职责和义务，
可那样光辉而壮丽的事迹
真是说得越多，越觉不足。
然而我却要按照你的意愿
依次叙述你要了解的事情，
首先我要讲述辽阔的海域
然后，是那些血腥的战争。

六

从光辉的太阳北方的终点——
巨蟹宫所管辖的北回归线
再到那如同热带酷暑一样
令人惧怕的寒冷北极之间，
屹立着一座骄傲的欧罗巴。
北面与西面，俄刻阿诺斯
苦涩的滔滔大洋把她拥抱，
南面，濒临地中海的碧波。

七

在那朝曦出生的东方一带
她与比邻的亚细亚相接壤，
那条曲折冰冷的冥冥之河
源于里法厄[149]，注入缪提斯[150]
隔离开这两片辽阔的大陆。
爱琴海是希腊暴政的见证，
如今那里对特洛伊的胜利
仅残留下对航海者的回忆。

八

在北极稍下方一些的地方
许珀耳玻瑞亚山[151]高高耸立，
北风终年怒号的里法厄山
她那著名的称号源于狂风。
阿波罗普照全世界的光芒
在此地却是那么微弱昏暗，
以致高山上常年积雪不化
连大海和泉水都永世封冻。

九

这里生活着无数塞西亚人[152]
在远古的时代，他们曾与
埃及一带的人民发生大战，
争夺世间最古民族的美誉。
他们的说法都不符合事实
因为人的智慧是那样谬误，
谁若想得知更确切的消息
只有去叩问大马士革山峰。

十

如今这一带获得新的名称
寒冷荒凉的挪威拉普尼亚[153]，
斯堪的纳维亚半岛[154]铭刻着
战胜意大利人的历史遗迹。
严冬尚未把大海封死之时，
能看到普鲁士瑞典丹麦人
在萨尔马提亚[155]一条臂膀上
驾驶着风帆在大海上航行。

十一

塔纳斯河[156]畔有怪异的民族，
白俄人、莫斯科人，加里人
古代被称作萨尔马提亚人，
伊尔西尼亚[157]的马科曼尼人[158]、
附庸日耳曼帝国的波兰人、
撒克逊、波希米亚、帕诺尼奥人，
莱茵、多瑙、埃姆斯、易北河
许多不同民族把江水共饮。

十二

从古称伊斯特河的多瑙河
到赫勒留下命与名的海峡[159]，
那一带有强壮的色雷斯人[160]
凶猛的玛尔斯偏爱这民族。
凶恶的奥斯曼帝国在那里
让拜占庭遭受屈辱的奴役，
统治赫莫山脉和罗多彼山[161]
让君士坦丁大帝蒙受耻辱。

十三

那儿附近生活着马其顿人
分布在阿克西乌斯河[162]两岸，
接着便是你，光辉的希腊
到处是智慧和勇气的土地。
你创造出卓越的文化风俗
雄辩的思想，奇瑰的想象，
军事与文学上的双双成就
使你的荣誉可与天地争辉。

十四

附近居住着达尔马提亚人[163]
安忒诺耳修建城市的地方，
威尼斯骄傲地屹立在水中
当她兴起时曾经那么卑贱。
在此陆地将臂膀伸向大海[164]
她有征服众多民族的力量，
这只强壮的臂膀属于一个
智慧、英武的卓越民族。

十五

涅普顿的王国将这里环绕
另一面，是一座天然屏障，
亚平宁山脉将其一分为二
她成为著名的玛尔斯故乡。
可是自从有了神圣的教皇
那里渐渐失去智慧与力量，
渐渐失去古代民族的勇气
上帝多么满意人们的恭顺！

十六

再请看，那是杰出的高卢[165]
世间盛传恺撒的常胜之名，
塞纳、罗纳、加龙、莱茵河[166]
浇灌这片富饶肥沃的土地。
紧接着是一座巍峨的山脉[167]
公主皮莉涅曾在那里安葬，
古人传说当这里燃起大火
就会涌出金汁银浆的大河。

十七

这就是高贵的西班牙半岛
她仿佛整个欧罗巴的头颅，
命运的巨轮呵，几番旋转
使她的历史历尽荣辱沉浮。
然而不安的命运从来未能
以阴谋暴力使她蒙受污点，
从未使她失去力量与勇敢
因为她天性就是勇武好战。

十八

她隔海与丹吉尔迎头相峙
好像要把地中海大门紧锁，
那座著名海峡的高贵地位
来自忒拜人[168]最后一项功绩。
大洋俄刻阿诺斯[169]惊涛拍岸
不同民族赋予她伟大声誉，
每个民族都具有高贵品质
每个民族都自认为最优秀。

十九

塔拉戈纳人[170]有光辉的形象
他们曾把帕耳忒诺珀[171]驯服，
纳瓦拉[172]的阿斯图里亚民族[173]
是抗击摩尔人的中流砥柱。
加莱古人[174]既小心，又吝啬
卡斯提尔人[175]有罕见的性格，
顺时应命，光复了西班牙：
贝梯斯[176]、莱昂[177]、格拉纳达[178]。

二十

就在这欧罗巴之首的前额
卢济塔尼亚王国岿然屹立
——陆止于此，海始于斯[179]
福玻斯从这里沉入大西洋。
公正的上天要让这个民族
发祥于和摩尔人的战争中，
把愚夫们，赶出伊比利亚
在炎热的非洲也休想偷生。

二十一

这是我可爱而幸运的祖国
但愿上天能让我平安而返，
带着已竟的如今这一事业
在故乡结束我的有生之年。
光辉的卢济塔尼亚王国呵
你的名称源于卢索或利萨，
他乃巴克科斯之子或伙伴
此地的先民都是他的传人。

二十二

他养育出一位勇敢的牧人[180]
他的名字意为勇敢的作为，
任何人不能折辱他的光荣
强大的罗马也不敢藐视他。
那位遵照上天法律与意志
把自己的儿子吞食的老人[181]，
将赋予他重要的世界地位
光辉的王国，便如此创建。

二十三

西班牙有一位阿方索国王[182]
向撒拉逊人[183]展开连年战争，
血腥的战斗，勇敢与智谋
无数人失去了土地与头颅。
国王的神奇声名不胫而走
从赫拉克勒斯石柱到里海，
无数梦想建功立业的勇士
从遥远之地来到他的阵营。

二十四

心怀着对信仰的天生热诚
超越了对世俗荣誉的追求，
远离了可爱的祖国和家园
从欧洲各地汇集到西班牙。
当勇士们在非凡的战斗中
所表现的英勇出类拔萃时，
著名的阿方索国王便决定
对战绩卓著的人论功行赏。

二十五

勇士中有一人名叫恩里格[184]
乃英雄的匈牙利王之次子，
幸运地被封为葡萄牙伯爵
那里，当时还是无名之地。
为表示对伯爵深厚的恩宠
卡斯提尔国王还把女儿——
美丽的特蕾沙公主嫁给他，
让他们一同共享那片封邑。

二十六

葡萄牙伯爵对夏甲的子孙[185]
连连大举进攻，节节获胜，
赢得大片富饶肥沃的土地
表现出他天生的勇敢品质。
不久上帝赐给他一个子嗣
作为对他卓著功勋的奖赏，
王子给英勇的卢济塔尼亚
带来了光辉而自豪的声名。

二十七

攻克神圣的耶路撒冷之后，
恩里格已从圣战返回故园[186]，
他凭吊过那片约旦河沙滩——
上帝之子接受洗礼的见证。
当戈弗雷[187]征服了犹太以后
再找不到与他为敌的对手，
那些前来为他助战的勇士
便纷纷返回了自己的领地。

二十八

坚强、杰出的匈牙利伯爵[188]
已走到了生命之途的终点，
他接受死生和富贵的天意
只好将灵魂奉还赐命之神。
他的儿子[189]还处在娇嫩之年
父亲给他的性格留下烙印，
有英雄之父必有英雄之子
王子，是世上最坚强的人。

二十九

可是古代的事情难以断言
古老的传说不知是否真实，
相传王子的母亲独揽大权
再次结婚也丝毫不以为耻。
剥夺孤儿继承王位的权利，
竟然声称所有的伯爵领地
都是他父亲赠给她的嫁奁[190]
只有她才拥有伟大的主权。

三十

阿方索亲王眼睁睁地看着
（亲王的名字来自外祖父）
在自己的国土无立足之地，
母亲与她的后夫为所欲为。
凶猛的玛尔斯在胸中燃烧
暗自思索，要把国土夺回，
心中深思熟虑了一些计划
便毅然决然，去着手实现。

三十一

一时之间，内战的鲜血
染红吉玛拉依斯[191]的原野，
母亲已经丝毫不像母亲
拒绝给儿子以爱和土地。
与亲生子战场上刀兵相见
狂妄的女人不知罪过深浅，
背叛了上帝，背叛了母爱
情欲在她的身上占了上风。

三十二

残忍的普洛克涅[192]、美狄亚[193]
假如为了报复丈夫的劣行，
相比你们将儿子无辜杀死
那么特蕾沙的罪孽更深重。
无耻的放纵、丑恶的野心
是她这一罪恶的主要原因，
斯库拉[194]仅为其一杀死老父
特蕾沙为两者向儿子宣战。

三十三

英明的阿方索亲王战胜了
与他营垒对敌的母亲继父，
开始时曾与他为敌的国家
顷刻之间已向他倒戈归顺。
可是，由于狂怒失去理智
他用粗重的铁链锁住母亲，
不久他将受到上帝的惩罚
人们对父母应该多么敬畏！

三十四

骄傲的卡斯提尔纠结大军
为特蕾沙的失败报仇雪恨
对弱小的卢济塔尼亚宣战，
任何艰难困苦吓不倒他们。
凭着人的勇敢、上天的保佑
他们在那场残酷的战役中
不仅顶住敌人的疯狂进攻，
更使残暴的敌人败阵而归。

三十五

但时过不久，坚强的亲王
在吉玛拉依斯城遭受围困，
敌人以数不清的强大兵力
发誓雪洗前次失败的耻辱。
若没有忠实的臣子埃伽斯
甘心情愿献身残忍的死神，
阿方索就无法脱离这劫难
他毫无戒备定然全军覆没。

三十六

忠诚的大臣埃伽斯已看出
主人无法抵抗的艰难处境，
便前去觐见卡斯提尔国王
以死担保将劝说主人臣服。
听信了德高望重的埃伽斯
卡斯提尔国王撤去了围军，
可杰出的青年人壮志凌云
岂能甘心向他人俯首称臣。

三十七

眼看许诺的日期就要到来，
卡斯提尔国王已经在等待
葡萄牙王子亲赴他的殿前
表示臣服于他无限的王权。
埃伽斯老臣见要失信于人
卡斯提尔哪里想到会如此，
他决心用自己美好的生命
去换取未能够实现的诺言。

三十八

埃伽斯便携带上妻子儿女
用绳索自缚，去解除担保，
他们赤着双脚裸露着身体
这会让人把仇恨化成怜悯。
只见他说：至尊的国王呵
你若想惩罚我的鲁莽自信，
现在我自缚全家负荆请罪
甘愿以生命偿还我的许诺。

三十九

请看我带来了无辜的生命
我的妻子儿女都毫无过错，
如果弱小者悲惨的死能使
仁慈而卓越的心获得满足。
看我这罪恶的双手与舌头
就让他们遭受酷刑而死吧，
哪怕是遭受辛尼斯的折磨[195]
或被投入佩里洛斯的铜牛[196]。

四十

仿佛是面对刽子手的死囚
虽活着就尝到死亡的滋味，
埃伽斯早已把生死置之度外
引颈就刑只等待可怕的一斫。
就这样，面对着盛怒的国王
他甘心情愿去接受一切惩罚，
但国王见他如此的奇忠大勇
满腔的愤怒，终于化为了仁慈。

四十一

葡萄牙人那伟大的忠诚呵
你的臣民竟如此忠心耿耿，
连那位自戕颜面的波斯人
所做出的事迹也不过如此。
致使大流士国王万分悲痛
一遍又一遍地伤感和叹息，
宁愿有一位健全的佐碧洛[197]
也不要换取二十座巴比伦。

四十二

阿方索亲王已经集结起
幸运的卢济塔尼亚军队，
指挥大军去攻打居住在
清甜的特茹彼岸的摩尔人。
奥里基平原上已布置好
骄傲而英勇的强大阵营，
可是面对撒拉逊的敌军
他的兵力显得那样弱小[198]。

四十三

亲王没有任何别的倚仗
只靠着统治苍天的上帝，
受过洗礼的人数那样少
每人要抵挡一百摩尔人。
任何一位理智冷静的人
都可以看出局势的严峻，
每位骑士都要以一当百
敢于去攻打庞大的敌营。

四十四

敌营由五位摩尔王组成
他们的统帅叫伊斯玛尔，
他们身经百战久经沙场
在战争中获得赫赫声名。
勇敢的女性是巾帼英雄
仿效美丽的彭忒西勒亚[199]，
她曾大力援助特洛伊人
率领孔武尚战的阿玛宗人[200]。

四十五

当那片寂静而寒冷的晨光
驱散了天穹上满布的繁星，
玛利亚之子身负着十字架
出现在阿方索亲王的面前。
亲王向那位显圣的神拜倒
心中燃起信仰之火，喊道：
天主，请向异教徒显灵吧
不要对我，我相信你的大能。

四十六

耶稣显圣的奇迹的出现
鼓舞起葡萄牙人的斗志，
人民把那么爱戴的亲王
推举成为葡萄牙的国王。
面对着无比强大的敌营
他们的欢呼声直冲云霄，
永远、永远忠于阿方索——
伟大尊贵的葡萄牙国王。

四十七

仿佛是一只冲下山的猛犬
听见主人一声激励的叫喊，
向着一头野牛勇敢地攻击
那野兽顶着一对犀利的角。
凶猛而灵巧的猎犬吠叫着
狠咬牛的耳朵和它的两肋，
直到终于撕碎了它的喉管
可怕的庞然大物一头栽倒。

四十八

年轻而勇敢的阿方索国王
就这样受上帝和人民激励，
率领着那斗志昂扬的军队
向野蛮的摩尔人发起攻击。
那群恶狗，发出阵阵狂吠，
刀剑砍斫声，弓箭长矛声
人潮鼎沸声，凄厉号角声
组成了一部战争的交响乐。

四十九

似干旱的荒原烧起大火
玻瑞阿斯鼓起呼啸的风，
风助火势，枯草燃烧
干枯的树林大火熊熊。
牧人正睡在甜美的梦乡
噼啪的烈火声惊醒了他，
惊慌失措，收拢起羊群
向远处的村庄仓皇逃命。

五十

摩尔人被吓得目瞪口呆
一个个慌忙间抓起武器，
可是他们却并没有逃散
派出重骑兵，勇猛反击。
骁勇的葡萄牙人奋力冲杀
用长矛刺透敌人的胸膛，
有的半死，瘫倒在地上
有的大声祷念着《古兰经》。

五十一

这场可怕而又激烈的战斗
足以把一座高山削为平地，
战场上无数马匹疯狂奔跑
仿佛涅普顿施展他的法力[201]。
短兵相接，白刃相搏
山谷里到处回响着喊杀声，
卢索的子孙们，挥舞着剑
把摩尔人的铁甲砍得粉碎。

五十二

残肢断臂，失去知觉
心肝涂地，还在继续跳动，
面无血色，已然奄奄一息
令人作呕的敌人大势已去。
满地鲜血汇成一道道河流，
白色的岩石，绿色的草木
全部染成殷红可怕的血色。

五十三

卢济塔尼亚军队大获全胜
所缴获的战利品不计其数，
西班牙呵，摩尔人被彻底粉碎
伟大的国王，在战场大庆三天。
为永远纪念这项伟大胜利，
在此把他骄傲的白色盾牌
画上五面闪闪发光的蓝盾
象征五个被战胜的摩尔王。

五十四

五面蓝色的盾牌上面刻着
耶稣被出卖的三十枚银币，
就这样用各种绚丽的色彩
永远怀念那位保佑他的神。
五块蓝盾上各有五枚银币
五块蓝盾被摆成一个十字，
中间那块的银币要数两次
加起来正是三十枚的数目。

五十五

取得这一伟大的胜利之后
高贵的国王去攻打雷利亚[202]，
这座城市刚被摩尔人占领
阿方索便率师，把它夺回。
顺路攻下强大的阿隆契斯[203]
一向高贵的斯卡贝利古堡[204]，
你呵，碧波粼粼的特茹河
浇灌着那景色秀丽的田园。

五十六

征服了这些高贵的城镇后
阿方索接着又攻克马夫拉[205]，
林木苍翠的太阴山辛特拉[206]
都屈服于强有力的臂膀下。
辛特拉，你清澈的山泉里
隐着美丽快活的水泽仙女，
躲逃着阿摩尔[207]的温柔情网
在泉水中点燃炽热的情焰。

五十七

还有你呵，高贵的里斯本城
轻易成为世间都市中的公主，
那个善于辞令的人[208]把你修建
他设计使达达尼亚[209]毁于战火。
无底的大海也听从你的命令
你却服从于葡萄牙人的武力，
那场战役中葡萄牙人还得到
一支来自北方的舰队的援助[210]。

五十八

从日耳曼的易北、莱茵河畔
从风雪交加的大不列颠王国，
有许多骑士怀着神圣的热诚
来加入粉碎撒拉逊人的战争。
那支舰队开入秀丽的特茹河
同伟大的阿方索的阵营会合，
那时他的赫赫声威直插云霄
把尤利西斯的城墙死死围困。

五十九

天空中，月亮五次隐藏
五次显露出她美丽的脸，
里斯本城，终于被攻陷
重重围困之下只有投降。
那场战役多么血腥壮烈
那视死如归的进攻者们
是如此果敢顽强地冲锋，
失败者是那样拼死顽抗。

六十

里斯本城就这样被攻下，
古时候这座高贵的城市
从来没有屈服过北方的
剽悍而强大的塞西亚人[211]。
他们曾在埃布罗河[212]洗马
也曾让特茹河心怀恐惧，
终于，在贝梯斯[213]建立功业
为那里留下安达卢西亚的名字。

六十一

假如连里斯本都难以抵抗
这声名远播的民族的进攻，
还有哪一座城市更加牢固
可以抵御葡萄牙人的力量？
厄斯特利马都拉[214]，奥比杜什[215]
清澈的山泉在岩石间歌唱，
阿兰格尔[216]，托雷斯韦德拉什[217]
全部已服从于他们的统治。

六十二

你们，特茹河彼岸的土地
以克瑞斯[218]的金黄色而亨誉，
你们畏服于那超人的力量
奉献出你们的城堡和权力。
可是你这愚妄的摩尔农夫
休想保住耕耘的那片沃土，
著名的埃尔瓦斯、摩拉、塞尔帕[219]、
阿尔卡萨尔杜沙尔[220]全部已降服。

六十三

这便是那座高贵的城市[221]
起义者塞多留[222]的根据地，
如今千百座高耸的石拱
把巍峨的渡槽当空架起。
从远方引来清凉的泉水
滋润着那里的肥沃大地
哺育着那里勤劳的人民，
被勇敢的吉拉尔多[223]攻取。

六十四

为报复特兰科苏[224]的毁灭
阿方索前去攻打贝雅城[225]，
用不朽之名延长有限之命
他不辞辛苦，鞍马劳顿。
这座城市难以长久抵抗
可是当她已然投降之后，
狂怒的人却用残忍的剑锋
屠杀尽了城里的所有生灵。

六十五

同时他征服了帕尔梅拉[226]
和盛产鱼虾的塞新布拉[227]，
阿方索国王还吉星高照
粉碎了一支强大的援军。
那城镇和山林都可见证
有一支匆匆赶来的军队，
在塞新布拉一带的山麓
突遭到可怕意外的阻击。

六十六

高贵的巴达霍斯[228]摩尔国王
统帅着四千名悍猛的骑兵，
还有无以数计的带甲步兵
真是刀枪如林，神采异常。
仿佛五月一头发情的公牛
性情暴躁，妒疑，
狂暴的情人发觉有人接近
便向无备的路人无端攻击。

六十七

就这样，阿方索出奇制胜
出现在方始行进的敌军前，
麾师猛烈冲击，英勇厮杀
摩尔国王被惊得魂飞胆裂。
仓皇间，只顾得自己的性命
败退的摩尔人如决堤洪水，
兵士死伤惨重，人马相踏
最多有六十余骑得以逃生。

六十八

然而紧接着这一巨大胜利
这位不知疲倦的伟大国王
便又立即召集起全国人民，
南征北战已成他们的习惯。
此次他率师包围巴达霍斯
不多久便又一次如愿以偿，
他以那样的智勇指挥战斗
巴达霍斯也难逃覆灭结局。

六十九

可是那位天神远远准备着
给人类的罪行予以的惩罚，
或是等待着他来改过忏悔
或出于人类不理解的奥秘。
如果直到此刻都在保佑着
坚强的国王免遭任何危难，
此时，已经不再使他逃脱
他那被囚禁的母亲的诅咒。

七十

他正在那座刚攻取的城中
意想不到，被莱昂人围困，
因为收复这座城市的责任
不归葡萄牙而属于莱昂人。
事情正如往往发生的那样
固执使他付出惨痛的代价，
他的双腿，被刀剑砍伤
在激烈的战场上兵败被俘。

七十一

盛名的庞培[229]，你不必遗憾
辉煌的功业毁于一旦之间，
无论从寒冷的吉斯河畔
到日影不斜的赛伊尼井[230]
从牧夫座直到炎热的赤道，
尽管你声名令人闻风丧胆，
冥冥中自有涅墨西斯[231]掌管
正是生死有命，胜败在天。

七十二

尽管你的声名传遍阿拉伯，
尽管从凶猛的爱俄尔科斯[232]
到盛产金羊毛的科尔喀斯[233]、
卡帕多西亚[234]拜上帝的犹太，
在人民性情温顺的索非那[235]
在野蛮而凶恶的西里西亚[236]
在源于一座巍峨圣山[237]的
美索不达米亚，古老的亚美尼亚[238]。

七十三

尽管从阿特拉斯海峡[239]两岸
直到塞西亚的托罗斯山[240]下，
你踏遍了常胜不败的足迹
不必为阿玛提亚之败惊讶。
因为你将看到阿方索国王——
那骄傲的常胜将军的惨败，
上天的最高裁判就此决定：
你失利于岳父[241]，他受挫于女婿。

七十四

在遭受了神判的惩罚之后
尊贵的国王终于重返故园，
在圣塔伦他骄傲地抵御着
撒拉逊人枉然徒劳的围攻。
在那座著名而神圣的海角
阿方索祭奠了那最圣洁的
殉道者圣徒维森特[242]的英灵，
将忠骨迁葬到尤利西斯城。

七十五

戎马倥偬的老人深感疲倦
派遣他的儿子去实现夙愿，
命他统帅大军横渡特茹河
去把那里广袤的土地收复。
桑乔[243]有不凡的力量与勇气
永远一往无前，所向披靡，
让丑恶野蛮的摩尔人的血
把塞维利亚[244]河水染成红色。

七十六

雄心勃勃不知疲倦的青年
被这一巨大的胜利所鼓舞，
去攻打围困贝雅的摩尔人
给他们以同样惨痛的下场。
没过多久，这幸运的亲王
便可看到这一愿望的实现，
遭到如此惨重失败的摩尔人
盼望着有朝一日能报仇雪恨。

七十七

从擎天巨人被美杜莎之头
变成的阿特拉斯山的脚下[245]
从那座安培路沙海角[246]岸边
从安泰俄斯[247]的故园丹吉尔，
无数的摩尔人汇聚在一起
那些阿比拉人[248]也拿起武器，
随着摩尔人那嘶咽的号角
尊贵的朱巴国王[249]倾巢出动。

七十八

摩尔亲王，统帅乌合之众
浩浩荡荡地向葡萄牙进犯，
这位亲王执掌着帝国权杖
统帅十三位有权势的国王。
所经之处，他们无恶不作
在有些地方却来不及作恶，
桑乔被围困在圣塔伦城堡
敌人却难以轻易地攻克它。

七十九

发狂的摩尔人用各种武器
向桑乔发起了猛烈的进攻，
弩炮、地雷、骇人的冲车
他们施尽伎俩，徒劳无功。
因为桑乔是阿方索的儿子
继承了父亲的坚毅与勇敢，
他胆大心细做好一切准备
在每个角落，都严密设防。

八十

可是那位戎马一生的老人
此刻正被迫安度他的晚年，
隐居在清澈的蒙德古河[250]畔——
那碧野平原上的美丽城市。
当他一旦听到自己的儿子
在圣塔伦被敌围困的消息，
便毅然统领大军亲自出征
老当益壮，雄风不减当年。

八十一

阿方索去援救自己的儿子
统帅着以善战闻名的军队，
以一向的英勇，合兵夹击
一举粉碎了摩尔人的包围。
战场上处处是肃杀的气氛
满地是刀剑、甲胄和征衣，
缴获的马匹和战利品无数
那些马匹的主人尸横遍野。

八十二

那些幸免于死者落荒而逃
尽快离开卢济塔尼亚王国，
只有摩尔亲王没有逃跑——
未及逃跑，已失去了性命。
人们用尽各种各样的赞颂
感激赐给他们胜利的天神，
这如此壮举，显然与其说
人在战斗不如说神在保佑。

八十三

那取得了无数次辉煌胜利的
尊贵的阿方索亲王年事已高，
正当他无往不胜所向披靡时
却被自己的老迈龙钟所战胜。
阴森的病魔，用它冰冷的手指
触摸着他那衰老垂危的身体，
就这样，将他那年迈的生命
摆上阴惨的利比提娜[251]的供桌。

八十四

巍峨的青山，在为他哭泣
静静的河水对他充满怀念，
悲痛的泪水化成条条江河
肥沃的田野化成片片湖泊。
他那无比光辉的英勇业绩
如此四海传扬，为人称颂，
他的王国将永远呼唤着他
阿方索，阿方索。只有空谷传音。

八十五

桑乔国王，一位坚毅的青年
绝非犬子，如父亲一样勇敢，
他已经具备丰富的生活经验
曾经用鲜血染红过贝梯斯河。
他曾领军粉碎过安达卢西亚
伊斯玛尔国王那野蛮的力量，
当他在贝雅，身陷重围之时
愈加显示出他的能力与勇敢。

八十六

桑乔宣布继承王位之后
又度过不多的几年光阴，
他率师包围了锡尔维什[252]
野蛮人耕种着那片田野。
他得到一些勇士的帮助
那是路过的日耳曼船队，
他们人强马壮武器精良
去收复失陷的犹太圣城。

八十七

这支路过的船队前去增援
红胡子腓特烈[253]的神圣事业，
他发动强大的十字军东征
去保卫基督曾受难的城市。
居伊[254]的百姓忍受不住饥渴
被迫向伟大的萨拉丁[255]投降，
居伊的臣民所渴望的水源
正被数不清的摩尔人占领。

八十八

可这支壮丽的日耳曼船队
被逆风吹到了葡萄牙海岸，
既然同为一场战神的圣战
便来帮助桑乔的残酷战役[256]。
正像当初，桑乔之父那样，
他在攻打里斯本时也曾经
得到日耳曼人援助，桑乔
攻克锡尔维什粉碎了摩尔人。

八十九

假如桑乔国王对阵穆斯林
取得了这样多辉煌的胜利，
他也不会允许强大的莱昂
惯于战神事业的土地平静。
直到征服桀骜不驯的图依[257]
把沉重的枷锁套上它项颈，
桑乔将看到无数相邻城镇
在他的武力之下蒙受屈辱。

九十

可正当你在取得节节胜利
可怕的死神，却要偷袭你，
你杰出的儿子继承了王位
阿方索二世[258]，第三代国王。
他统治时期从摩尔人手中
夺回了阿尔卡萨尔杜沙尔，
那里曾再度被摩尔人攻占
但他们为之付出高昂代价。

九十一

阿方索二世国王辞世以后
桑乔二世[259]继承了他的王位，
这是个怯懦、荒疏的国王
朝廷大权旁落于无耻佞臣。
左右宠信之徒，把他迷惑
对他们罪恶勾当加以纵容，
似乎那些人倒成了统治者
桑乔二世因此被人们废黜。

九十二

可他并非像尼禄[260]那样无耻
把一个青年男子娶为妻室，
并且与其亲母阿格里皮娜[261]
犯下耸人听闻的聚麀之罪。
不像他残暴地，侵扰百姓
放火焚毁他所居住的城市，
不像赫利奥加巴卢斯[262]那样凶狠
不像辛沙里施昆[263]那样阴暗。

九十三

不像西西里的暴君[264]那样
以残酷手段统治百姓，
也不像那个佩里洛斯
发明惨无人道的酷刑。
可是伟大而高贵的王国
已惯于雄才大略的君主，
如果，国王平庸无能
便拒不服从，难以容忍。

九十四

因此，王国的人民推举
布洛涅伯爵[265]来摄理朝政，
当他那沉湎恶习的兄长
逝世之后，便登上王位。
他就是勇敢闻名的阿方索
牢牢掌稳王国的权柄后，
便思考着如何开拓版图
小小疆域难容鸿鹄之志。

九十五

他以有力的臂膀光复了
阿尔加维斯的大半土地
那是他妻子带来的嫁妆[266]，
被玛尔斯遗弃的摩尔人
全部被驱逐出那片土地。
他以非凡的勇力与智谋
收复了整个卢济塔尼亚，
卢索传人的土地，不再受他人奴役。

九十六

继承王位的迪尼什[267]不愧为
勇敢的阿方索国王的后裔，
就连亚历山大的宏图大业
也因他的声誉而黯然失色。
在他的统治下，国势日昌
王国繁荣富强，天下太平，
人民建设家园，安居乐业
只见和平炊烟，不见战火。

九十七

弥涅尔瓦女神的珍贵事业
首次在科英布拉城中开创[268]，
缪斯姊妹离开赫利孔山泉
来到蒙德古河畔的草原。
骄傲的阿波罗向这里赐予
人们在雅典所期望的一切，
为学者们献上用金丝鲜花
和常青藤编织的美丽花冠。

九十八

重新建设起那神圣的城镇
坚固的城堡、雄伟的要塞，
高耸的城墙、辉煌的宫殿
整座王国几乎被重新修复。
可是，残忍的阿特罗波斯[269]
剪断了他衰老的生命之索，
他的儿子阿方索四世继位
他桀骜不驯，且智勇超群。

九十九

他为人沉着，胸怀坚毅
从来轻蔑傲慢的卡斯提尔，
因为以小惧大、以弱畏强
不是卢济塔尼亚人的性格。
可是当毛里塔尼亚的蛮族[270]
为霸占西班牙的肥沃土地，
悍然大举进犯卡斯提尔时
骄傲的阿方索便麾师援救。

一〇〇

当初，塞弥拉弥斯[271]征服印度
也未曾统帅如此众多的军队，
那位凶狠可怕的上帝之鞭——
令意大利闻风丧胆的阿提拉[272]
也未曾调遣如此多的哥特人[273]。
野蛮的撒拉逊人如潮水一般
与力量强大的格拉纳达王国
在塔尔忒修斯[274]的原野上会师。

一〇一

伟大的卡斯提尔国王看到
如此坚不可摧的强大敌军，
人民担忧西班牙（她曾
遭受沦陷）甚至于自己的生死。
于是他派遣最尊贵的王后[275]
向强大的卢济塔尼亚求援，
王后是葡萄牙国王的爱女
卡斯提尔国王是她的丈夫。

一〇二

美丽非凡的玛丽亚公主
走进父王那巍峨的宫殿，
美丽的容颜却不见欢乐
眼中闪动着莹莹泪水。
她那一头天仙般的长发
披散在象牙一般的双肩，
面对着亲切迎接的父王
泪如雨下，如此哀求：

一〇三

所有从阿非利加繁育出的
那些野蛮凶狠而怪诞的人，
都被摩洛哥的大王驱赶来
向尊贵的西班牙大举进犯。
自从大地被苦海洗涤[276]以来，
从未见过聚集起如此强大
如此凶猛、残暴而疯狂的人，
真让活人吓死，让死人惊恐！

一〇四

你赐给我做丈夫的那个人
为了捍卫面临威胁的国土，
正在以微薄而可怜的兵力
任凭那摩尔人的重剑砍击。
假如你不肯立即发出救兵
我将失去国土，失去丈夫，
终身黑暗，做悲惨的寡妇
没有丈夫，没有国土，也没有幸福。

一〇五

我的父王呵，木卢亚河水[277]
纯粹由于恐惧你就会冻结，
请你刻不容缓，及早发兵
援救可怜的卡斯提尔人吧！
假如你那晴朗无云的天颜
表示出对女儿的真诚父爱，
请你火速发兵吧，再迟疑
恐怕就难以找到被援之人！

一〇六

胆怯的玛丽亚这样哀求着
像当初忧伤的维纳斯那样，
为远航中的儿子埃涅阿斯
恳求父王朱庇特施以恩宠。
女神的悲伤感动了朱庇特
从掌心放射出可怕的闪电，
他为维纳斯不惜做出一切
甚至为她所求太少而遗憾。

一〇七

千军万马，整装待发
列列方阵布满埃沃拉山野，
甲胄和刀剑在阳光下闪耀
披着铁甲的战马咴咴嘶鸣。
军号嘹亮，彩旗飘扬
习惯了和平又面临着战争，
人们的心脏在怦怦地跳动
山谷里的号角声遥相呼应。

一〇八

激昂的士兵如众星捧月
簇拥着那面国王的旗帜，
英武异常的阿方索国王
昂首挺胸，高骑在马上。
只要看一眼他那种神情
即使胆小鬼也勇气倍增，
就这样，与他女儿一起
踏上了卡斯提尔的征程。

一〇九

两位英勇的阿方索国王
终于在塔里法原野[278]会师，
面对疯狂的人山人海
把山海当战场也嫌狭窄。
当人们还不清楚是基督
借助人的臂膀在战斗时，
哪怕再高尚而坚强的人
也难免丧失勇气和信心。

一一〇

夏甲的子孙几乎在嘲笑
天主教徒兵力如此渺小，
他们已预感到稳操胜券
便开始瓜分他人的土地。
像当初欺世盗名地霸占
撒拉那美好的姓氏那样[279]，
如今他们又在痴心妄想
去强占别人的富饶土地。

一一一

那个四肢强壮的野蛮巨人[280]
（扫罗王[281]怕得情有可原），
看见手无寸铁的青年牧人[282]
只凭借石块和一身的勇力。
他蔑视衣衫褴褛的青年人
傲慢的巨人口吐不逊狂言，
青年拉满弹弓给他以教训
信仰的力量，远超过人力。

一一二

背信弃义的摩尔人就这样
藐视天主教徒的微薄兵力
却不知道上帝在帮助他们，
他能让可怕的地狱也屈服。
凭借着信仰的力量与智慧
卡斯提尔人向摩尔人进攻，
视敌军如草芥，葡萄牙人
使格拉纳达国王胆战心惊。

一一三

长矛与刀剑，砍击甲胄
发出叮当的金属撞击声，
双方根据各自遵从的信仰
喊着穆罕默德或圣地亚哥。
受伤者的惨叫刺破苍天
鲜血汇成了巨大的湖泊，
那奄奄一息，垂死挣扎的人
未丧身刀下，却被血泊窒息。

一一四

卢济塔尼亚人以巨大勇气
奋勇地砍杀，猛烈地冲击，
格拉纳达的力量很快崩溃
枉费了堡垒和护胸的铁甲。
胜利竟来得不费吹灰之力
坚强的臂膀还不感到满足，
便去援助英勇的卡斯提尔
后者正与摩尔人大战犹酣。

一一五

此刻，火热的太阳已西薄天边
到忒提斯的宫殿[283]寻找归宿，
带走那值得纪念的光辉一日
维斯珀耳[284]开始在夜空中闪烁。
强大、可怕的摩尔人军队
被两位国王合力一举粉碎，
前者死伤惨重，一败涂地
这辉煌胜利真正史无前例。

一一六

那用掺着敌兵鲜血的河水
犒饮他那些饥渴的士卒的
英勇的马略[385]，所杀的敌人
也难比这战役的四分之一。
那个最残暴的罗马的天敌[286]
在著名的罗马城屠尽生灵，
搜到了三斗死者的金指环
所杀之人也不比这场战役。

一一七

还有你呵，高贵的提图斯[287]，
是你把如此多的生灵遣入
阴冷黑暗的科库托斯冥河[288]。
当你攻陷那座神圣城市
残杀执守古老信仰的人，
那是上帝之惩，非人力所及
先知早早预言过这一惨案
耶稣已经对这件事有所断言。

一一八

取得这场辉煌胜利之后
阿方索返回卢济塔尼亚，
正当他赢得了残酷的战争
获得了如此光荣的和平时
不幸发生了一场千古悲剧。
有一位可怜而美丽的夫人[289]
无辜受害，后被立为王后
还被掘出坟墓，重新安葬。

一一九

呵，只有你，那纯洁的爱情
如此残忍地蹂躏人类心灵，
仿佛你是一个狠心的仇人
让人们受尽折磨痛苦死去。
呵，听人传说，狠心的爱情
悲伤的泪满足不了你的饥渴，
你是一个残酷无情的暴君
要用人的血歃溅你的祭坛。

一二〇

美丽的依内斯，你快乐无忧
恬静地生活在心灵的幻觉中，
采摘着青春年华的甜蜜果实
可是命运之神却不让它绵延。
在充满相思情的蒙德古原野
美丽的眼睛永远流不干泪水，
你面对青青草地，巍巍群山
一遍又一遍地呼唤着心上人。

一二一

那个王子的心，充满怀念
从远方回答着你的呼唤声，
每当看不见你美丽的眼睛
你的身影便出现在他心中。
夜晚的甜蜜梦境欺骗着人
白天的缠绵相思给人安慰，
王子思念和幻想中的一切
都是快乐美好的生活回忆。

一二二

王子拒绝了多少令人羡慕的
与美丽的公主或仕女的婚姻，
当那温柔的表情束住你的心
纯洁的爱情呵，会轻视一切。
精明的老父重视民间的流言
当他看到这一段奇怪的情缘，
儿子为忠贞的爱不愿结婚时
他为王子的怪诞任性而担忧。

一二三

为了夺回被爱情俘获的王子
他决定，从世间除掉依内斯，
相信只有用无辜死者的血
才能扑灭忠贞爱情的火焰。
呵，那是何等可怕的盛怒！
竟能把那可以抵御摩尔人
疯狂进攻的无比犀利的剑
指向如此美丽柔弱的女子！

一二四

可怕的刽子手们把依内斯
押到已然心软的国王面前，
但人们用虚伪残忍的理由
劝说国王，即刻将她处死。
就要与王子和孩子们永别
她只是痛苦地留恋着他们，
这种痛苦，比死亡更难受
依内斯的声音悲惨而可怜。

一二五

她向着水晶般的天空仰起
饱含热泪的，悲伤的眼睛，
她只能够抬起目光，因为
刽子手已经捆住她的双手。
接着把目光投向几个孩子
他们那样天真可爱而活泼，
母亲多么惧怕孩子沦为孤儿
便如此对残忍的祖父哀求。

一二六

假使在那些生来被自然
赋予了残忍天性的野兽，
还有那些飞翔在天空的
劫掠成性的凶狠猛禽中，
人类尚且能从它们那看到
对稚弱幼子产生怜悯之心，
像对修筑了罗马的两兄弟[290]
和尼诺斯之母[291]表现的那样。

一二七

可是你，有人的脸孔和心
（假如仅为一个柔弱女子
用爱情得到了一颗心灵
就杀死她，还不算人面兽心），
即使她的惨死不能使你怜悯
也应该想想这些幼小的孩子，
即使不能原谅她的无名罪责
你也应该可怜她的这些幼子。

一二八

假使你胜利地抵御了摩尔人
善于用剑与火送他们见死神，
那么你也应善于以慈悲为怀
把生命恩赐给无辜被杀的人。
如果如此清白，仍难免一死
就请你把我可悲地永世流放，
在寒冷的塞西亚[292]，炎热的利比亚[293]
让我在那里永远在泪水中度日。

一二九

请把我流放到那些荒蛮之地
凶狠成性的雄狮与猛虎之间，
我要看看在猛兽中能否找到
人类的心肠里得不到的同情。
为那个我甘愿为他而死的人
怀着对他的坚贞不渝的爱情，
抚育你眼前的这几个孩子，他们是
他的宝贝，这悲惨母亲的唯一寄托。

一三〇

如此，依内斯哀求着国王
仁慈的国王已欲将她赦免，
但固执的大臣和她的命运
（她命中注定）却不肯饶恕。
那些力主将她处死的大臣
拔出剑，露出雪亮的霜刃，
其心肠恶毒，真如同蛇蝎
对一个女子，你们何等英雄！

一三一

如年轻美丽的波吕克塞娜[294]
是年迈的老母最大的安慰，
阿喀琉斯的阴魂欲处死她
狠心的皮鲁士便拔出利剑。
如同一头温驯的羊羔，她
那种让蓝天也静谧的目光
投向已经发疯的可怜母亲，
任凭被人当作残酷的祭品。

一三二

凶残的刽子手就这样挥剑
斩断托着爱神杰作的玉颈，
那令死后把她尊为王后的
王子拼死相爱的丽颜委地。
腮颊上还挂着莹莹的泪珠
宛如白色的花朵沾着朝露，
此刻那些刽子手如此残暴
绝料不到日后会遭到惩处。

一三三

太阳呵，你若看到这种惨状
哪能不把那一天的光芒收敛，
像阿特柔斯[295]准备的野蛮宴席
让堤厄斯忒斯吃掉亲生儿子。
幽幽的山谷，你怎忍心听见
那双冰冷的嘴唇吐出的绝叹，
你把那声音传遍辽阔的山野
那是她在呼唤佩德罗的名字。

一三四

仿佛一朵天真烂漫的山花
被淘气的小姑娘过早采摘，
在她那顽皮的指间惨遭蹂躏
被她编织成花环，戴在头顶。
可怜花瓣儿凋零，枝残叶断
年轻的姑娘颜色苍白地死去，
那美丽的面颊上失去了红晕、
纯洁的色彩和那温柔的生命。

一三五

蒙德古河仙女们久久哭泣
深深怀念着惨死的依内斯，
她们的泪化成一眼眼清泉
永远铭记那段纯洁的爱情。
泉水的名字，流传到今天
纪念着依内斯的爱情故事，
请看，浇灌花儿的洌洌清泉
是仙女们的眼泪，名唤“爱泉”。

一三六

人们并没有等很久的时间
佩德罗就执掌了王国大权，
他捉回逃走的凶犯并处死
以此弥合他那致命的创伤。
从另一个残暴的佩德罗[296]那里
将刽子手捉拿归案到葡萄牙，
两个佩德罗，都是杀人魔王
订立安东尼、李必达和奥古斯都之盟[297]。

一三七

杀人、偷盗和奸淫之徒
都被他处以严厉的极刑，
他性情暴躁惩戒一切罪恶
为安慰他那痛苦不平的心。
在城市里，他镇压了一切
狂悖之徒，执法公正严明，
他以严刑处死了无数强盗
甚至多于阿尔喀得斯[298]和忒修斯。

一三八

可是公正而严苛的佩德罗
他那儿子[299]却疏懒而又软弱，
人间之事正是如此不和谐
费尔南多使王国陷入危机。
卡斯提尔人乘虚大举入侵
席卷了大片无防备的国土，
葡萄牙王国几乎沦丧殆尽
真是弱王之下，无复强民。

一三九

或许这是对他罪过的惩罚
他强占有夫之妇莱昂诺尔[300]，
沉湎于享乐，荒淫无度
执迷不悟与结夫妻。
心灵被可耻的恶习束缚
恣情纵意陷于沉沦渊薮，
当坚强的意志变得怯懦软弱
古往今来，贻误了多少英雄。

一四〇

天网恢恢，疏而不漏，
谁能逃过上帝的惩罚？
劫持美妇人海伦的特洛伊
阿庇乌斯[301]与塔奎尼乌斯[302]为何受戮？
神圣的大卫为谁遭受天罚[303]
辉煌的便雅悯为何被毁灭[304]？
法老为撒拉[305]，西辰为狄娜[306]
分明是上天向人示以惩戒。

一四一

如果说意志坚强的人会因为
被禁止的疯狂爱情变得软弱，
我们可以看翁法勒的爱情[307]
如何使阿尔克墨涅之子[308]改变。
安东尼那四海声威如何因为
对克娄巴特拉的爱情而暗淡，
还有那功名显赫的腓尼基人[309]
为阿普利亚女奴而千古遗恨。

一四二

难道谁面对玫瑰色的面颊
如雪的酥胸，纯洁的肌肤
金色的卷发，如玉的项颈，
能逃脱爱神那温柔的情网？
她那天仙一般的花容月貌
天生秉赋着美杜莎的魅力，
她并非俘获人心化成顽石
不，而是让这颗心燃起火。

一四三

难道谁面对那深情的秋波
温柔的性格，妩媚的表情
娴雅的举止，优美的体态，
能加以抗拒，不为之动情？
凡是亲身经历过爱情的人
一定都能够原谅费尔南多，
若无体验，仅凭自由想象
就会认为他的罪更加深重。

第四章

一

如一场惊心动魄的海上风暴
乌云滚滚黑夜沉沉阴风怒号，
黎明的晨曦带来宁静的蓝天
使人得救的希望和平的港湾。
阳光驱散了阴森恐怖的夜雾
也消除压在人们心头的恐惧，
这便是费尔南多国王逝世后
这强大的王国，所处的状况。

二

因为即便葡萄牙人民也渴盼
对那些巧言令色的奸佞之徒
利用费尔南多的疏荒和惰怠
犯下的滔天罪行，施以惩罚。
他们的愿望不久便得以实现
一向杰出的若昂继承了王位[310]，
作为佩德罗唯一真正的子嗣
虽是私生子，他却当之无愧。

三

这是神圣的上天的旨意
因为降临了明显的神兆，
埃沃拉一个初生的女婴
竟能开口说话把他命名。
好像是上帝做出的安排
她举着双手从摇篮站起，
喊道：葡萄牙，葡萄牙
你的新国王是唐·若昂！

四

久久积压在胸中的仇恨
终于一下子暴发了出来，
整个王国的人都变成了
残酷、极端而公然的暴徒。
他们处死通奸的伯爵[311]
将王后的亲友统统杀害，
王后自从成了寡妇以后
更淫乱无耻，公开放纵。

五

可是伯爵终于当着王后之面
因丑行被处死于冰冷的剑下，
陪伴他死去的人，无以计数
仇恨之火所到之处吞没一切。
有人像阿斯泰安纳克斯[312]一样
被活活从塔尖上推下来摔死，
有人尽管宗教职位多么威严
也被拖上街，扒去衣服撕碎。

六

罗马城所经历的残酷屠杀
残忍的马略和凶狠的苏拉
在政敌逃亡后所施的暴行，
都可以立即被人们所忘记。
因此，莱昂诺尔公开表示
由于伯爵之死引起的仇恨，
声称她女儿是王位继承人
从卡斯提尔请兵兴师问罪。

七

比阿特丽斯[313]是西班牙王后
卡斯提尔要求葡萄牙王权，
名义上虽为费尔南多之女
王后的声名不免令人生疑。
卡斯提尔举大军出师有名
声言女儿应继承父王之位，
纠结起西班牙各地的力量
向卢济塔尼亚人发动战争。

八

卡斯提尔之名自布尔戈斯[314]
是费尔南多[315]与罗德里戈[316]
从摩尔暴君手中光复之地，
他们动员了整个卡斯提尔。
莱昂人不惧怕战争的危险
用坚硬的铁犁把土地耕耘，
在历次与摩尔人的战争中
他们一向表现得异常英勇。

九

瓜达尔基维尔河畔来的
整个安达卢西亚首府的
汪达尔人[317]仍仰仗着祖先，
仰仗他们那强健的古风。
旧时候堤尔人[318]居住过的
那座神圣岛屿[319]也在备战，
作为旗帜上真正的徽章
刺绣着赫拉克勒斯石柱。

十

甚至连那个古老而神圣的
托莱多王国[320]也不甘心寂寞，
发源于昆卡山脉[321]的特茹河
平缓而欢乐地环绕她流过。
呵！怯懦也不能阻止你们，
你们这群肮脏而又粗野的
加莱古愚夫[322]也武装起来
去反对已经领教过厉害的人。

十一

在比斯卡亚人[323]中也掀起了
黑云沉沉的可怕战争风暴，
他们生性粗鲁，不通世故
不能忍受他人一点点欺侮。
以盛产铁矿而著称于世的
吉普斯夸[324]和阿斯图里亚斯[325]，
钢铁武装起来骄傲的勇士
为他们的主人去效命疆场。

十二

像希伯来的参孙从头发中
若昂从胸膛中增长起勇气，
任何敌人他都不放在眼里
动员起王国里不多的人民。
他与王公大臣们商讨对策
这倒并不是由于缺乏主见，
仅仅是想听一听各方议论
知己知彼，才能百战不殆。

十三

然而并不缺乏以种种借口
反对大多数人意志的小人，
古代的勇气在他们的身上
已堕落成反常的可耻叛逆。
使人冰冷僵惧的恐怖力量
竟压制了人们天生的忠诚，
背叛了自己的国王和祖国
关键时甚至能够背叛上帝！

十四

可是唐·努诺·阿尔瓦雷斯
却一向坚强，没有这种过失，
尽管他的弟兄显得那样怯懦，
他面对意志薄弱的动摇分子
与其说是骄傲不如说是严厉
与其说是雄辩不如说是愤慨，
手按着剑慷慨陈词大声申斥
使大地、海洋和天空皆感威胁。

十五

怎么？在光荣的葡萄牙人中
竟然有人背弃祖国的战神？
怎么？从来在这片土地之上
处处都是最杰出好战的勇士
竟冒出拒绝抵御入侵的小人？
竟然有人拒绝报效他的祖国
竟然有人否认葡萄牙的智勇
任凭自己的祖国沦丧？

十六

怎么？你们难道不是那些
追随伟大恩里格斯[326]的旗帜
出生入死的勇士们的子孙？
你们难道没有战胜过那些
孔武而好战的卡斯提尔人？
让他们旌旗倒地落荒而逃
俘获他们七位显赫的伯爵[327]
还劫掠了他们无数的财富？

十七

尊贵的迪尼什和他的儿子[328]
难道只有率领着你们先祖
才能将他们永远踩在脚下？
你们却如此不肖甘受践踏？
如果费尔南多的懒怠过失
使你们变得如此卑鄙怯懦，
如果国君的确可改变民风
新国王将会赋予你们勇气。

十八

如今，有这英勇的国王，
你们若有他一样的勇气
那么就勇敢地站起来吧
你们一定能够所向无敌。
假使我的这些话还不能
让你们摆脱入骨的恐惧，
就听任胆怯束缚双手吧
我独自去抵抗外族入侵！

十九

我独自去率领我的士兵，
用这把剑（说着亮出剑锋）
去迎击凶猛为害的敌军
保卫从未受侵略的土地。
为了国王和受难的祖国
为已被你们背弃的忠诚，
我不仅要战胜这些对手
更要打败一切国王的敌人。

二十

仿佛坎尼会战[329]后的卡努西[330]
聚集着仅存的罗马精锐，
他们面对幸运的非洲人
军心动摇，几乎就要投降。
科耳内略青年[331]手执着剑
逼迫着那些将士们对天盟誓，
只要一息尚存就应战斗不止
决不能放下罗马人的武器。

二十一

努诺就这样激励了人们
当听他讲出最后的道理，
人们那曾被冻僵的心脏
摆脱了痛苦冰冷的恐惧。
他们跨上涅普顿的烈马
挥舞刀枪，摇动着长矛，
四处奔跑着，大声呼喊：
我们的救世主国王万岁！

二十二

葡萄牙全国上下义愤填膺
支持捍卫祖国的神圣战争，
他们修理器械，擦拭刀枪
和平岁月使它们生满锈迹。
头盔絮衬里，试试护胸甲
每个人都想办法武装起来，
妻子为丈夫缝制的百色衣
上面绣着她们深情的祝福。

二十三

若昂率领色彩鲜艳的大军
从阿普兰特斯[332]的碧野起兵，
特茹河丰富而凛冽的源泉
浇灌着阿普兰特斯的田园。
先锋部队的将领[333]奇智大勇
足可做薛西斯一世[334]的统帅，
他率领数不清的东方大军
踌躇满志，横渡赫勒海峡。

二十四

我在讲努诺·阿尔瓦雷斯——
傲慢的卡斯提尔人的皮鞭，
正如凶猛的匈奴人阿提拉
是法兰西和意大利的皮鞭。
卢济塔尼亚军的右翼统帅
也是一位赫赫有名的骑士，
罗德利格斯·瓦斯孔赛洛斯[335]
才智超群治军有方勇冠三军。

二十五

左翼方阵与右翼遥相呼应
它的统帅同样是一位英雄，
安当·瓦斯克兹·阿尔马达[336]
日后封为阿普特斯伯爵。
紧接着是殿后的主力大军
阵营中央飘扬着一面王旗，
任何时候若昂都无比坚强
勇敢的玛尔斯也为之愧怍。

二十六

担惊受怕的妇女站满城头
兴奋、恐惧几乎感觉寒冷，
母亲、姊妹、妻子祈祷着
许愿为出征的人戒斋朝圣。
英勇无敌的方阵一往无前
与强大的敌军在战场对峙，
敌营发出震天动地的喊声
即将有一场恶战胜负难分。

二十七

听，传令号遥相呼应
角声尖厉，战鼓咚咚，
两军旗手漫天摇晃着大旗
五颜六色，旌旗蔽空。
时逢旱季，晒谷场上
克瑞斯赐予农夫金色麦粒，
八月的骄阳造访室女座
巴克科斯把葡萄果浆榨取。

二十八

卡斯提尔吹响了冲锋号角
那声音恐怖、残暴、凶狠，
阿尔塔普罗山[337]瑟瑟发抖
特茹河奔向大海心神不安。
瓜的亚纳河[338]、杜罗河两岸、
阿伦特茹平原[339]翻起恐惧之浪，
母亲们听见那可怕的声音
把孩子紧紧地搂抱在胸前。

二十九

看，那些面孔有多么苍白
胆怯的血液都蜷缩入心脏！
当人面临巨大危险的时刻
实际的恐怖往往不似想象。
虽然如此人们仍那样紧张
冲锋陷阵战胜顽敌的激情，
令人感到残肢断臂与牺牲
都不算什么了不起的事情。

三十

胜负难分的战役已经开始
双方前锋部队已向前移动，
一方决心捍卫祖国的领土
一方妄图侵占他人的土地。
伟大的佩雷拉[340]，浑身是胆
冲入敌军阵地，身先士卒，
把贪图霸占他人土地的人
接连砍倒播种下满地尸体。

三十一

呼啸的标枪，密集的羽箭
空气也立刻变得异常稠密，
狂奔的烈马，坚硬的铁蹄
大地在颤抖，山谷在轰鸣。
长矛被折断，甲胄被砍碎
倒地的尸首，摄人的震响，
勇猛的努诺率领寥寥数人
迎面砍杀蜂拥而上的敌兵。

三十二

敌营中有与他为敌的手足
这情形的确又丑恶又残酷，
他们竟能背叛国王与祖国
不必为大义灭亲之举震惊。
那些民族败类多数被编在
前锋部队，真是奇怪场面，
一场兄弟亲朋的自相残杀
像恺撒与庞培之间的内讧。

三十三

你这塞多留呵，还有你们——
神圣的科利奥兰纳斯[341]与喀提林[342]，
以及古时候所有心地邪恶
叛变祖国与之为敌的人呵。
假如你们在苏玛努斯王国[343]
遭受着最严酷的悲惨折磨，
如今已经可以对阎王分辩
葡萄牙人中也会出现叛徒。

三十四

看，前方阵营正在被冲破
潮水般的敌兵涌进了缺口，
此时守卫在阵地上的努诺
仿佛是一头最勇猛的雄狮。
据守在休达山顶，被那些
得土安平原[344]上的骑士围困，
骑士们用长矛向雄狮进攻
愤怒使他惊慌但并不胆怯。

三十五

努诺惊慌地环顾着敌人，
他的狂怒和刚勇的性格
都不容忍自己转身逃命
反而一头冲入刀丛箭雨。
勇士就这样英勇地冲杀
敌人的鲜血染红了草地，
面对如此多的敌人，士兵们
丧失了斗志，纷纷倒地。

三十六

英明的葡军统帅若昂国王
已感觉到努诺的局势紧迫，
他骑马奔驰，巡护阵地
以自身的存在鼓舞士气。
好像一头凶猛的产仔母狮
正在外面为幼仔寻觅猎物，
突然察觉留在巢穴的幼狮
受到马西利亚[345]牧人的威胁。

三十七

狂怒的母狮，奔跑而咆哮
七兄弟山[346]被震得山崩地裂，
若昂就这样率领精锐士卒
冲上前线增援努诺的阵地。
坚强的伙伴，高贵的骑士
你们都是盖世无双的英雄，
勇敢地保卫自己的国土吧
自由的希望凝在你们剑锋！

三十八

看吧，勇士们，我就在此
你们的国王，亲密的战友！
我冲锋陷阵，做你们榜样
要做当之无愧的葡萄牙人！
英勇的骑士，这样呼喊着
在敌人刀丛枪林中冲杀着，
将他的长矛四次挥向敌群
每一击都使无数敌兵倒地。

三十九

在国王鼓舞下，勇士们心中
重新燃起神圣的耻辱之感
重新燃起神圣的荣誉之火，
争先恐后，以无畏的勇气。
群情激奋让鲜血染红兵刃
砍碎铠甲，刺透敌人胸膛，
身负重伤，仍奋力冲杀
对死亡的痛苦已感麻木。

四十

有人去领略斯提克斯[347]风光
死神与利刃钻进他的躯壳；
圣地亚哥骑士团长已阵亡
战斗中他表现得极其英勇，
卡拉特瓦骑士团长也如此
对葡萄牙更是惨痛的损失。
叛国的败类们早死于非命
诅咒着不公的上天和命运。

四十一

多少平民，成为无名烈士
多少贵族来到地狱的深渊，
那头永远饥饿的三首怪兽[348]
贪婪吞食着入地狱的幽魂。
为了让敌人变得更加驯服
为了打消敌人猖狂的气焰，
无比骄傲的卡斯提尔王旗
被砍倒在葡萄牙人的脚下。

四十二

喊杀声、兵刃砍击声相混合
战场就此变成一片尸山血海，
原野的鲜花都改变颜色
战争的阴风使天昏地暗。
卡斯提尔人纷纷逃命
斗志涣散，无力反击，
卡斯提尔国王见大势已去
只好改变他的野心与初衷。

四十三

他把战场丢弃给胜利者
庆幸没留下自己的性命，
身后尾随着残兵败将
他们恨不得脚插双翅。
惨痛的伤亡，损耗的巨资
悲哀与耻辱，仇恨与羞恼，
眼看胜利者缴获大量辎重
只好将悲愤深深藏在心里。

四十四

有人在大声地詈骂与诅咒
人间首次发动战争的恶棍，
有人在恼恨地责备与怪怨
贪婪的欲壑和无尽的野心。
为把他人的财富占为己有
驱赶人民去受地狱的酷刑，
无数不幸的母亲失去儿子
无数可怜的妻子失去丈夫。

四十五

得胜的若昂国王依照惯例
在战场上举行光荣的庆功，
感恩赐给他们胜利的上帝
敬献供品，举行朝圣游行。
可是努诺不愿以这种方式
只愿以永令人骄傲的军功
在世间铭刻他光辉的姓氏，
于是麾军渡过特茹河彼岸。

四十六

福星高照，吉人天相
心有所思，如愿以偿，
在江达尔人的边境一带
努诺大获全胜所俘甚众。
塞维利亚的贝梯斯旗帜
还有那各路诸王的旗帜，
一时尽被踏倒于他脚下
葡萄牙的力量天下无敌。

四十七

胜利又紧接着新的胜利
卡斯提尔久久蒙受压迫，
直到人民已厌倦了战争
胜者向败者把和平施舍。
万能的天父做出了决定，
把两位敌对的国王赐给
以美丽和高贵而闻名的
两位英国公主[349]去做丈夫。

四十八

已习惯于战争的刚强的心
不甘忍受没有敌人的寂寞，
既然陆地上已再无有敌手
于是就向大海的波涛挑战。
这便是那位首次离开祖国
去远征海外的葡萄牙国王，
为了以武力使非洲人承认
基督的教义不同于穆罕默德。

四十九

看，千条战船，勇往直前
劈开忒提斯的银色海浪，
乘着被海风鼓胀的风帆
向那座阿尔喀德斯竖立的
世界边缘的石柱所在驶去。
攻占阿比拉和神圣的休达
驱逐那里的穆斯林，保护
西班牙免遭朱里安[350]的荼毒。

五十

死神不容葡萄牙遂心如愿，
永远享有如此幸运的英雄
愿他住在至高无上的天堂
在纯洁美丽的天使间生活。
可是为保护卢济塔尼亚人
给他留下杰出不凡的后代，
让王子们统治国家的领土
并且不断开拓王国的版图。

五十一

杜亚尔特[351]统治时期并不幸运，
王国到达了繁荣昌盛的顶峰
便物极必反，开始走向衰落，
疯狂的命运使兴衰悲喜交替
有谁见过快乐能够永世不灭
谁又见过好运能够牢固不变？
为什么单单对这个王国和国王
命运之神不如此施行他的法律？

五十二

国王的兄弟神圣的费尔南多[352]
心中向往着无比壮丽的事业，
为了解救被包围的可怜百姓
挺身而出，自献于撒拉逊人。
仅仅为了对祖国的一片忠心
他以主人之尊甘心沦为奴隶，
为了不因自己而使休达投降
视公共利益重于自己的生命。

五十三

科德鲁斯[353]为了不让敌人获胜
首先用自己的生命祭奠死神，
雷古洛[354]为保证祖国不遭失败
宁愿失去自由永世遭受囚禁。
为不使整个西班牙陷入恐慌
费尔南多自愿当永世的奴隶，
科德鲁斯和库尔修[355]何足为奇
德修祖孙[356]也远不如你的功绩。

五十四

阿方索[357]是王国唯一的继承人
这名字在西班牙是福将象征，
你使边境狂妄嚣张的野蛮人
变得可怜卑微，低贱而恭顺。
假使他未曾把伊比利亚觊觎
定会是一位不可战胜的骑士，
可是阿非利加会说绝无可能
世间会有人战胜可怕的国王。

五十五

这位阿方索国王可以摘取到
只有特林修[358]得到过的金苹果，
他为那些凶恶的摩尔人套上
至今还无法摆脱的沉重枷锁。
他接连战胜前来援救的敌军
坚固的阿尔卡赛尔、丹吉尔、
富强的阿尔吉拉都被他攻占，
头戴金色而光荣的棕榈花环。

五十六

这些城市终于被武力攻克
钻石打造的城墙也被摧垮，
这支葡萄牙军队所向无敌
横扫一切前进道路的障碍。
勇敢的骑士在壮丽事业中
创造登峰造极的军事奇迹，
无愧于最优雅的文学诗章
使葡萄牙的声誉更加辉煌。

五十七

膨胀的野心，虚荣的权欲，
不久这痛苦而美妙的事物
驱使他去攻打阿拉贡国王[359]
争夺强大的卡斯提尔王权。
从加的斯一直到比利牛斯
费尔南多统治的一切地区，
卡斯提尔王国傲慢的人民
汇集起来组成强大的敌军。

五十八

若昂呵，年轻英俊的王子[360]
不甘享受悠闲的宫廷生活，
毅然去增援受围困的父王
他这一决定的确举足轻重。
他头脑冷静，指挥若定
终使全军摆脱危险处境，
虽然父王兵败，血染征衣
这场战役却杀得胜负难分。

五十九

这位风度潇洒、坚强勇敢
高尚的骑士，非凡的王子，
在战场上浴血奋战一整天
给敌军造成了巨大的伤害。
仿佛著名的腓立比会战[361]中
向阴谋刺杀恺撒者复仇时，
屋大维军队被敌人所战败
盟军安东尼却将敌人战胜。

六十

然而，那永恒的黑夜
将阿方索送上平静的天国，
这位王子接掌了王国大权
便是十三代葡王若昂二世。
他为了赢得那不朽的英名
就去试图做出陆上的人类
能力所及之外的非凡事业，
寻找此刻我正探索的东方边缘。

六十一

他派遣使节[362]越过西班牙半岛、
法兰西和为人称颂的意大利，
在曾经埋葬过帕耳忒诺珀的
那座光辉的港口[363]，登舟起航。
受尽命运摆布的那不勒斯
你受过那样众多民族的奴役
经历那样多年代的屈辱之后，
卓越的西班牙人主[364]为你带来荣誉。

六十二

他们在西西里亚海上航行
直抵罗德岛那银沙的海滩，
从那里转向尼罗河三角洲——
亚历山大给了它不朽名声[365]。
他们航行到著名的孟斐斯
水量充沛的尼罗河浇灌大地，
登上埃塞俄比亚俯瞰埃及
那里保留着对基督的信仰。

六十三

他们闯过红海的滔天波浪
以色列曾经对它不舟而渡[366]，
他们把纳巴泰[367]抛闪在身后
那山名源于以实玛尔之子。
至今月桂飘香的示巴海岸[368]
依然崇拜阿多尼斯的母亲[369]，
他们绕过整座阿拉伯半岛
富饶的土地和荒凉的大漠。

六十四

他们驶入波斯海峡，那里
流传着混乱的巴别塔神话，
底格里斯汇入幼发拉底河
两河都源于光辉的伊甸园。
他们从那里去探寻印度河
越过俄刻阿诺斯万顷碧波，
连图拉真也未敢将其跨越
说来还会引出漫长的故事。

六十五

他们看到印度、塞琉古[370]、
俾路支[371]那不见经传的民族，
阅历各地区大自然的杰作
离奇的风土民情文化习俗。
那样遥远漫长艰苦的征途
实在不可能轻易重返故园，
终于客死他乡，葬身异土
未能回到梦绕魂牵的故国。

六十六

看起来那位最光明的天帝
把如此艰巨而光荣的伟业
留待曼努埃尔[372]国王去完成，
启示着他做出高尚的行动。
他不仅继承了若昂的王国
还继承了他那崇高的理想，
当他执掌了王国权杖之后
即刻继续征服大海的事业。

六十七

历代先王留下的神圣理想
使曼努埃尔深感责任重大，
永远不断，开疆拓土
是他们的本能、目的和责任。
他无时无刻不在思索这件事
这一天白昼的光明已经逃散，
夜空中，闪现出清晰的繁星
满天的星光在邀请人们入梦。

六十八

曼努埃尔躺在金色的龙床
脑海浮想联翩，图像纷然，
他依然反复思索的那件事情
是王位与血统赋予他的重责。
深沉的睡意已控制他的眼睛
可是他的心却依然纵横驰骋，
当他刚刚疲倦就要昏昏入睡
摩耳甫斯[373]千变万化来到榻前。

六十九

摩耳甫斯使他进入梦境
高高飞上了第一重天球，
从天上俯瞰地上的世界
有许多奇怪凶恶的种族。
他又向遥远的地方眺望
在黎明诞生的那个地方，
一座古老连绵的高山上
有两股清澈充沛的山泉[374]。

七十

在那峻茂的森林栖息着
无数种飞禽和凶猛野兽，
千万种野生的树木荒草
荆榛障路阻碍人类之旅。
自从亚当犯下了原罪
直到我们生活的当代，
这座令人望而生畏的大山
从未踏入人类的足迹。

七十一

只见从水中冒出两个人
大步流星，朝着他奔来，
他们看起来，十分苍老
说粗野不如说令人敬畏。
他们的头发上滴着水珠
整个身躯都被浸得湿透，
他们的肤色黑中带米黄
胡须粗硬、蓬乱、飘飘髯髯。

七十二

那两位老人的额头上戴着
用不知名的花草织的花环，
他们之中一位略带着倦意
仿佛从更遥远的地方赶来。
脚下的河水也显得更汹涌
似乎从别的地方奔腾而来，
像阿尔甫斯[375]离开阿卡迪亚[376]
去锡腊库扎[377]拥抱阿瑞图萨[378]。

七十三

这一位身份显得更加庄严
远远朝着国王，大声喊道：
你呵，世界的大部分地方
正在等待你的王国和王冠！
我们曾是那样蜚声世界
从未忍受过他人的奴役，
我们来通知你，时代已来临
赶快派人收取我们的贡品吧！

七十四

我，便是光辉的恒河之神
我真正的摇篮在天国乐园，
这另一位，是印度河河伯
你看这座山便是他的源头。
我们还要你经历艰苦战争，
可是，只要你坚韧不拔
终将取得史无前例的胜利
断然为无数人民套上枷锁。

七十五

那高贵神圣的河神说完话
便与印度河老人一起消失，
曼努埃尔国王从梦中惊醒
思想中产生了巨大的变化。
这时，福玻斯把金色披风
抖向睡意惺忪的黑色夜空，
黎明女神把她美丽的脸颊
描上羞赧的、玫瑰的粉红。

七十六

国王召集了满朝文武
对他们讲述梦中情形，
那位神圣老人的一席话
使所有人感到莫大震惊。
他们下决心组织一支船队
以对一切无所畏惧的壮志
派遣人员去踏破万顷波涛，
把崭新的气候和天空寻觅。

七十七

那时候我[379]的确还不太清楚
心中的愿望是否得以实现，
每当，遇到这种伟大事件
我心中就会萌生某种预感。
不知由于什么道理和缘故
或许在我身上看出了吉兆，
非凡的国王将这艰巨伟业
千钧重任，托付于我双手。

七十八

他用一种亲切的请求语气——
国王如此下令更使人服从，
对我说：这光荣艰巨之事
通过辛勤的努力才可实现。
历尽磨难，甚至丧失生命
会为人们带来伟大的声誉，
当人们克服了可耻的恐惧
生命越短暂，越光焰无际。

七十九

在所有勇者中我选择了你
去完成你当之无愧的伟业，
我深知，你为了我会觉得
光荣艰巨的重任轻而易举。
我实在忍不住立即高声说：
尊贵的国王呵，为你效劳！
哪怕赴汤蹈火我在所不辞
这渺小的生命，又何足惜！

八十

请你想象一下那个欧律斯透斯
为阿尔喀得斯设置的冒险吧[380]：
克勒俄纽斯雄狮和哈耳庇厄
厄律曼托斯野猪和许德拉水蛇，
最后深入虚幻而黑暗的冥国
斯提克斯浇灌着狄提斯原野[381]。
陛下，哪怕再大的危险磨难
我甘愿为你献出精神与肉体！

八十一

曼努埃尔国王用慷慨的奖赏
热情的赞扬以鼓舞我的志向，
人受到表彰，会使勇气倍增
赞美声能够激励壮丽的事业。
受一种兄弟手足之情的驱使
受一种追求荣誉的雄心激发，
我宝贵的兄弟保罗·达伽马[382]
也立即自愿，伴我远航印度。

八十二

尼古劳·科埃略[383]也挺身而出
他生性刻苦耐劳，坚韧不拔，
两人都是久经考验身经百战
都是有勇有谋，难得的伙伴。
于是我又挑选出精壮的青年
他们胸中激荡着立功的愿望，
他们心里充满了巨大的勇气
他们甘愿为壮丽的事业献身。

八十三

曼努埃尔国王亲自颁发奖赏
还慷慨激昂地鼓励了勇士们，
君王的恩赐激发出一片忠心
让人们去克服一切艰难险阻。
弥倪阿斯[384]的英雄们会聚一方
为寻觅金羊毛，登上神奇的
阿尔戈魔船做破天荒的远征，
第一次放胆闯荡了攸克辛海[385]。

八十四

我们来到著名的尤利西斯港[386]
群情振奋，胸怀神圣的愿望，
在那里，特茹河甘美的醴浆
掺拌入涅普顿的苦酒与白沙。
一艘艘威武的战船整装待发
勇敢的青年们没有丝毫恐惧，
精壮的水手和玛尔斯的勇士
就要跟随我去闯遍海角天涯。

八十五

战士们从四面八方聚集海滩
身穿着五颜六色的各式服装，
为了寻找世界上的崭新天地
他们已做好了一切精神准备。
温柔的海风轻轻摇荡着海船
坚固的海船上旌旗迎风招展，
远渡重洋的船儿将像南船座
化作长星飞上奥林匹斯天空。

八十六

我们不仅为如此遥远的航程
准备好一切不可或缺的物资，
还要让灵魂时刻准备去面见
不停在水手眼前晃动的死神。
我们只能用无比崇敬的目光
仰望着天堂中那位最高的神，
祈求他赐给我们巨大的恩惠
指引我们，赐我们旗开得胜。

八十七

我们的船队就这样从那座
建筑在海岸边的神庙[387]出发，
那个地方的名称，来源于
上帝之子降生人世的地方。
陛下，我可以向你吐露真情，
当回想起离开那里的情景
我心中是如何充满疑惧呵
禁不住热泪涌出我的眼睛。

八十八

那一天，人民倾城出动
亲朋好友，好奇的观众，
他们的眼睛里充满离愁
聚集在海岸为我们送行。
一千名德高望重的修士
陪伴着我们的队伍游行，
我们庄严地向上帝祈祷
向着沙滩上的舢板走去。

八十九

如此前途未卜，漫长的远航
使人们断定，我们难以生还，
女人们流淌着伤心的眼泪
男人们从心底里发出叹喟。
母亲，妻子，姑嫂，姊妹
骨肉深情，更加充满疑虑，
这样早便与我们永世诀别
这加倍使她们绝望而心碎。

九十

只听母亲这样说道：孩子呵
你是我那唯一的安慰和寄托，
我将要在悲惨痛苦的哭泣中
结束这已然疲惫衰老的人生。
我那宝贵的儿子呵，你为何
要把可怜而贫困的母亲抛弃？
你为何要离开我而远走高飞
去葬身大海，做鱼虾的食物？

九十一

妻子披散着长发说：丈夫呵
你怎能狠心割舍我们的爱情？
把那属于我不属于你的生命
冒险向那片狂怒的汪洋祭奉？
你怎能为那生死难料的路途
忘记了我们那朝朝暮暮的爱？
难道竟愿意让风儿扬起长帆
断送我们之间那温存的一切？

九十二

千言万语也道不尽她们那
柔情蜜意，无限悲伤忧虑，
老年人和孩子们随声附和
他们的年龄使人感情脆弱。
几乎被他们的深情所感动
附近的群山发出沉沉回声，
泪水，打湿了白色的沙滩
男女老少，无不挥泪潸然。

九十三

那是一种何等悲壮的情景
甚至不敢看一看母亲妻子，
为了不让人更加肝肠痛断
也许为了不动摇坚定信念，
我决定不再做照例的辞行
就这样毅然决然登上海船。
虽说生死离别，人之常情
但去者留者都会更加痛苦。

九十四

可是有一位神色可敬的长者
掺杂在海滩上熙攘的人群中，
只见他远远地，向我们眺望
摇了摇头，颇有些不以为然。
他那种稍稍抬高的低沉嗓音
我们在大海上也能清楚听见，
用只有阅历才能凝结的智慧
说出这样一番发自肺腑之言。

九十五

荣耀的权力，荒诞的贪欲呵
我们误把这种狂妄当成名气！
那蛊惑人心的追求激发起了
狂热的野心，就是所谓荣誉！
对那盲目崇拜你的空虚心灵
要施以无情的报复和打击！
除了死亡危险和痛苦的折磨
你还要导演什么残酷的悲剧？

九十六

你使那心灵和人生动荡不安
你是男女相弃和淫乱的根源，
你是狡猾而有名的花花公子
荡涤尽了王国和帝业的财产！
有人盲目地称颂你英明卓越
实际上只配受诅咒丢人现眼，
有人盲目地称颂你伟大非凡
只有人民中的白痴才会受骗。

九十七

你究竟还想要把这个国家
引向什么新的灾难的深渊?
在那某种动听的名义之下
又为他们设置了什么危难?
你许诺的什么帝国和金矿
难道真会轻而易举地觅见?
难道真能给他们什么荣誉
光荣的成功和胜利的凯旋?

九十八

然而,你是那个狂人[388]的后裔,
由于他违背上帝意志的缘故
不仅被驱逐出了神圣的天国
放逐到这荒凉悲惨的人世间。
永远怀着对天堂的痛苦思恋
而且剥夺去恬静的黄金时代,
将你投入这残酷非人的世界
永遭野蛮而血腥的连年战祸。

九十九

既然那种虚荣使你感到快乐
既然那种轻浮幻想令你陶醉，
既然你把野蛮而残忍的兽性
装饰一种英勇和果敢的美名。
既然你是那样崇尚轻视生命
而那生命本应永远受到珍视，
因为即使那位赋予生命的神
也曾经那样地惧怕将它失去[389]。

一〇〇

那么，摩尔人不近在你身边
难道你不是同他们战火连年？
如果你仅仅为基督信仰而战
们追随可恶的阿拉伯人？
如果你仅为贪慕土地和财富
那里没有千座城池万顷良田？
如果你想由于胜利受到赞誉
他们不是你眼前武装的敌人？

一〇一

可是你听任寇仇在门前壮大
却去寻找如此遥远的新对头，
为此任凭古老王国田园荒芜
任凭她衰微沦丧，在远方陨落。
只因为你受到虚荣心的蛊惑
就远去寻求吉凶未卜的危险，
醉心于歌功颂德的赞美之中
自诩是印度、波斯、阿拉伯主宰。

一〇二

呵，世间那个始作俑者呵
真是一个十恶不赦的坏蛋！
倘若世界上还有公正可言
他真该下地狱，永遭磨难！
任何博大精深的智者哲人
任何才华横溢的天才诗人
都不会因此对你礼赞纪念！
你只配受万劫不复的诅咒！

一〇三

伊阿珀托斯的儿子[390]从天宫里
窃来火种，埋入人类的心中，
从此人间点燃战火，失去和平
那是战争、死亡和耻辱的祸种！
莫大的错误呵，普罗米修斯
假使你未曾激起那只泥偶人
赋予贪欲的火种，该有多好——
世上哪会发生如此多的灾祸！

一〇四

不至于使那个可怜的青年[391]
冒失地驾驭父亲的太阳车，
建筑师父子[392]不会幻想飞翔
一个沉入波河，一个葬身大海。
人类会清静无为，与世无争
没有酷暑严寒，没有水火战争，
不会做出狂妄的渎神劣行
真是可悲的命运，荒诞的处境！

第 五 章

一

可敬的老人，话音还未落
我们已经舒展开帆的翅膀，
乘着习习吹送的柔和海风
渐渐驶离了那可爱的港湾。
战船航行在宽广的海域上
片片白帆，划开蓝空，
我们照例高喊：一路顺风！
风，便使劲地吹鼓着帆篷。

二

此刻那永不熄灭的大火炬
正照耀着涅墨亚猛兽之宫[393]，
疲惫不堪而又衰老的世界
迟缓地步入了第六个纪年[394]。
人类早已看惯了那个太阳
飞绕过一千四百九十七圈[395]，
就在这时我们威武的船队
乘风破浪，航行在大海上。

三

呵，可爱祖国的大好河山
渐渐从我们的视野中隐去，
特茹河辛塔拉碧水青山
实在让我们把双眼望穿。
心，留在那可爱的土地
心中还充满了离愁别绪，
当一切从地平线上消失
眼前只剩下了海天一色。

四

我们的船队要去闯开一条
前无古人的大海上的航线，
去阅历高贵的恩里克王子[396]
早已发现的新海岛与风光。
左边，我们的船队掠过了
毛里塔尼亚的高山和荒漠，
古代安泰俄斯把那里统治[397]
右边，不知是否还有大陆[398]。

五

我们已驶越辽阔的马德拉[399]
这名字起源于富饶的森林，
这是我们开发的首座海岛
她驰名于世从未受人歌颂[400]。
并非因为她处于世界边缘
便失去维纳斯对她的宠爱，
她会因此岛冷落塞浦路斯、
奈多斯、佩福斯和基西拉[401]。

六

我们驶越荒秃的马西利亚[402]
阿泽纳格人在此放牧牲畜，
他们自出生就未见过清泉
把荒原上的野草视为甘露。
那里颗粒不收，寸草难生
鸟儿的肠胃能把铁石磨碎，
遭受着极度的饥荒和贫瘠
是巴巴利、埃塞俄比亚的分界[403]。

七

我们已驶越了北回归线
太阳车至此，掉头向南，
那里，生活着各族人民
法厄同使他们肤色如炭。
塞内加尔河[404]，水清流长
哺育着那里怪诞的部落，
阿尔西纳琉角失去古称
被我们换取佛得角[405]之名。

八

船队已驶过了加那利群岛[406]
那里曾被称作神赐之山地，
拜访了赫斯珀洛斯[407]的女儿
有名的赫斯珀里得斯姊妹[408]。
我们的船队在那片土地上
领略了那奇妙的异国风光，
船队曾在那里顺利停泊
以便从陆地上获取给养。

九

我们为船队停泊的那座岛
以勇士圣地亚哥[409]之名命名，
在重创摩尔人的战争之中
他为西班牙人民立下大功。
玻瑞阿斯为我们吹送北风
船队驶入浩渺苦涩的大洋，
我们就这样依依告别那片
找到清凉甘甜的淡水之地。

十

我们的船队继续沿着东边
辽阔的阿非利加海岸航行，
生活在加罗佛地区[410]的土人
分成各不相同的部落氏族。
我们从幅员辽阔的曼丁戈[411]
找到那种灿黄的名贵金属，
弯曲的冈比亚河[412]灌溉那里
奔腾入大西洋的宽广怀抱。

十一

我们驶越了多尔卡达斯群岛[413]
岛上繁殖着古代住在那里的
女妖戈耳工姊妹[414]丑陋的后代，
女妖三姊妹，仅有一只眼睛。
可只有你那一头卷曲的秀发
撩拨起了海神涅普顿的情欲，
使你变成姊妹中最丑的一个
让炎热的地带蝰蛇满地横行。

十二

锐利的船头永远指向南方
我们继续驶入广袤的海湾，
掠过绝对荒凉的塞拉利昂[415]
我们还命名帕尔马斯海角[416]。
船队停泊在一条大河[417]岸边
那里，海浪在沙滩上高歌，
那里有座风景如画的小岛
被我们赋予圣多马[418]的名称。

十三

那里，屹立着庞大的刚果
我们已让她普照基督圣光，
那水清流长的扎伊尔河[419]呵
古人从未领略那奇异风光。
我们沿着宽广的海洋航行
渐离熟悉的卡利斯托天穹[420]，
我们已穿越那条炎炎赤道
世界南北半球的中央分界。

十四

我们的船队继续向前航行
新的苍穹，出现颗颗新星，
这些美丽的星斗不见经传
无知的人对她们表示怀疑。
这半壁夜空如此月明星稀
不似另一半那样辉煌绚丽，
我们前方不知是茫茫大海
还是存在另一片神秘陆地[421]。

十五

我们的船队就这样驶越了
阿波罗两度穿越的区域[422]，
他驾着宝马金车南北一晃
此地就出现两次冬令夏时。
时而和风细浪，时而暴风骤雨
欧洛斯[423]不停地在海上撒野，
两熊星不惧怕朱诺[424]的淫威
在涅普顿的大海尽情沐浴。

十六

若讲起让人类不可思议的
海上惊险的场景实在漫长，
剧烈的霹雳令人丧失魂魄
道道闪电燃烧着整座天穹。
在阴森恐怖的暴风雨之夜
连续惊雷险些劈裂了世界，
纵然是铁嗓金喉讲起这些
与其说困难不如说是错误。

十七

我领略过那些自然界的奇观——
那些以多年的阅历为尊师的
仅凭表面的直观判断事物的
粗野水手永远认为是真实的；
而那些具有更完美知识的人
他们只凭纯粹的理智与科学
去看待世界上那隐藏的秘密，
就会说那些都是虚幻的现象。

十八

夜，在狂风骤雨中混沌漆黑
大海在阴云滚动下发出悲音，
我清楚地看见那种据水手说
是一团圣火的活泼泼的火焰。
另一种现象更令人目瞪口呆
所有人都认为是过度的奇观，
乌云，吐出一根细长的吸管
把汪洋大海猛力吸啜到天空。

十九

我亲眼所见，那么真切
那决然不会是什么错觉：
海面上升腾起漫漫轻烟
只见海风鼓动云旋雾转，
那片薄雾吐出一根长管
一直上升到茫茫的天空，
它又细又薄，如云似雾
人的肉眼几乎不易分辨。

二十

只见那根吸管在渐渐膨胀
直到变得比主桅还要粗大，
当它大口大口地吸起海水
这儿就变粗，那儿就变细。
随着汹涌的波涛上下舞动
顶端渐渐形成厚厚的乌云，
当它驮负的海水越来越多
滚滚阴霾就变得越来越暗。

二十一

那根吸管，像一条嗜血蚂蟥
死死地叮住一头野兽的嘴唇，
那头牲畜正低着头畅饮山泉
不小心被那条蚂蟥一口叮紧。
那条吸血虫饥渴贪婪地吮着
它的身躯，便渐渐膨胀起来，
那奇怪的吸管就这么膨胀着
像擎天巨柱支撑着大块乌云。

二十二

当乌云里的怪物，啜饱海水
就立即把那根吸管收了起来，
像　条巨龙在天空飞卷翻滚
倾泻下一场天昏海暗的暴雨，
把它汲取的海水又还给大海
仅是摄取那海水中的盐分。
请问，世上的哪些智慧圣贤
什么经典，能解释这些奥秘？

二十三

假如，那些为探索世界奥秘
踏遍了天涯海角的古代哲人
像我一样，经历了这般远航，
领略过这样千变万化的气象
宏伟而壮丽的大自然的奇观，
必能给后人留下非凡的巨著。
那些天父星体的神秘作用呵
绝非谎言，完全都是真相！

二十四

船队继续在海上航行了一程，
那个居住在第一重天的星体[425]
匆匆忙忙地变换了五次容颜[426]
时而半遮羞面，时而笑露银盘。
正在这时一名水手从桅楼上
瞭望着远方高声叫喊：陆地！
人们兴奋异常，纷纷跳上甲板
凝目眺望那条东方的海平线。

二十五

我们望见远方有一群山峦
像乌云一样渐渐堆出海面，
水手已准备好沉重的锚具
船队驶抵海岸，收落风帆。
为搞清楚在如此遥远之地
船队所航行的确切方位，
于是我们用天才的新发明
神奇的星盘仪来测定经纬。

二十六

我们登上了一片开阔的沙滩
水手们分散到各处自由行动，
在那片前人未曾涉足的土地
他们想去发现一些新奇事物。
可是我，却留在那片海滩上
与领航员们在一起进行测量，
通过太阳仰角测知所处方位
然后把数据标明在航海图上。

二十七

我们发现，这支远洋船队
已经完全越过了南回归线，
此刻正处于该线与地球上
最神秘的冰雪的南极之间。
正在这时候，我远远看见
伙伴们围住一个黑色怪人，
那个人正在林间采野蜂蜜
我的水手们强行把他捉住。

二十八

那人的目光，惶惑而惊恐
仿佛从未陷入过如此绝境，
我们与他之间的言语不通
他比波吕斐摩斯[427]还要愚蒙。
我把珍贵的科尔喀斯皮毛[428]
最贵重的金属和精美银器
还有辛辣的香料拿给他看，
对此，那个野人无动于衷。

二十九

我命人拿来些普通的东西，
一串晶莹透明的玻璃项链
一只悦耳动听的小铜铃铛
一顶颜色鲜艳的小红布帽，
只见他立即点头又是拍手
表示对这些东西非常喜欢。
我给他这些东西，放走他
他便走向相距不远的村庄。

三十

次日一早，那个人的乡亲们
一个个裸着身体，肤色如炭，
从一座荒莽的山坡上走下来
索取被他带去的那些小饰物。
这些人已经显得不那么野蛮
似乎稍许开化，也通达人情，
这使威洛索壮胆和他们一起
走进丛林，去领略当地风俗。

三十一

威洛索仰仗着他不凡的膂力
鲁莽地以为，此去万无一失，
他已经走出了很远一段路程
我谨慎的目光一直追随着他。
正当我期待出现什么好迹象
只见岩石间，冒出他的身影，
看样子正向着大海岸边奔跑
比去的时候，速度明显不同。

三十二

科埃略立即划起小艇去接应，
可是还未等威洛索赶到海边
为了不放跑他，一个胆大的
埃蒂俄比人[429]像一只饿虎扑食，
紧接着，又冲上来无数土人。
眼看着威洛索处境十分紧急
我立刻拼命划桨，前去援救
这时杀出一大群隐蔽的黑人。

三十三

从这阵漆黑的云层倾泻下
暴雨般的石矢，袭击我们，
这阵乱石并没有白白投射
我的一条腿就在那时受伤。
可是我们被这些人激怒了，
那么密集的反击使人怀疑
那岸上大片的红色不一定
是他们头戴的红帽的颜色。

三十四

救出了身陷重围的威洛索
我们立即撤回到海上船队，
此地诡计毒辣，日的鄙劣
完全是阴险凶狠豺狼成性。
显然从他们口中难以得到
关于我们日夜渴望到达的
遥远的印度的任何好消息，
就这样我们再次乘风起航。

三十五

于是一名水手对威洛索说道：
喂，威洛索朋友，那座山坡
真可以说下山容易上山难呵！
这令众人发出一阵哄然大笑。
说得不错！勇敢的冒险家说
我看见那么多的野狗嗥叫着
扑向你们，不由加快了步伐，
我想，你们这里没我怎么行！

三十六

威洛索说，当他随那个人
刚翻过那座山岗，野人们
便不许前进，逼迫他返回，
不然，就把他杀死在那里。
他一转身野人就躲进丛林
目的是让我们去接应伙伴，
乘人不备将我们一网打尽
然后再放心大胆洗劫我们。

三十七

自从离开了那个险恶的地方
我们又整整航行了五天时间，
幸运的海风，好似顺从人愿
船队航行在自古荒茫的海面。
那一天夤夜，我们正在船头
漫不经心地瞭望那无边大海，
突然，头顶上出现滚滚乌云
把天空大海遮掩得无比昏暗。

三十八

那座云阵，是那么可怕阴沉
使所有的人心中充满了恐惧，
漆黑的大海在远方低声咆哮
仿佛一头怪兽乱撞在礁石上。
我喊道：啊！至尊的天神啊！
你所展示的这种天气和海象
似乎要比一场风暴更加严峻，
难道是显示你的灵威或奥秘？

三十九

话音未落，只见空中
出现一个狰狞的恶魔，
真是雄伟的庞然大物。
看，他面色阴沉气势凶狠
胡须脏乱，两眼陷如洞穴
丑陋骇人的身躯色如灰土，
卷曲的头发上，沾满污泥
黑色的嘴唇露出一口黄牙。

四十

怪物的身躯实在庞大，
假如，用什么来比喻
只能说，他是又一座神秘的
世界七大奇迹中的巨人[430]。
他低沉的嗓音嘶哑可怖
仿佛发自幽深的大海渊薮，
听到那声音，看到那怪物
我们心中发寒，毛发倒竖！

四十一

他说：你们，大胆之徒
比一切伟人更肆无忌惮，
历尽残酷战争和重重艰险
徒劳无功却永远不知疲倦。
此刻竟敢来闯入我的禁地
扬帆驾船航行在我的水域，
自古到今我一直在此守护
从不许任何船只在此穿行。

四十二

你们妄想揭示那些隐藏于
天地与大海间的无穷奥秘，
世间任何尊贵不朽的伟人
都不曾享有这种特别荣誉。
我实在难容忍你们的狂妄
要为你们准备无尽的灾难，
让它遍布茫茫海洋和大地
不经历残酷战争休想过去。

四十三

你们要知道历史上曾有多少
斗胆做你们这种远航的船只，
皆遭到不可形容的海上风暴
我都曾毫不留情，加以阻拦。
对那支闯入禁区向惊涛骇浪
第一次做出大胆挑战的船队[431]，
我已施加了突如其来的惩罚
他们尚不及恐怖就葬身大海。

四十四

假使没弄错的话，我将在此
无情报复将我暴露于世的人，
如果你们冥顽不化一意孤行
仅如此惩罚难消我心头之恨。
假使我能够把想象付诸现实
我会年年度度都让世人看到
你们的航船会遭遇海上灾难，
相比，死亡倒是最小的不幸。

四十五

我将要为那位高尚的贵族[432]
准备好冰冷永恒的新坟墓，
幸运之神给他齐天的荣誉
上帝的意志实在殊难预料。
他打败强盛的土耳其水军
缴获的无数财富全部归我，
为吉洛亚和蒙巴萨的毁灭
我要亲手让他们遭受报应。

四十六

那位赫赫有名，风流倜傥
勇敢无畏多情善感的骑士[433]，
带着他那美丽不凡的妻子
那是爱神对他的特殊恩赐。
来到这片狂怒残忍的土地
阴森的厄运在向他们招手，
他们从惨痛的海难中逃生
却要遭受超乎寻常的苦难。

四十七

他们将亲眼看着爱情的果实
宝贵的孩子被饥饿折磨而死。
那些凶狠而贪婪的卡佛尔人
残暴地剥光美丽夫人的衣裙，
让她那透明如玉的绝美身躯
裸露在烈日与严寒的酷刑中，
她还要赤裸着那双娇嫩的脚
踩着滚烫的荒沙，长途跋涉。

四十八

那些逃过这场灾难的人们
将看到这一对可悲的情侣
被灼热无情的荒沙所淹没，
他们流下的，悲伤的泪
甚至将那里的顽石融化。
人们看见那对情人的身体
紧紧相拥，灵魂则摆脱了
美丽又可怜的躯壳的囚禁。

四十九

正当那可怕的怪物还要继续
历数我们的灾难，我壮起胆
扬声问道：你，是何方鬼神？
你那奇伟的身躯，的确惊人。
只见他的嘴嗫嚅，眼珠躲闪
从心底发出一声骇人的长叹，
他的声调，是那样深沉愁怨
仿佛我的话刺伤了他的自尊。

五十

我就是被命名为风暴之角的
那座隐藏在世界边缘的海角[434]，
扎勒密[435]、彭波尼乌斯[436]、普林尼[437]、
斯特拉波[438]，任何古人所不晓。
我就是那座未知海角的化身
整座非洲海岸在此形成尖角，
深插入大海，指向大地南极
你们如此大胆令我极为羞恼！

五十一

我是大地粗犷的孩子[439]之一
恩克拉多斯[440]、埃该翁[441]和百臂巨人[442]的兄弟，
名叫达玛斯托尔[443]。在反抗
奥林匹斯众神的巨灵之战中，
我未与他们一起堆起高山
而是征服大海的万顷波涛，
成为巨人水师的骄傲统帅
与涅普顿的船队海上交战。

五十二

对珀琉斯美丽妻子[444]的爱情
使我不理智地卷入了战争，
我不慕天宫中的所有仙女
只对海中的公主一往情深。
那天，她与涅柔斯之女们[445]
一起裸着身体，走上海滩，
我便心旌摇荡，一见钟情
此生从未体验过那种心情。

五十三

只叹我形容丑陋，身躯庞大
怎能够博得那位公主的爱慕？
于是，我决心以武力抢夺她。
这番苦恋，我向多丽斯吐露
被吓坏的多丽斯去为我做媒，
忒提斯笑得开心美丽又认真：
她问仙女的爱能让巨灵满足
巨灵的爱又如何让仙女承受？

五十四

为了让大海免于战争的浩劫
我来想出一个最好的办法吧，
既不失名誉，又能祛除祸患
多丽斯给我传来了这一口信。
本来，我不该落入她的圈套
可是，爱往往令人冲昏头脑，
我的心中，如同涨满了春潮
充满强烈的情欲和美好希望。

五十五

于是不知不觉我放弃了战争
某夜，多丽斯安排好了幽期，
远远夜色中，出现一个身影
正是忒提斯洁白美丽的裸体。
我从远处疯狂地朝着她奔去
伸出双臂，把心上的人拥抱，
热烈地亲吻那美丽的眼睛，那
温柔的脸颊，和那一头秀发。

五十六

说下去，呵，真不知多么恶心
我满以为，我拥吻的是心上人，
却发现那只是一座冰冷的大山
只见山上荒草丛生，荆榛满地。
那天使一般美丽、温柔的容颜
原来只是一块冰凉坚硬的顽石，
我如此羞愤，无地自容，所以
我面对面化成一块默默的岩石。

五十七

呵，那大海中的最美的仙女，
即使我的存在让你感到厌恶
即使你想设置骗局把我捉弄
化成一段云梦轻烟又有何难？
我真是羞愧又愤怒无法形容
从此远离那痛苦与羞辱之地，
躲到世界的角落里偷偷哭泣
不愿让任何人耻笑我的不幸。

五十八

这时，我的兄弟们已被战胜
沦落入难以形容的悲哀处境，
那些虚妄的天神为坐稳权位
还要在他们的头上镇着火山。
上天的意志，实在难以违抗
我只有哭泣自己的不幸命运，
我对当初的鲁莽，追悔莫及
感到命运无情的仇恨与惩罚。

五十九

我的骨骼化成一块块岩石
我的肌肉变成了黑色泥土，
我的身躯变化成一座高山
深深地插向那茫茫的大海。
就这样，我这庞大的身体
被众神变成了荒僻的海角，
为了让我感到加倍的痛苦
忒提斯还用海水把我环绕。

六十

只见他说着，哭泣起来
忽然间从我们眼前隐去，
天上的乌云也随之消散
远方发出一阵轰鸣巨响。
我伸出双手，向引导我们
远航至此的苍天发出祈求，
请为我们祛除达玛斯托尔
所讲述的那些未来的灾难。

六十一

福来恭、皮洛伊和伙伴们[446]
已驾来那辆璀璨的太阳车，
这时前方出现了一座高山——
达玛斯托尔所化成的海角。
沿这条海岸继续向前航行
我们就已驶入东方的水域，
船队沿岸而下，航行一程
再次靠岸停泊，登上陆地。

六十二

居住在这片土地上的人民
尽管仍然是埃蒂俄比黑人，
比那些野蛮对待我们的人
要显得稍加文明而近人情。
他们非常热情地载歌载舞
在海滩上欢迎我们的到来，
人群中还掺杂着一些妇女
放牧着肥美而温驯的羊群。

六十三

那些皮肤漆黑如炭的女人
悠然自得地骑在牛背上面，
在他们饲养的各种家畜中
水牛是他们最喜爱的动物。
那些女人用土语谐声歌唱
不知是牧歌还是什么小调，
一支原始的芦笛柔声伴奏
活似狄蒂罗[447]的卡墨奈姊妹[448]。

六十四

他们的表情亲切而愉快
友好人道地接待了我们，
为我们送来母鸡和绵羊
以换取我们舶来的物品。
我那些伙伴们像以往一样
丝毫也听不懂当地的土语，
既得不到一点印度的消息
我们只好再一次扬帆航行。

六十五

至此，我们已沿着黑色的
阿非利加海岸环绕了很远，
掉转船头指向炎热的赤道
渐渐地远离了大地的南极。
我们已越过了另一支船队[449]
曾经抵达过的那座小荒岛，
是它首次发现了风暴之角
并在那里留下了明确标志[450]。

六十六

从那以后又航行了许多昼夜
时而阴风怒号时而和风细浪，
只有艰难的希望指引着我们
在荒茫的大海开辟出新航线。
有时我们要顽强与大海拼搏
好像大海中的一切都已改变，
我们迎面遇到一股强劲海流
强大得使我们难以前进一步。

六十七

我们的船队被迫向后倒退
那股海流正逆着航向而下，
海流巨大的力量远远超过
我们的风帆所乘航的顺风。
似乎凶猛的南风神诺托斯
被大海过分的固执所激怒，
因此，以全力鼓起了海风
帮助我们战胜了那股海流。

六十八

光明的索尔带来欢乐的节日[451]
那天东方三博士[452]赶到伯利恒，
朝觐那刚刚诞生的神圣之王
他集圣父、圣子、圣灵于一身。
就在这天我们的船队又一次
在一条宽广的大河河口停泊，
那里，居民与沿途所遇一样
我们用那个日子为河水命名。

六十九

在那里，我们补充新鲜食物
又从河中汲取了清凉的淡水，
那些人，与聋哑人几无区别
难得到任何关于印度的消息。
请看，越过如此广大的土地
还未走出那些野蛮人的地域，
从不见一点新的消息和迹象
找不到我们渴望的东方踪迹。

七十

现在，请想象一下我们这些人
该是多么渺小可悲，迷惘无依！
忍着饥饿和那摧毁一切的风暴
冒着恶劣气候越过未知的海洋。
无止的盼望，已令人那样厌倦
人们已经不得不变得灰心丧气，
穿越过那些令人类难以习惯的
如恶敌一样，残暴而可怕天气。

七十一

我们携带的食物已经腐败变质
对衰弱不堪的人体则更加有害，
航行中除了痛苦，无一丝快乐
看不见哪怕是一线欺人的希望。
难道，你相信像这样一群武士
假使并非我们——卢济塔尼亚人，
能如此长久地忠于他们的国王
能如此长久地服从他们的船长？

七十二

难道你相信像这样一群武士
不早已哗变反抗他们的船长
假使他拒绝服从他们的意志？
迫于彻底绝望、饥饿和愤怒
难道他们不会变成江洋大盗？
任何艰难困苦，严峻的考验
都动摇不了他们的高贵品质，
葡萄牙人的服从与赤胆忠心。

七十三

我们驶离了那个淡水河湾
又回到苦涩的大海中航行。
在富庶的黄金产地索法拉
为避免被强大的海流卷入
那一带沿海形成的小海湾，
我们远远地绕过那条海岸
航行入茫茫的深海，乘着
诺托斯温柔、寒冷的南风。

七十四

这支崇拜圣尼古拉[453]的船队
远远绕过索法拉海湾以后，
立即掉转船头，驶向海岸
浪花拍着海岸的悬崖峭壁。
人们希望与恐惧掺半的心
完全都托付给了一苇轻舟，
对渺茫的希望已绝望的心
这时突然为新消息而振奋！

七十五

原来，当我们驶近海岸时
已清晰地望见海滩和山谷，
这时发现那里有一条大河
有无数小帆船从河口出入。
真是让人难以形容的快乐
我们遇到懂得航海的人民！
多么希望还能从这里发现
同此景一样鼓舞人的喜讯！

七十六

我们所遇到的这些土著人
显然与文明社会有所交往，
从他们所讲的当地土语里
能分辨出一些阿拉伯词句。
他们的头顶上裹着缠头布
是用棉花纺织的一种细布，
他们还用一块蓝色的棉布
缠在腰间，遮住体下羞处。

七十七

那精通阿拉伯语的马丁斯
与他们半通不通进行交谈，
获悉：有同我们一样的大船
在此处海域上下，往来航行。
他们从日出之地远远而来
沿海岸驶向南方然后返回，
他们所居之地有一种人民
有同我们一样的白皙肤色。

七十八

我们与土人相处得很快乐
更为所获得的消息而高兴，
为纪念在该地找到的希望
我们命名那条河为吉兆河[454]。
为了给这种地方留下标志
船队携带着一些石碑界标，
把它们称作多俾亚向导[455]
我们在那里竖起一块石碑。

七十九

我们就在那条河里刷洗掉
挂在船体上的贝藻和牡蛎，
这些大海繁育的恶心生物
已使远航的船只污秽不堪。
我们一直从居住在附近的
快乐幸福的当地主人那里
获取新鲜食物和其他物品，
他们心地善良无丝毫恶意。

八十

可是我们在此处所获得的
并不是单纯的希望与快乐，
拉姆诺斯[456]很快就又为我们
安排了新的不幸作为补偿。
严厉的上天就是如此残酷
我们天生来就在这处境中，
痛苦与灾难，永久而牢固
幸福与快乐，转眼成泡影。

八十一

在水手中，发生了一种
从未听说过的恶毒瘟疫[457]，
许多人被它夺去了生命
永远被埋葬在他乡异域。
若非亲眼所见谁能相信，
染上那种疾病者的口中
齿龈肿烂得那样地可怕
红肿的皮肉一块块溃烂。

八十二

那溃疡散发出一种恶臭
污染着空气，令人窒息，
那里找不到高明的医生
更没有妙手回春的法术。
只是有人略通一些医道
把腐疮像死肉一般剜除，
如果，有谁不愿这么做
那就别想保住他的性命。

八十三

终于在那片未名的丛林
我们永远失去许多伙伴，
漫漫航程中，生死与共
一同闯过多少险阻艰难。
掩埋一个躯体多么简单！
每一片大海的无名浪花
每一抔异乡的无情黄土
与故国无异、让忠骨长眠！

八十四

我们就这样挥泪告别了那里
心中怀着极大的悲痛与希望，
船队沿那条海岸，向前航行
一路寻觅着更加可靠的迹象。
我们终于这样来到莫桑比克
关于他们陛下一定早有所闻，
他们的残忍伪善，卑劣狡猾
还有蒙巴萨人那险恶的欺骗。

八十五

感谢崇高而仁慈的上天指引
我们来到你安全可靠的港口，
如此舒适，如此殷勤的款待
足使生者健康，使死者复生。
我们在这里得到休息和酣梦
使备受惊骇的心灵重获平静，
现在，如果你一直认真在听
我已说完你所要求的那一切。

八十六

尊贵的陛下呵，现在想一想
世间谁会去闯荡这样的道路？
埃涅阿斯和雄辩的尤利西斯
到过如此荒僻的世界角落吗？
即使受到再多诗篇歌颂的人，
会胆敢尝试我辈以奇智大勇
已经和将要航行的无底大海
哪怕仅仅是八分之一的航程？

八十七

那位饱饮阿俄尼亚灵泉的人[458]
罗德、士麦拿、约斯、雅典、
科罗丰、阿哥斯和萨拉米斯[459]，
永无休止地，争夺他的荣誉。
呵，还有那另一位伟大的诗人[460]
他使整个奥宋尼亚[461]光芒四射，
全靠着他那高亢优美的歌喉，
使明乔河[462]陶醉，台伯河[463]激荡。

八十八

他们总是用极其优美的诗句
描写、鼓吹、赞颂那些英雄，
编造出女巫喀耳刻[464]、波吕斐摩斯、
用歌声诱惑人们的海妖塞壬。
编造出英雄出海远航的神话
他们漂流到喀孔涅斯人的地方，
误食忘忧的莲子[465]，忘了伙伴
结果在茫茫大海上迷失航向。

八十九

编造出皮风袋[466]里放出的狂风
美丽的神女卡吕普索的爱情，
弄脏了美味珍馐的哈耳庇厄[467]
冥国中遇见幽灵的神奇情节。
无论这些神话多么虚无缥缈
无论那些想象多么光怪陆离，
我们完全真实而质朴的经历
远超过一切辞藻华丽的杰作！

九十

雄辩的船长讲得有声有色
所有的人都听得十分入神，
这时他结束了漫长的叙述
叙述了伟大而高尚的功绩。
国王对那些在著名战争中
历代诸王的心胸表达盛赞，
称颂葡萄牙人的古老传统：
既坚强勇敢，又高尚忠诚。

九十一

人们赞叹着，每个人重述着
最令他们感动的场面和情节，
所有人都以无限钦佩的目光
注视那位渡过万水千山的人。
然而此刻提洛斯青年[468]已勒住
兰珀提厄之兄[469]驭不住的马缰
投入忒提斯温柔的怀抱休息，
国王从海上回到豪华的宫殿。

九十二

当一个人由于自己的功绩
获得光荣与赞誉，多美好！
每个高尚的人都会去奋斗
使声名超越过古代的伟人！
追慕景仰他人的光辉历史
可激励出惊天动地的伟业，
建树丰功伟绩者更能够从
颂扬之中得到巨大的鞭策。

九十三

与其说亚历山大无比崇尚
阿喀琉斯显赫一世的战功，
不如说那些歌颂他的诗篇
他只是渴望获得那些称颂。
米太亚得[470]缴获无数战利品
引起地米斯托克利[471]的妒意，
可他却说世间无任何东西
比歌功颂德的诗令人陶醉。

九十四

达伽马船长竭力说明世界上
过去被传诵的远航不配歌颂，
比不上他这开天辟地的事业
无愧于荣获举世无双的声誉。
那位慷慨的旷世英雄[472]以无数
馈赠、赏赐、光荣、美誉，
受曼托瓦之琴[473]以尊敬和礼遇
使埃涅阿斯和罗马四海流传。

九十五

卢济塔尼亚自古多出西庇阿、
恺撒、亚历山大、奥古斯都，
他们慷慨悲壮，却略输文采
这欠缺使他们变得残忍粗野。
屋大维戎马倥偬，日理万机
依然谱写出极其优美的诗篇，
安东尼为戈拉菲拉而遗弃的
富尔维娅[474]肯定不会说这是谎言。

九十六

要去征服整个高卢的恺撒
并不因战事妨碍他的才华，
他能一手执笔一手执剑
雄辩的才思与西塞罗齐名。
人们知道西庇阿身为名将
却有丰富的喜剧创作经验，
亚历山大是那样酷爱荷马
一向案头枕边，手不释卷。

九十七

无论拉丁、希腊还是蛮族[475]
从未见过任何强大的统帅
不是智慧超群、才华横溢，
只有在葡萄牙是特殊之例。
说到这里，我，确感羞愧
这里无人因诗歌声名卓著，
因为，诗歌不受世人重视：
不学无术又怎能崇尚文学！

九十八

并非由于缺乏天赋的才能
无维吉尔与荷马似的诗人，
假使长久以往，也将缺乏
善良的埃涅阿斯，勇敢的
阿喀琉斯；更不可挽救者，
命运使国民那样粗暴冷酷
那样卑鄙庸俗、愚笨麻木，
终日浑噩沉沉，无人惊悟！

九十九

我们的达伽马，由衷地感激
缪斯姊妹，那深沉的爱国热情，
她们弹奏着古琴，把勇士们
辉煌而英勇的事迹高声歌唱。
卡利俄珀[476]并非是达伽马本人
和他的姓氏家族的亲密朋友，
特茹河的女儿们[477]也不会为了
歌颂他而停止编织金丝锦缎。

一〇〇

塔吉忒姊妹只有一个目的
出自深沉的手足同胞之情，
表达对卢济塔尼亚功绩的
赞美、崇敬与纯洁的热诚。
任何人，不应该胸无大志
要时刻准备做出一番事业，
艰苦努力终究会得到报偿
决不会失去它的价值意义。

第六章

一

异教王不知应以何种礼仪
来款待坚强勇敢的航海者，
方能赢得如此强大的人们
基督教王无比宝贵的友谊。
他不禁哀怨自己命运乖舛
被抛弃在偏远的穷乡僻壤，
远离那富饶的欧罗巴大地
和赫拉克勒斯凿通的海路。

二

国王用游艺、歌舞和享乐
按梅林德的风俗款待贵宾，
像拉吉娅[478]取悦安东尼那样
让水手们快活地海边垂钓。
这位著名的国王每天准备
世间从未听说的美味佳肴，
水果、异兽、珍禽、海味
款宴卢济塔尼亚的勇士们。

三

可是，船长看到已经超过
所应该停留在那里的期限，
凉爽的海风在召唤他带上
领航向导和食物速速起程。
达伽马一刻也不愿再延误
前面还有漫漫的银色海路，
他告辞了善良的异教国王
国王请大家永远珍视友谊。

四

他请求卢济塔尼亚的船队
永远不断来访问他的港口，
向勇士奉献他渺小的王国
乃是他一生中的最大愿望。
只要他的灵魂不离开肉体
就会无时无刻不做好准备，
以全部生命和整个的王国
热诚为这样高尚的人效力。

五

达伽马以同样热情的语言
向国王辞行，便扬起风帆，
率领船队向那片久久以来
所苦寻的奥罗拉大地[479]进发。
这一次的领航员心地善良
为达伽马指示正确的航向，
于是船队在海上破浪前进
眼前的道路已经更加安全。

六

船队已航行在印度洋之上
尖利的船头划破东方海浪，
火红骄阳从远方冉冉升起
索尔的婚床[480]已经遥遥在望。
他们的心愿几乎就要实现，
可是狠毒的提俄涅[481]预感到
卢济塔尼亚人眼看要成功
不由得咬牙切齿恶毒诅咒。

七

眼看着上天已决定一切
让里斯本变成新的罗马，
对此，他竟然束手无策
因此事取决于最高权力。
他丧心病狂，降到人间
在地上寻求解决的办法，
他来到湿润的水的王国
泽布海，那海王的宫殿。

八

在那大海最隐秘的渊薮
有着深邃而宽敞的洞穴，
从其中喷涌出惊涛骇浪
与暴虐的狂风相互搏击。
海底，有一片宽广平原
上面建造着一座座宫殿，
里面居住着海王涅普顿
他快活的女儿和其他海神。

九

在凡人从未见过的海底
细细的银沙把地面铺展，
旷野上高耸着玲珑宝塔
和莹莹透明的水晶宫殿。
睁大眼睛凑近也难分辨
宫殿是用什么材料建成，
是水晶还是贵重的钻石
如此光耀夺目晶莹璀璨？

十

用精美纯金打造的宫门
镶嵌着贝壳孕育的珍珠，
精致的浮雕，雕刻其上。
即便气急败坏的巴克科斯
也禁不住停下来留心观看，
只见上面雕刻着远古世界
混沌未开的天地五色斑斓
流动的四大元素各尽其职。

十一

火，高高悬在空中燃烧
可是并不需要任何燃料，
自从普罗米修斯盗得它
便在这里给生命以活力。
风，在火之下袅袅升腾
它无影无踪，无孔不入，
不管多么寒冷多么炎热
任何角落它都决不放过。

十二

地，被雕成一座座高山
山上覆盖着绿色的草原，
茂密的森林开满了鲜花
牛羊遍野，鸟兽成群。
水，被雕刻得晶莹透明
源源不断从大地中喷涌，
水中，繁育出各种水族
而且还滋润着世间万物。

十三

他见一旁还有精美的杰作
奥林匹斯众神与巨灵之战，
烈焰冲天的埃特纳火山[482]下
可怕的怪物堤丰喷吐火焰。
另一幅作品，雕刻着海王
涅普顿用三叉戟打击大地
赐给无知人类的第一匹马，
弥涅尔瓦是和平的橄榄枝[483]。

十四

可是怒火中烧的酒神列欧
哪里有心思仔细欣赏这些，
径直地走进海王的水晶宫
而涅普顿，早已恭候着他。
涅普顿在海中神女簇拥下
来到水晶宫门前迎迓酒神，
海王的女儿们在窃窃私语
奇怪酒王竟然来造访水国。

十五

只见他说道：涅普顿啊
请你不必奇怪我的拜访，
因为不公正的命运正在
向强大的神祇炫耀法力。
如果你想弄清事情原委
就请你赶快召集众海神，
瞧吧，这是多大的灾难
听吧，我们已大祸临头。

十六

涅普顿已感到此事蹊跷
他想其中必定有些奥妙，
于是立即让特里同传令
召集大海中的各路神灵。
特里同是涅普顿的儿子
是尊贵的萨拉喀亚所生，
他身材高大黑丑而年轻
是涅普顿的使者和号角。

十七

他脸上，那团蓬垢的长须
披散在两肩的脏乱的头发，
全是滴着泥水的海藻水草
显然生下来就不懂得梳理。
头发端际挂着乌黑的贝类
这些丑恶的生物在那繁育，
他把一只巨大的龙虾壳儿
戴在头顶，当作他的帽子。

十八

为了在游泳时减少些阻力
他一丝不挂，赤裸着身体，
成千上万的小鱼小虾小蟹
爬满了他污浊不堪的肢体。
牡蛎、海虾、海参、海贝
马蹄螺背负着沉重的硬壳，
所有这些肮脏的软体动物
皆靠月亮的清辉才能长大。

十九

他手中拿着一只巨大海螺
鼓起浑身的力气把它吹响，
于是一阵清脆洪亮的号声
响彻大海，在远方引起震荡。
海中所有神祇听到号角声
立即赶赴涅普顿的水晶宫，
他帮助达达尼尔[484]筑起城墙
却被发了狂的希腊人摧毁。

二十

这边走来俄刻阿诺斯老人
美丽的大洋神女把他搀扶，
涅柔斯与多丽斯夫妇相随
海洋中到处是他们的女儿。
那位未卜先知的普罗透斯
也丢开大海中放牧的畜群，
匆匆赶来参加海王的会议
可心中早知道列欧的来意。

二十一

涅普顿那位美丽的妻子
凯路斯[485]与忒卢斯[486]之女，
神色端庄而欢乐地走来
大海为她的美丽而平静。
她身穿一件珍贵的衣裳
白色的长裙用薄纱缝制，
隐隐显露出透明的肌肤
她的风姿的确不该掩饰。

二十二

在这种场合，安菲特里忒
之娇媚使她从不甘心缺席，
随身，还带着那头海豚
曾为她与海王传情达意。
这两位光彩照人的女神
明亮的眼睛比日光瑰丽，
她俩手携着手，肩并肩
皆是同一位丈夫的妻子。

二十三

逃脱了阿塔玛斯的疯狂
投海化成了海神的美人[487]，
还带来了她俊美的儿子
这位王子，也列入仙籍。
他一路在海滩上玩耍着
拾起大海孕育的贝壳儿，
沙滩上美丽的潘诺佩亚[488]
有时把小王子抱在怀里。

二十四

那位曾经是凡人的海神[489]
因为误食仙草化成鱼儿，
这场灾难使他因祸得福
倒变成荣耀永生的神祇。
他依然哭泣过去的不幸
怨恨喀耳刻那丑恶的骗局，
把斯库拉变成一个妖怪
无望的爱情更令人痛苦。

二十五

海中的众神终于齐聚在
金碧辉煌的海王的宫殿，
女海神站立在瑶台之上
男海神高居水晶的宝座。
海王欢迎众海神的光临
他与巴克科斯携手并坐，
大殿里龙涎香青烟缭绕
它产在大海远比安息香名贵。

二十六

海神们相互间寒暄问候
热烈的场面，渐渐肃静，
提俄涅开始倾诉其苦衷
讲出他心底隐藏的秘密。
他的神情，略显得阴沉
仿佛心中有无限的愁苦，
他想借刀杀人，只为让
卢济塔尼亚人彻底毁灭。

二十七

大海之王啊，你统治着
南极到北极的狂涛巨浪，
你约束着地球上的人类
不允许他们闯越过界线。
还有你，俄刻阿诺斯老人
你把整个世界环绕围困，
你享有的权力，公正合理
让凡人仅在其区域内生活。

二十八

你们，大海中的神祇啊，
在你们这浩渺的水之国
岂能甘心蒙受他人的羞辱？
无论是谁敢于在海上横行
岂能不给他以惩罚和报复？
这次你们怎能竟如此疏忽
本有理由严惩人类的猖狂
又是谁，软化了你们的心？

二十九

难道说，你们竟视而不见
他们肆无忌惮，冒犯上天？
没看见他们那疯狂的理想
用风帆和木桨把大海试探？
从古至今我们一天天看着
人类变得越来越狂妄傲慢，
只怕不久我们会沦落成人
人类却将化成海神和天神。

三十

请看看这个弱小的民族吧
无耻窃用了我仆从的名字，
他们骄横狂妄，目空一切
想要统治你们、我和世界。
看，他们在你们的海面航行
看，他们超过高贵的罗马人
看，他们正横扫你们的王国
竟然把你们的法律视若粪土。

三十一

我看见，对那些第一次
在你们的大海上航行的
弥倪阿斯人[490]，被激怒的
玻瑞阿斯、阿基罗[491]和
他们的兄弟曾奋起抵抗。
如果风神们都感到耻辱
都不能容忍他们的羞辱，
你们责无旁贷，还等什么？

三十二

海神们啊，我不能同意
你们认为我此行不是出于
对你们的友爱，更不是
因为你们所遭受的耻辱，
而是为了我自己的羞耻。
我在世间所赢得的荣誉
我在东方的印度的一切
都将被这些人毁于一旦。

三十三

最高的主宰和命运之神
随心所欲地统治着世界，
决定在幽深的大海之上
赐他们旷古未闻的声誉。
海神们啊，你们将看到
神祇也尝到苦难的滋味，
人类与神，将不分贵贱
高贵的神祇将失去尊严。

三十四

因此我才逃出奥林匹斯
想办法解我这心头之恨，
看是否有幸，在人海中
挽回在天空失去的地位。
他欲说不能，泣不成声
成双的泪珠儿夺眶而出，
他的眼泪一流出就立即
点燃了海神心中的怒火。

三十五

无名的愤怒，突如其来
顿时改变了众神的心绪，
听不进深思熟虑的忠告
容不得犹豫不决的迟疑。
立即下令，给艾奥罗斯[492]
送去海王涅普顿的口信，
让他毫不留情刮起逆风
把海上的航船一扫而光！

三十六

普罗透斯老人本想进言
说一说他对此事的预感，
按照人们往常的看法
他的话，都是深刻预言。
这时只见发生一阵骚乱
忒提斯突然间分开众神，
站起来怒不可遏地叫喊：
涅普顿会下令，不用你管！

三十七

此刻傲慢的希波塔德斯[493]
已经打开了紧锁的栅笼，
放出一条条发狂的风兽
它们叱咤着，扑向那些勇士。
霎时间风刮得天昏地暗
晴朗的天空布满了乌云，
风暴从来没有如此猛烈
要直接摧平城市和高山。

三十八

众海神在大海深处聚会，
这时快乐而疲惫的船队
正在风平浪静的海面上
继续着漫长的万里航程。
正是满天星斗夜阑人静
白昼的光明还十分遥远，
第一班哨兵正要去就寝
把下一班换岗的人唤醒。

三十九

刚刚醒来的水手懵懵懂懂
连连打着哈欠，睡眼惺忪，
手扶着桅樯勉强能够站稳
单衣薄衫敌不住寒风凛凛。
他们无可奈何地强打精神
伸展一下四肢，驱赶困倦，
为了设法抵御睡神，他们
就天南海北，大摆龙门阵。

四十

一个水手说，该想个办法
消磨一下这段难熬的时光，
还有什么能比快乐的故事
更能够让人摆脱睡意昏沉？
只听莱奥纳德满怀对恋人
无限的深情，如此回答道：
什么故事又能比爱情故事
更令人销魂，打发这光阴？

四十一

威洛索道：这就叫不合时宜，
难道说，在如此粗野的场合
还可以柔情蜜意，谈情说爱?
海上的艰苦实难容脉脉温情。
我们的故事内容，应该是战争
应该是无比激烈、波澜壮阔，
因我们的生活正是如此严酷
眼前的道路，更是异常艰辛。

四十二

大家都表示赞同这个建议
于是请他讲个这样的故事，
威洛索说，好吧可别怪我
随心编造光怪陆离的传奇。
你们要效仿故事里的勇士
干出惊天动地的伟大事业，
我要讲十二位英格兰骑士
他们就出生在我们的祖国。

四十三

在佩德罗之子若昂[494]的时代，
当他摆脱那些令人烦恼的
与邻国之间的战争纠纷后
便无比轻松地驾驭着国家。
可是冷酷凶狠的复仇女神
在经常风雪交加的英格兰
疯狂地撒下了仇恨的种子，
使卢济塔尼亚人大显威风。

四十四

有一天，在英格兰王宫里，
优雅的夫人和显赫的大臣
偶然之间发生了一点争执
不知为何竟变得水火不容。
鲁莽的大臣出于一时气愤
未加思索便口吐不逊之言，
说，将设法证明这些贵妇
事实上根本不配称作夫人。

四十五

假使有人愿以长矛和利剑
维护这些夫人一方的荣誉，
他们将让那些人，在决斗场
丢尽脸面，或者肝肠涂地。
那些优雅而纤弱的夫人们
哪里蒙受过如此这般凌辱，
可是，她们天生娇弱无力
只有向亲朋好友请求帮助。

四十六

由于敌手在王国内的权势
竟无一人，敢于仗义执言，
无论亲友还是狂热的情人
一时间全都变成势利小人。
雪腮边挂着美丽的泪珠儿
足以感动天上的所有神仙
让他们下界，援救夫人们，
她们一起去见兰开斯特大公[495]。

四十七

这位英国人曾联盟葡萄牙
共同反对强大的卡斯提尔，
公爵亲眼证实过葡萄牙人
非凡的勇气，出奇的幸运。
他在这片土地上亲眼看到
人民对于爱情的忠贞不渝，
公爵之女[496]俘获了国王之心
强大的国王，娶她为王后。

四十八

为了避免引起内部的纠纷
公爵并不想亲自出面调停，
于是，他如此对夫人们说：
我去争夺伊比利亚王权时
目睹了葡萄牙人何等英勇
具有何等神圣的情操品质，
如果我没搞错，只有他们
才能够为你们去赴汤蹈火。

四十九

无故蒙羞的尊贵的夫人们
假如你们愿接受我的效劳，
派一位使者，带上我的信
用十分谨慎而委婉的语言
向他们吐露你们受的委屈。
你们也应写出宝贵的书信
里面充满泪水和柔情细语，
那样，定得到他们的捍卫。

五十

精明老练的公爵谆谆告诫
当即便点选出十二名骑士，
他让十二位大人听天由命
抽签决定每个人由谁保护。
每人选定自己的骑士以后
便以各自的方式给他写信，
她们还写信给葡萄牙国王
公爵又致函给每一位骑士。

五十一

当公爵的使节来到葡国
宫中，一片热烈的气氛，
尊贵的国王第一个报名
可是陛下之尊身不由己。
满朝的大臣都奋勇自荐
所有的骑士都甘愿冒险，
只有那几位幸运的宠儿
早已经被公爵亲自点选。

五十二

就在那座赋予了葡萄牙
永恒的国名与声誉之城[497]，
执掌着朝政大权的国王
早命人准备好一条大船。
十二骑士匆匆打点行装
都是时髦的武器和装束，
战袍，甲胄，金辔，雕鞍
上面刺绣着吉祥的话语。

五十三

身经百战的英格兰公爵
亲自点选的十二名勇士，
得到葡萄牙国王许可后
便从著名的杜罗河[498]启程。
这十二名骑士不分高下
一样武艺精湛有勇有谋，
只有马戈雷苏别出心裁
他对他的同伴做了解释。

五十四

我的英勇无畏的伙伴们
多年来我就想周游各国，
在杜罗河与特茹河之外
领略名山大川奇风异俗。
现在是千载难逢的时机
请你们允许我独取陆路，
大千世界多少奇妙事物
我定与你们相聚在英国。

五十五

假使我受到命运的阻挠
不能够与你们如期相会，
量你们也不缺少我一人
请你们担负起我的责任。
假使我心灵的预感无误，
无论艰难险阻高山大河
还是那命运之神的妒忌
都挡不住我与你们相聚。

五十六

说罢，他得到大家的许可
便与伙伴们逐一拥抱而别。
他来到莱昂和卡斯提尔
凭吊了古代胜利的战场，
纳瓦拉恃比利牛斯天险
将西班牙和高卢分在两旁，
他还目睹了法兰西的伟大
然后留在佛兰德[499]大商埠。

五十七

不知是偶然还是出于故意
他久久滞留，不渡过海峡，
这时，十一名显赫的骑士
已驶越北海上寒冷的波涛。
登上了英格兰异国的海岸
然后他们从那里取道伦敦，
在伦敦受到公爵盛情款待
夫人的殷勤更加鼓舞士气。

五十八

约定决斗的日期终于来临，
英格兰国王选出十二骑士
双方就要在校场决一雌雄。
勇士们兜鍪重甲刀光剑影
葡萄牙的众战神威风凛凛，
有如此勇士保卫的诸夫人
高兴地身穿五彩绸缎衣裙
戴上名贵宝石、金银首饰。

五十九

可是那位抽中马戈雷苏
做保护人的幸运的夫人，
决斗场上不见她的骑士
忧伤地穿起黑色的丧服。
十一位骑士竭力地宣称
问题会在英国宫廷了结，
哪怕再缺少三两名伙伴
也一定为她们恢复名誉。

六十

英格兰国王和满朝贵族
已高高就座于观礼台上，
骑士们以抽签决出对手
便三对三，四对四出阵。
从特茹河到巴克特里亚[500]
没见过如此英勇的武士，
面对这十二位英国勇士
十一位葡萄牙骑士毫不示弱。

六十一

凶猛的烈马口中吐着泡沫
狠咬着黄金打造的马嚼链，
武器在阳光下，闪着寒光
比水晶钻石的光芒更耀眼。
然而人们却发现交阵双方
十一位勇士对十二名骑手，
两彪人马的数目竟不一样
因此引起看台上一阵骚乱。

六十二

这时人们把目光投向一处
那是这场骚乱发生的起因，
只见一位威风凛凛的骑士
手提长矛跃马奔入决斗场。
他先向国王和夫人们致敬
然后与伙伴拥抱并肩而立，
来者正是伟大的马戈雷苏
作为朋友他决不临险逃脱。

六十三

当那位夫人得知，这来者
正是赶来捍卫自己的骑士，
便高兴地换上庸俗人爱之
甚于德的金属编织的盛装。
这时决斗的号角已经吹响
角声激起人们昂扬的斗志，
勇士们撒开缰绳催马上阵
长矛划在地面，火星四溅。

六十四

马蹄踏地发出轰隆的巨响
仿佛大地和山岳都在颤抖，
看台上的观众兴奋又恐惧
一颗颗心脏都在激烈跳动。
只见这一个骑士腾空跃马
只见那一个骑士倒地呻吟，
只见这一个骑士血染霜刃
只见那一个骑士丢盔弃甲。

六十五

只见有的人从此长眠不醒
顷刻间就结束了年轻生命，
只见有的人失去座下战马
无主的马匹在盲目地奔跑。
英格兰人已失去嚣张气焰
接二连三被驱除出比武场，
弃马步战的武士手执宝剑[501]
更显得葡萄牙人无比英勇。

六十六

可是若想绘声绘色地描述
那些凶狠残酷的战斗场面，
如想象出的神话传说那样
可以说，纯粹是浪费时间。
我们只需弄清故事的结局
葡萄牙骑士取得全面胜利，
他们以高雅的风度和光荣
为受辱的夫人恢复了名誉。

六十七

公爵在宫中举行欢庆宴会
为十二名凯旋的骑士接风，
十二位优雅而美丽的夫人
请来最优秀的厨师和猎手。
要让勇士们，她们的救星
在英格兰逗留的那些日子
每日每时享受上千桌酒宴，
直到他们返回可爱的故乡。

六十八

传说那位伟大的马戈雷苏
一心想去经历伟大的事物，
留在海外为佛兰德女公爵
又完成了一件卓著的功绩。
他就像久经沙场出生入死
经历一切战争危险的勇士，
就像托尔卡多和科尔威努
在决斗时杀死一个法国人。

六十九

十二个骑士中的另一个人
在日耳曼与一个狡猾的人
进行一场惊心动魄的决斗，
那个人，想卑鄙地暗算他。
威洛索正这样讲他的故事
伙伴们请他不要离题太远，
先讲马戈雷苏和他的胜利
也别忘再讲日耳曼的骑士。

七十

水手们，正听得津津有味，
一直在观测气象的水手长
突然之间，吹响了警笛
把四处的水手从梦中惊醒。
海风变得越来越寒气逼人
他命人立即收落望楼小帆，
大家要加倍小心！他喊道
这股风来自天边那团乌云。

七十一

人们来不及收落望楼小帆
猛烈的海上风暴骤然而起，
快收帆！水手长大声喊叫
快！快！赶快把主帆收落！
狂怒的风暴哪肯稍稍等待
不容收落主帆就猛扑上来，
呼啦一声，把它撕成碎片
仿佛世界被一次性地毁灭。

七十二

人们吃惊的叫声刺破天空
突然惊醒的水手惶惑莫名，
主帆刮碎时，船身被吹斜
大量的海水立刻灌进船舱。
卸载！水手长厉声高叫着，
别惊慌，把能扔的都扔掉！
其他人快去抽水，别停下
要不然，我们会葬身大海！

七十三

惊呆的水手们恢复了理智
立刻奋勇冲上去操纵水泵，
可怕的巨浪，摇晃着海船
刚冲上去又被掀倒在一边。
哪怕三名强壮有力的海员
也操纵不了不驯服的舵柄，
他们从两面给它系牢滑车[502]
以便节省些人力把它操纵。

七十四

海上的风暴，是那样可怕
猛烈的势头如同千军万马，
摧毁世上最坚固的通天塔[503]
也无必要比此刻稍加气力。
海上风狂浪涌，水波滔天
庞大的海船像一叶轻舟，
看，船在风浪中颠簸
令人惊叹造物的伟大！

七十五

保罗·达伽马率领的巨船
主帆桅樯被风暴拦腰折断，
船舱里几乎被灌满了海水
人们大声向救世主呼叫着。
科埃略的船上也一团惊乱
人们向着苍天无谓地叫喊，
幸亏他的水手长机智果断
抢在风暴之前收落了主帆。

七十六

愤怒的涅普顿，鼓起波涛，
一会儿，把海船抛向云霄
一会儿又把海船摔下地狱，
穷凶极恶的风神玻瑞阿斯、
诺托斯、奥斯托、阿基罗
要直接摧毁整个世界机器。
漆黑一团的丑恶夜色之中
道道闪电燃烧着整座天宇。

七十七

阿尔库俄涅[504]发出悲凄哀号
在惊涛拍岸的海滩上盘旋，
想起当初，正是如此风暴
造成了她永生永世的不幸。
一对对卿卿我我的海豚儿
双双潜入大海深处的巢穴
以躲避这凶残的海上风暴，
可在那里，依然惊魂不定。

七十八

为养子锻造闪亮铠甲的
那伟大而又丑陋的锻工[505]，
同凶狠傲慢的巨灵交战时
也未锻出如此剧烈的电火。
强大的雷神[506]在浩浩洪荒中
也未放射如此迅猛的雷霆，
让世上只剩两个人类祖先[507]
他们抛出的石块变成后代。

七十九

勇猛的惊涛骇浪势不可挡
一时之间摧平了多少高山！
怒不可遏的飓风所向无敌
一时把多少老树连根拔断！
顽强的树根从来也未想到
有朝一日被掀得颠倒朝天，
海底的泥沙更是难以想到
有朝一日被波涛搅上海面。

八十

达伽马眼看理想就要实现
他却要船沉大海葬身鱼腹，
海，忽而敞开地狱的大门
忽而盛怒地涌上天际云霄。
他惊恐万状，生死难料
他晕头转向，无可奈何，
只有向万能而强大的天神
苦苦哀求神圣有力的援救。

八十一

呵，神圣无瑕的伟大天帝
你统治着天空大地与海洋，
为拯救逃亡的以色列民族
你曾劈开红海，分出道路。
你让圣保罗[508]渡过流沙浮河
在滔天的波涛中幸免于难，
你还曾让挪亚和他的一家
逃脱了被洪水吞没的厄运。

八十二

如果，我已闯过无数新的
斯库拉与卡律布狄斯海峡
无数的西尔提斯[509]暗礁险滩
无数令人闻风丧胆的海角
阿克罗塞劳纽斯的鬼门关[510]，
经历这重重艰难险阻之后
你为何要把我抛弃？这事业
非但不冒犯你，还为你效力？

八十三

呵，那些在摩洛哥的土地上
英勇地为捍卫神圣信仰而战，
在非洲人的长矛下出生入死
在疆场壮烈殉国者多么幸运！
他们的光辉功绩将留传百世
他们的骄傲声名将永垂青史，
他们失去生命却将荣获不朽
他们含笑九泉却将虽死犹生。

八十四

狂风似一头头不驯的野牛
凶猛地搏击，暴躁地咆哮，
海上风暴一阵比一阵更猛烈
船上的细桅索发出凄厉呼啸。
一道道强烈的闪电划破天空
一阵阵可怕的霹雳惊天动地，
顷刻之间似乎就要天塌地陷
四大元素之间展开一场激战！

八十五

走在朝曦前的多情的星辰[511]
此刻已经在地平线上闪烁，
这位白昼使者向大海天地
袒露出了她那美丽的前额。
佩剑的俄里翁[512]忙躲闪起来，
司掌这颗星辰的美丽女神
一见所爱的船队风浪颠簸
心中便不由得惊慌而愤怒。

八十六

这必定是巴克科斯在捣鬼
女神想，他用心真叫险恶，
可是，他虽然是作恶多端
却从来没有逃出我的眼睛。
维纳斯只用一眨眼的工夫
就飞降在茫茫的大海之上，
女神唤来多情的大海女儿
给她们戴上美丽的玫瑰之冠。

八十七

让她们戴上五颜六色的花冠
鲜花与她们的金发争奇斗艳，
谁不说是金发所盛开的红花？
爱神用金发拨动爱情的心弦
维纳斯决定要用爱情来打动
那群让人讨厌的风神们的心，
让这些比星光灿烂的海仙女
娇媚多情，展示在他们面前。

八十八

事情果然不出维纳斯所料，
当可爱的大海女儿们出现
风神们便失去刚才的气焰。
立即，他们表示恭顺和驯服，
仿佛他们强壮的两手和双脚
都被柔软灿烂的金发所束缚，
只见那位最美丽的奥莱蒂娅[513]
向意中人玻瑞阿斯敞开肺腑：

八十九

勇敢的玻瑞阿斯，你决不相信
我感到，你不会对我一往情深，
温柔性格，是爱情的牢固基石
忠贞的情人也绝不会性情暴躁。
如果，你不马上收敛你的疯狂
从今后，你休想再得到我的爱，
你只能指望得到我对你的恐惧
我只会害怕你，哪谈得上爱你。

九十

美丽的伽拉忒娅[514]也同样温柔
甜言蜜语，规劝残暴的诺托斯，
她深知，他一直在偷偷凝视她
坚信终有一天能获得她的爱。
诺托斯不敢相信自己的耳朵
他的心，差一点就跳出胸膛，
美丽的仙女之令如喜从天降
不假思索，即刻变得温顺异常。

九十一

就这样，美丽的大海仙女
瞬间就驯服了各自的情人，
已平息无名怒火的众风神
拜倒在美丽的维纳斯脚下。
爱神一见众风神如此钟情
便许诺给他们永恒的幸福，
众风神吻着女神美丽的手
发誓此次远航永远忠于她。

九十二

妩媚的晨光，已照耀群山
恒河在群山间蜿蜒而低吟，
这时候桅楼上的水手望见
船头的前方出现大片陆地。
风暴已平息，海浪又平静
刚才的恐惧化成一场虚惊，
梅林德领航员兴奋地说道：
没错，那里就是卡利卡特[515]！

九十三

它，就是你们要找的陆地
真正的印度大陆已经出现，
假若不向往更广阔的世界
你们的漫漫航程就此结束。
此时达伽马的心难以承受
看见那片著名土地的喜悦，
跪在甲板向苍天扬起双手
衷心感谢上帝的巨大恩赐。

九十四

船长的确有理由感激上帝，
因为他不仅慷慨地展示了
那片使船队历尽千辛万苦
历尽危险恐怖寻找的地方，
而且这样快就使他摆脱了
凶狠、粗暴、可怕的风暴
在大海上设置的死亡陷阱，
仿佛从可怕的梦魇中惊醒。

九十五

经历惊心魄危险之后
经历艰苦严峻的奋斗之后，
酷爱名誉的人们终于获得
不朽的光荣和显贵的爵位。
他们并不是永远依靠祖先
依靠古老贵族之树的庇荫，
并不是依偎在镀金的床榻
拥裹着柔密的莫斯科紫貂。

九十六

并不是靠享用着美味珍馐
并不是靠悠然懒散的漫步，
并不是靠各种无穷的享受
使豪情壮志变得卑怯懦弱。
不是靠永远填不满的欲壑
更不是靠幸运之神的偏爱，
幸运之神不许人改变道路
勇敢地干出一番英雄事业。

九十七

而只能靠自己有力的臂膀
寻求无愧属于自己的荣誉，
要靠枕戈待旦，甲不离身
冒着狂风暴雨，惊涛骇浪。
在非洲南部无处藏身之地
勇敢战胜南极彻骨的寒冷，
惯于把艰难困苦当作佐料
拌着腐败食物强忍着吞咽。

九十八

眼看着炽热的炮弹呼啸着
把同伴的躯体手脚炸上天，
失去血色的面孔强作镇静
强装作坚定自信临危不乱。
心灵也被磨出可敬的老茧，
对并非靠正直艰苦的军功
而靠幸运所获的荣誉财富，
只加以蔑视，而不会动心。

九十九

只有这样的人才心明眼亮
丰富的阅历使人老成持重，
就像从空中居高临下俯视
困惑的人类的卑俗与劣行。
在正直与道义风行于社会
不任人唯亲宠信小人之地，
他们不逐名利却身不由己
当之无愧被推举为执政者。

第 七 章

一

眼看，船队就要抵达那片
久久渴望见到的印度大地，
印度河与源于天国的恒河
滋润着那辽阔肥沃的土地。
努力呵，坚强勇敢的人们
迎接新的战争的伟大胜利！
你们成功在望，请看前方
那片土地上有无尽的财富。

二

我告诉你们，卢索的子胄
即使主宰苍穹的那位天神，
如今和睦的天主教世界内
你们也是如此弱小的一群。
任何危险也阻挡不了你们
去征服污秽的蛮族和野人，
你们从来没有贪欲和野心
更不违背体现天意的教廷。

三

你们人数虽少却如此坚强
你们不必为弱小感到怅惘，
你们流血牺牲，前仆后继
为上帝去传播天国的信仰。
上天赐予你们如此的幸运
使你们尽管人数寥寥无几
却为天主教世界立下奇功！
基督呵，你如此把卑贱者激励！

四

看，傲慢的日耳曼人们
游牧在那广袤的原野上，
他们背叛佩德罗的后裔
臆造出所谓牧师和新教[516]。
看，他们那样执迷不悟
疯狂地燃起罪恶的战火，
不去迎战狂妄的奥斯曼
却妄图挣脱教皇的统治。

五

看，那位狠毒的英国人[517]
自封为古老圣城的国王，
那圣城却被穆斯林霸占
谁见过更加荒唐的事情？
在冰天雪地中恣情享乐
凭空臆造出什么新教派[518]，
向基督的信徒挥舞利剑
却不去收复自己的失地。

六

再看，另一个伪善国王
霸占着地上的耶路撒冷，
然而却明目张胆地违背
天堂的耶路撒冷的法律。
卑鄙的高卢人[519]你有何言？
你自诩最完美的天主徒
然而，却不去捍卫天主
而是反抗他，把他推翻？

七

你已拥有那么广阔的版图
就以为有权霸占别人土地，
不向古老神圣的名誉之敌
西尼菲奥河[520]与尼罗河挑战。
呵，如果你想试一试剑锋
就该指向那些教会的敌人，
你继承查理[521]、路易[522]的姓氏土地
为何不承袭他们正义的战争？

八

对那些忘记了祖先的品质
终日悠闲懒散，沉湎享乐
白白耗费生命与财富的人，
难道，我还有什么话可说？
他们生在乖谬的暴政之中
人人自危，相视犹如仇敌，
意大利，我是在对你说话
你自相残杀，沉沦万种恶习。

九

呵，你们这可怜的天主教徒
也许是卡德摩斯播种的龙牙[523]，
既然你们是一母同胞的兄弟
却为何如此极端地互相残杀？
难道没看见那座神圣的墓地[524]
已然被那群狂野的恶狗霸占，
不见他们团结一心，能征善战
声名卓著夺取你们古老的土地？

十

他们是那样绝对地服从
自己的风俗和宗教法律，
组成斗志昂扬的千军万马
向酷爱基督的人发动战争。
凶恶的阿勒克托[525]从未停止
在你们之间播下仇恨之种，
看，你们身处多么危险的境地
你们的腹背，都有刻骨的死敌[526]。

十一

假如是贪图主宰庞大的国家
为什么不去夺下他们的土地?
不见帕克托罗斯[527]与赫尔摩斯[528]
河水之中，翻滚着滔滔金沙。
吕基亚和亚述金丝织出锦缎
非洲大陆蕴藏着灿烂的金矿，
纵使圣地不能振奋你们的情绪
那么多财富也应激动你们的心。

十二

你们那些新发明多么凶猛
你们的那些大炮威力无穷，
在拜占庭和土耳其的城头
真应该试一试它们的威风。
让那些在你们富庶文明的
欧洲繁衍孽种的土耳其人，
滚回里海岸边的穷乡僻壤
寒冷的塞西亚荒蛮的山洞。

十三

听，希腊、色雷斯、亚美尼亚、
格鲁吉亚人民，在向你们呼救，
野蛮人胁迫他们的宝贵子孙
皈依亵渎神明的古兰经教派！
他们已经成了残酷的牺牲品
你们的智勇应用来严惩罪恶，
而不应该去追慕骄傲的虚名
更不该在同室操戈中逞威风！

十四

但是，你们这些没理智的人
正当你们在盲目地自相残杀，
在这渺小的卢济塔尼亚家族
却从不乏英勇的基督的信徒。
阿非利加有他们的航海据点
在亚细亚他们成为最高君主
在美利坚，他们耕耘新土地——
如果世界更辽阔，他们也能抵达。

十五

此刻那多情的维纳斯女神
熄灭了讨厌的风神的怒火，
那么现在就让我们来看看
著名的航海者发生了什么。
大片陆地，在他们眼前展现
如此频繁的鏖战，终告结束，
他们将在那里传播基督信仰
向那里颁布新的法律和风俗。

十六

刚刚一接近那片新的陆地
他们便发现了许多小渔舟，
渔民都是卡利卡特的居民
指给他们通往那里的航路。
达伽马的船队调整好航向
便朝着马拉巴尔海岸[529]一带
最优秀的城市卡利卡特驶去，
那里居住着统治一方的国王。

十七

印度河与恒河流域之间
展延着大片著名的沃土，
它的南部被大海所环绕
北面的埃摩多[530]布满山洞。
这里分割成众多的王国
各国有浑然不同的法律，
有人信仰堕落的穆罕默德
有人膜拜图腾，崇拜偶像。

十八

那一座无比巨大的山脉
横贯着整个亚细亚大地，
在不同的地方名称各异
把如此广阔的大陆分割。
从那里源源流出的山泉
汇成浩浩江河注入大海，
印度洋拥抱着那块大陆
形成了一座大印度半岛。

十九

就在那两条浩荡的大河之间
大片陆地像一只长长的犀角，
几乎如同一座巍峨的金字塔
在大海怀抱中与锡兰岛相峙。
在那滔滔的恒河发源的地方
流传着一个古老神奇的故事，
据说居住在恒河附近的人民
用鲜花的芳香当作食物充饥。

二十

如今这里，人民已失古风
已经获得新的文化与名称，
那强大的德里人，帕坦人
如此幅员辽阔，人口众多。
德干人和奥里亚人盼望着
那宽广的恒河水拯救他们，
还有那河流纵横的孟加拉
更是举世无双的肥沃田野。

二十一

康巴亚王国的人民孔武尚战，
传说是强大的波罗斯[531]之后裔，
纳尔辛加的强大昌盛并不因
人民英勇，却因宝石和金矿。
远远，在波涛汹涌的大海上
可望见一带连绵的崇山峻岭，
为马拉巴尔筑成天然的屏障
与那座卡纳拉王国遥相对峙。

二十二

当地人，称它为加特山脉，
就在这座加特山脉的脚下
与那性情暴躁的大海之间
延展着一大片狭长的平原。
在那一带所有的城市之中
只有卡利卡特是一颗明珠，
成为尊贵富丽的帝国首都
它的主人便被称为扎莫林[532]。

二十三

船队刚刚抵达这富饶之地
即派出一名葡萄牙人上岸，
向那里的异教国王去传递
从遥远的地方来访的消息。
船队使者从海口逆流而上
滔滔河水从那里倾注大海，
奇怪的肤色、面貌和服饰
引来无数围观的男女老幼。

二十四

只见，从那群围观的人群中
走出来一位穆罕默德的信徒，
那个人就出生在巴巴利荒漠
古时候安泰俄斯统治着那里。
也许，因他住在葡萄牙邻国
对卢济塔尼亚王国早有所闻，
也许曾在他们的利剑下负伤
命运带他流落到遥远的异乡。

二十五

他一见使者高兴得神采飞扬，
他通晓西班牙语，问使者道：
是谁把你从卢济塔尼亚祖国
带到了这遥远的另一个世界？
使者答道：在那自古荒茫的
无底大海上我们开辟出航路，
来此寻觅印度河的滔滔巨流
为了让神的法律在这里传布。

二十六

这位摩尔人的名字叫蒙萨德[533]
他听完卢济塔尼亚人的叙述，
船队在海上经历的种种艰险
和漫长的征途使他非常惊讶。
他知道如此重要的一位使者
只有以国王之尊才能够接待，
于是告诉使者那里还是城郊
但不需很远，即可进入城中。

二十七

当我们到来的这一奇特消息
慢慢传入国王的耳朵的时候，
他愿请使者，去他的家中休息
品尝一下当地的土产和风味
与他共度过一段快乐的时光，
然后他再陪同使者返回船队。
人世间没有比这更大的乐事
在异域他乡，竟遇到了故邻。

二十八

葡萄牙使者满意地接受了
那个快乐的蒙萨德的建议，
仿佛已是多年的老友相聚
与他一起吃喝，听任安排。
他们俩不久便离开了城市
回到摩尔人不陌生的船队，
使者和蒙萨德登上了旗舰
远航者与蒙萨德一见如故。

二十九

听到他那清晰的卡斯提尔语
船长禁不住高兴地拥抱了他，
亲切地拉住他坐在自己身旁
认真听他讲此地的风土人情。
所有的水手，都凑在他周围，
仿佛是罗多彼山的茂密森林
在细心倾听欧律狄刻的情人[534]
用他那纯金的里拉[535]弹奏乐曲。

三十

他说道：大自然使你们
成为我那故国的邻人，
是何其伟大不凡的命运
使你们向这种征途挑战！
一定是光明磊落的原因
使你们远离祖国的山河，
越过从未见过航船的海面
来到如此偏僻遥远的国家。

三十一

肯定是上天带你们到这里
因为他要让你们为他服务，
只有为此，他才保佑你们
免遭敌人、大海和风暴伤害。
要知道，你们已经到达印度
这里分布着众多国家和民族，
有黄金、宝石和无尽的财富
还有香水、香料和珍宝无数。

三十二

此刻你们停泊的这个港湾
它的名字叫马拉巴尔海岸，
这里的人崇拜古老的偶像
该种宗教在此地广为流传。
虽然今天这里有许多王国
历史上这里只有一个帝国，
它曾有统一而完整的版图
它的末代君主叫佩利玛尔。

三十三

可是，那些从阿拉伯半岛
迁徙到这里来定居的人民，
也带来对穆罕默德的崇拜
父母用这种信仰培养了我。
那些人，非常智慧雄辩
终于使国王也皈依了真主，
变成了一位狂热的信徒
甚至，要誓死成为圣人。

三十四

他要打造船只扬帆远航
还不忘认真地备下贡品，
他要抵达先知长眠之地
在他创教之处隆重入教。
由于这位国王没有子嗣
因此他在此行起程之前
把强大的王国封给部从，
给穷人财富，赐奴隶自由。

三十五

他把富饶的科钦、坎纳诺尔、
美丽的查勒、茂密的胡椒岛、
雄伟的柯兰、可兰加诺尔[536]
和其他城市封给宠信的人们，
有一个深得国王宠爱的青年
最后才来到佩利玛尔的面前，
这时，只剩下了唯一的城市
由于商业而富足的卡利卡特。

三十六

这座城市使他获得帝王称号
所有其他的王国都受他统治，
佩利玛尔国王安排好这一切
匆匆起程去度过神圣的一生。
由此传下扎莫林的伟大称号
比所有当地君主都高贵显赫，
那位幸运的青年和他的后裔
就这样世世代代统治着帝国。

三十七

这里，不论穷人还是富人
都赤着身只缠一块遮羞布，
都信仰由神话构成的宗教
该宗教，纯粹是想象产物。
这里人被划分成两个等级[537]
上等是贵族，下等是贱民，
法规，使人与人界线森严
贵族与贱民之间不可通婚。

三十八

人们的种姓永远不可改变
种姓之间，绝对不可混居，
子孙万代要永远承袭祖业
从出生到死亡，永不改变。
如果贵族偶尔被贱民触摸
那就是莫大的耻辱和亵渎，
偶然被贱民所接触的贵族
就要以各种仪式清洁沐浴。

三十九

仿佛是古时候的希伯来人
就不能与撒马利亚人[538]接触，
然而此处所讲的这种人民
还有更加荒谬怪诞的风俗。
只有贵族才面临战争之险[539]
只有贵族才抵御国王之敌，
这些贵族永远左手执盾牌
右手握着一柄锋利的长剑。

四十

这里，僧侣被称作婆罗门
是一种古老而非凡的称号，
为最早给科学命名的哲人
恪守如此著名的清规戒律：
不杀生，不偷盗，不妄语，不食肉。
他们对此怀有莫大的恐惧，
只有在男女亲情的关系上
才享有毫不受约束的自由。

四十一

此地的妇女不为礼教所拘
但只限于与丈夫同辈的人，
这是多么令人羡慕的情况
这不受妒嫉之苦的幸运人！
所有这些与其他怪异风俗
都被马拉巴尔人民所接受，
大海赐予这里发达的商业
有从中国到尼罗河的物产。

四十二

摩尔人就这样详细介绍着
这时，城里已传遍了消息，
有一群奇怪的人来到此地
国王连忙派人去打探究竟。
这时，国王派遣的大臣们
已经大摇大摆地走在街上，
身后尾随着一群男女老幼
前去寻找新抵船队的司令。

四十三

得到国王的登岸许可之后
达伽马，便穿起豪华盛装，
由高贵的葡萄牙武士护卫
一刻也不迟缓，立即出发。
葡萄牙人的服装色彩缤纷
引来无数非常兴奋的观众，
水手们有节奏地划起船桨
越过寒冷的大海驶入河口。

四十四

海滩上站着一位印度大臣
当地人称他们作卡图亚尔[540]，
他身边簇拥着纳依尔贵族
像盛大节日一样迎接船长。
当船长的双脚刚踏上陆地
卡图亚尔就上前去拥抱他，
然后按照当地的风俗习惯
请达伽马乘坐人抬的大轿。

四十五

卡图亚尔和卢济塔尼亚人[541]
就这样从那里向王宫行进，
剩下的葡萄牙人依照习惯
列成威武的方阵跟随护卫。
从四面八方赶来的市民们
惊讶地看着奇怪的陌生人，
虽想上前，打问一下究竟
自巴别塔时代就语言难通。

四十六

尊贵的达伽马与卡图亚尔
一边走着，一边客气寒暄，
蒙萨德走在两个人的中间
为他们做翻译，转达思想。
就这样他们穿过街区闹市
来到一座巍峨的宫殿之前，
仿佛一座金碧辉煌的庙宇
他们来到这里便穿门而入。

四十七

宫门上，装饰着木石雕刻
都是奇形怪状的凶神恶煞，
他们张牙舞爪，横眉立目
都产生于魔鬼的奇思怪想。
只见一座座雕像令人作呕
仿佛是狮首羊身的喀迈拉[542]，
见惯人形上帝的天主教徒
眼睛里闪烁出极大的惊惶。

四十八

看，一个怪物头生着双角，
像利比亚的朱庇特－阿蒙[543]，
看，另一个魔鬼人身双面
仿佛古代绘画中的雅努斯[544]。
只见这一个伸出三头六臂
似乎在模仿布里阿瑞俄斯[545]，
只见那一个妖怪人躯狗首
像孟斐斯崇拜的阿努比斯[546]。

四十九

异教的野蛮人一见到神像
便迷信地跪倒，顶礼膜拜，
葡萄牙人对神像不屑一顾
径直向着国王的宫殿走去。
前来看热闹的好奇的人群
把街市两旁挤得水泄不通，
老人、青年、妇女、儿童
站满了楼顶，挤满了楼窗。

五十

他们加快步伐，穿过宫墙
来到一座美丽的宫廷园林，
花木丛中，可以隐约望见
不高大却非常华丽的王宫。
贵族就把他们的豪华府第
建在这片优美的园林之间，
就在这里，国王和贵族们
身居闹市却如生活在田园。

五十一

代达罗斯一般精美的艺术
在王城的宫门上闪烁光芒，
宫门上描绘着一幅幅壁画
述说印度远古的光荣时代。
那一页页古代的历史长卷
被刻画得如此地生动活泼，
使人一看到这逼真的形象
便能立刻想象出全部史实。

五十二

看，一支浩浩荡荡的大军
践踏着东方的印度河流域，
一位面容英俊的青年统帅[547]
手持着枝叶茂盛的葡叶杖。
他命人在充沛的印度河岸
修筑起一座雄伟的尼萨城，
他的形象刻画得那么逼真
塞墨勒肯定一眼就能认出。

五十三

稍稍靠前一些的地方画着
无数的亚述人饮干了河水，
一位巾帼英雄[548]统帅着他们
她是那样美丽淫荡的女人。
紧贴着她永远温柔的地方
雕刻着那匹凶猛暴烈的马，
她儿子曾与这马争风吃醋
可恶的情欲，禽兽的放纵！

五十四

那历史的画卷就这样继续
接下去飘扬着希腊的王旗[549]，
（世界第三帝国）其版图
直伸延到滔滔的恒河流域。
只见一位年轻英俊的统帅
身上缠着无数胜利的花环，
他虽然是腓力二世的儿子[550]
可是，自称为朱庇特后裔。

五十五

葡萄牙勇士正品味着历史
这时，卡图亚尔对他说道：
不久会出现更伟大的事件
使你眼前的一切皆显暗淡。
据我们这里的巫师在占测
未来时，就已做出的预见，
不久将有外国人来到此地
开创更加壮丽的历史诗篇。

五十六

这些聪明的魔法师卜算到，
面对这种强大无比的力量
人们的抵御都将无济于事
人类的智谋难以抗拒天意。
占卜出的征兆还告诉人们：
来自远方的外国人将做出
一番文治武功，使战败者
借着战胜者的光荣而驰誉。

五十七

说话间，宾主已来到宫殿，
大殿里，那位强大的帝王
正倚靠在一张卧榻上面。
卧榻价值连城世间罕见，
靠在卧榻上的那副面孔
显然是一位可敬的贵人，
他头上，裹着金织缠头
上边饰满了无数的珍宝。

五十八

榻旁一位有身份的老者
恭敬地用双膝跪在地上，
不时向他呈上一盘槟榔
他习惯地放在口中嚼着。
一个地位显赫的婆罗门
庄重地走到达伽马面前，
引导他到陛前参见国王
国王示意让他坐在身边。

五十九

达伽马在豪华的宝榻旁就座
他的部下站立在稍远的地方，
扎莫林瞧着从未见过的人们
仔细打量他们的容貌和服装。
达伽马船长从他天才的胸中
发出那种庄严而隆重的声音，
令国王和满朝文武肃然起敬
听他如此从容地开口讲述。

六十

永远运行不息的茫茫天穹
把地球的那一半挡住阳光，
在那留下一片阴影的地方
住着一位非常伟大的国王。
当他听到那里流传着关于
陛下的王国和权力的声名，
听说你如何威震整个印度
便希望与你结成友好同盟。

六十一

他派遣使节，远渡重洋
给陛下传递来这一心愿，
目的是给你送来一个消息：
从那里的特茹河到尼罗河
从冰天雪地的寒冷的北国
到烈日炎炎的埃塞俄比亚，
大海与陆地上的一切财富
在他的王国里都应有尽有。

六十二

假使你愿意神圣而坦诚地
签订和平友好的同盟条约，
允许把你与他的国土之上
无比富饶的物产进行贸易，
以此增加你的收入与财富
（人们正是为此而辛苦流汗），
这对你真是一个天赐良机
这对他是一种无上的荣誉。

六十三

这样我们之间就会结成
坚实而牢固的友谊纽带，
作为陛下的兄弟和朋友，
我的国王将时刻准备着
援助你武器、舰只和人员
同敢于与你为敌者作战。
你若有意签署这一条约
就请给我一个明朗答复。

六十四

当船长转达完葡王的旨意
异教王便这样对他回答道：
能够接待如此远国的使节
真是敝国的一种巨大荣幸。
但是，还要听取大臣意见
才能对你的问题做出决定，
他们一定知道你所谈到的
那位国王，还有他的人民。

六十五

趁此期间你可稍作休息
以消除漫漫旅途的劳顿，
不久我会做出正确决定
让你带回一个满意答复。
说话间，夜幕渐渐降临
人类停止了习惯的劳作，
美梦已钻进疲倦的四肢
人们舒适地合上了眼睛。

六十六

达伽马和葡萄牙水手们
在高贵的大臣府中下榻，
印度大臣那热情的款宴
使众人像过节一样欢乐。
大臣接受了国王的重托
一定要把事情调查仔细，
这群长得奇形怪状的人
来自何方有何风俗法律。

六十七

英俊的提洛斯青年那辆
炎热的太阳车刚一闪现，
大臣便命人找来蒙萨德
据说这些人在他的邻国。
便认真好奇地仔细问他
是否了解这群奇怪的人，
究竟是一些什么样的人
有什么消息和可靠证据？

六十八

蒙萨德向卡图亚尔答道
他十分愿意为国王效劳，
说深知这件事至关重要
他一定尽量详细地报告。
于是他说：我所知甚少
虽然我想做详尽的报告，
只知道他们来自西班牙
我的故乡，太阳入海处。

六十九

他们的先哲[551]诞生的时候
并未损害他母体的贞洁，
统治宇宙的上帝的圣灵
让圣子在世间传布宗教。
根据我的祖先们的传说
这些人战争中无比勇敢，
他们手中刀剑寒光闪闪
与我的祖先曾多次交战。

七十

只因为他们具有超人的勇气
我的祖先被逐出了那片沃土，
他们在特茹与瓜的亚纳河边
创建了值得纪念的著名功业。
即使这样，他们还不能满足
跨越汹涌的大海来到了非洲，
攻打我们的城市和深堑高垒
不让我们安全而和平地谋生。

七十一

在那里发生的其他战争中
他们也表现得同样的智勇，
无论是同好战的西班牙人
还是比利牛斯脚下的山民。
他们就是这样从未被战胜
从来未屈服于外族的长矛，
我向你肯定，能战胜这些
汉尼拔的喀劳迪还未出生。

七十二

假使我这些消息还不全面
不能够恰当满足你的需要，
就请你去亲自询问他们吧
他们是正直君子，厌恶虚伪。
去亲自看看那漂亮的大船上
铜铁铸造、无坚不摧的大炮，
你一定乐于了解和平与战时
葡萄牙人遵循的王法与秩序。

七十三

那个偶像崇拜者燃起了欲望
要去看看摩尔人讲述的一切，
他连忙命人备好船只去领略
达伽马远航巨船上面的海风。
他与摩尔人一起从海滩出发
身后尾随的贵族布满了海面，
他们登上了坚固壮丽的旗舰
保罗·达伽马在船舷上相迎。

七十四

船头上，搭起紫色的彩篷
蚕丝织成的锦旗迎风招展，
锦旗上描绘着古代的英雄
用坚强的手臂开创的功业。
画面上那惊心动魄的战争
生龙活虎的残酷搏斗场面，
那个异教徒越是仔细观看
越是瞪大眼睛，惊讶万分。

七十五

他问，眼前看到的是何典故
保罗·达伽马却先请他入座，
命人准备美味珍馐请他品尝
那美味，伊壁鸠鲁也会陶醉。
金杯里斟满起泡的葡萄美酒
是挪亚第一次教会人类享用，
然而尊贵的客人却拒而不饮
因为他遵从的宗教实行酒禁。

七十六

和平的号角，声震长空
令人想起那些可怕战争，
魔鬼的武器喷吐出火焰
海底也能听见他的怒吼。
异教徒将一切铭记在心
注意力却集中在画卷上，
那波澜壮阔的无声诗篇
活像有声有色的历史剧。

七十七

他不由站起，保罗陪伴着他
科埃略和蒙萨德跟随在两边，
他的目光停在一位老者身上
那幅肖像的神色可敬而勇敢。
只要世界上还有人类在繁衍
他光辉的名字就将永不泯灭，
他身上穿着完美的希腊服装
手拿着那根当作标志的绿枝。

七十八

他手上拿着一条绿枝……呵，
可我竟如此盲目，缺乏明智，
没有你们，塔吉忒姊妹陪伴
贸然闯入这艰苦动荡的征途。
我冒着如此险恶的狂风巨浪
在这片汪洋大海上到处漂泊，
假如没有你们的怜悯和帮助
这一叶轻舟，恐怕即将沉没。

七十九

看，长久以来，我四海讴歌
你们的卢济塔尼亚和特茹河，
不幸的命运携带我浪迹天涯
让我受尽了种种苦难与挫折。
时而弃我于动荡不定的大海
时而陷我于残酷危险的战争，
仿佛那个注定死亡的卡那刻[552]
永远是一手执剑，一手握笔。

八十

时而我穷困潦倒，招人生厌
不得不寄人篱下，受人白眼，
时而我刚刚捕获了一线希望
却未料更加惨痛地化为泡影。
时而我侥幸拾回了一条性命
真可谓千钧一发，提心吊胆，
就好像出现了犹太王的奇迹[553]
有道是九死一生，苟延残喘。

八十一

我美丽可爱的特茹河仙女呵
请看，我不仅受着极端贫困，
那些一向接受我讴歌的人们
竟给我的诗句以如此的报偿。
我所获得的不是渴望的休憩
那金色的花环与显赫的荣誉，
却为我设置闻所未闻的苦役
把我抛入那种极悲惨的境遇。

八十二

看你们那特茹河的甜蜜乳汁
哺育出多么英明的达官贵人，
对待以诗歌为他们增辉的人
就施与这种慷慨恩惠做奖励！
看他们究竟为后世诗人作家
树立了多么好的榜样和借鉴，
以激发奇瑰才华和千古奇文
使光荣永恒的事业万代流传。

八十三

我虽然遭受如许灾难与不幸
唯不可失去的是你们的恩宠，
尤其此刻当我的史诗正写到
扬数奇瑰的功业的时刻。
我只求你们赐我才华与灵感
发誓一定不滥用你们的恩典，
去逢迎不配歌颂的达官贵人
更不为可耻的赏赐丢人现眼！

八十四

特茹仙女呵，你们不要以为
我会把荣誉奉献给那样的人，
他们置私利于国家人民之上
致使天理与人情都难以容忍。
我不会去歌颂任何野心勃勃
醉心于获取高官厚禄的小人，
只不过为了通过愚蠢的政纲
就随心所欲放纵他们的邪恶。

八十五

我更不会去歌颂那些伪君子
他们滥用职权以达卑鄙目的，
为了取悦于民心无常的百姓
比普罗透斯的面孔更加多变。
卡墨娜姊妹呵，请不必担心
我会歌颂衣冠楚楚道貌岸然，
为迎合初临朝政君王的欢心
竟不惜盘剥穷苦人民的神父！

八十六

我也不会歌颂那些虚伪的人
他们自诩公正廉洁恪守王法，
谈到应给奴隶的血汗以报酬
就斥为离经叛道、违背天理。
我更不会歌颂那些不学无术
自命不凡巧言令色寡廉鲜耻，
靠他们那双掠夺成性的脏手
以苛捐重税盘剥他人的强盗。

八十七

我只会歌颂为了上帝与国王
用宝贵的生命去冒险的英雄，
在他们曾经失去生命的地方
将留传丰功伟绩堪获的美名。
陪伴我的阿波罗和缪斯姊妹
请加倍地赐予我灵感与激情，
请让我此刻获得稍许的休息
再让才思充沛，去纵横驰骋。

第 八 章

一

异教徒站在第一幅肖像旁
只见上面描绘着一位老人，
梳理整齐的胡须又白又长
手中的标志，是一条绿枝。
这位可敬的老人究竟是谁
为何，他要拿着如此标志？
保罗·达伽马对他做解答
蒙萨德翻译他雄辩的言辞。

二

你们看，画面上这些人物
他们的神情勇敢而又凶猛，
要知道他们的功绩和名声
远远超过这些画上的形象。
他们都是远古时代的伟人
至今还在文明人心中闪耀，
此刻你眼前这人名叫卢索
是卢济塔尼亚王国的名祖。

三

卢索是忒拜人之子与伙伴
曾追随他征服过无数地方，
连绵战争把他带到西班牙
似乎终于在那里安下家园。
杜罗与瓜的亚纳河的沃野
古时候被人称作极西福地，
他要在此埋葬疲倦的尸骨
并把他的名字赐予我祖先。

四

你看，那条作为标志的绿枝
正是巴克科斯用过的葡叶杖，
这葡叶杖标志，向我们表示
此人乃是酒神的伙伴与爱子。
请你再看一看，这一幅肖像
他脚踏着特茹河两岸的大地，
远航万里，来到这里修建了
永恒的城市和帕拉斯[554]神庙。

五

这是尤利西斯修建的神庙
祭祀赐他雄辩口才的女神，
他焚毁亚洲非凡的特洛伊
筑起了欧洲伟大的里斯本。
那么，这另外一个人是谁
他一发怒就能使尸体遍野？
看，他在那巨大的战役中
横扫神鹰旗下的千军万马。

六

达伽马对异教徒如此答道：
你眼前的英雄是一位牧人
我们知道他名叫维里亚托，
他使用长矛要比牧鞭灵巧
曾令罗马的威名受到折辱。
他是一位著名的常胜将军，
罗马人对他也只能放弃掉
在皮洛士[555]身上表现的风度。

七

既然他们以勇力难以如愿
就以卑鄙的手段杀害了他，
大难当头即使再高尚的人
有时也会不顾荣誉的准则。
再看这人，他震怒的祖国
将他放逐，他与我们一起，
起义反抗，多正确的选择
因此他获得那永恒的荣誉。

八

他与我们一起英勇地踏倒
那面朱庇特宠爱的神鹰旗，
那个时代最能征善战的人
也曾被我们打得一败涂地。
你看，他是多么机智巧妙
为了获得人民对他的信任，
声称有一头神鹿给他启示
这便是塞多留和那头神鹿。

九

看，在这面旗帜上描绘着
葡萄牙最早一代开国君王，
我们认为他是匈牙利王子
外国人则说他出生在洛林。
与摩尔人交战中他比所有
加莱古和莱昂骑士都英勇，
后来他前往主耶稣的故乡
让国王的家族因此而神圣。

十

请你告诉我吧，这人是谁?
他那种神情实在令我惊异
那马拉巴尔人惊奇地问道。
他竟然以如此渺小的兵力
击败如此多的方阵和军队
摧毁了这么多坚固的城堡，
不厌地进行了如此多战役
赢得多少胜誉，踏倒多少军旗?

十一

他就是阿方索一世，保罗说
从摩尔人手中夺回了葡萄牙，
珐玛在斯提克斯为他而发誓
从此不再把任何罗马人赞誉。
他是上帝宠爱的英雄，上帝
借助他的臂膀征服了摩尔人，
他将摩尔人的城堡一扫无遗
不留下一点残余待后人费力。

十二

假如恺撒和亚历山大的兵力
与这位国王的兵力一般弱小，
却面临着与被这位卓越国王
英勇战败的同样强大的敌军，
你绝对不会相信他们的声名
会被如此广泛而永恒地传誉。
不必再谈这不可解释的军功
我们看看他们的杰出忠臣吧。

十三

再请看，这怒容满面的老人
受他所监护的王子刚遭失败，
他重整旗鼓收拾溃散的人马
率领他们冲上战场捍卫阵地。
使形势危急的战况转败为胜
无愧是一位坚强勇敢的老人，
一面为后世忠诚可鉴的明镜
他的名字叫埃伽斯·莫尼兹。

十四

你看，为了实现自己的诺言，
他赤身裸体，项颈缚着绳索
捆绑着妻子儿女去负荆请罪，
因为青年人不愿如他的许诺
向卡斯提尔的国王俯首称臣。
他精明地让胜利的敌军撤围
为救主人，他甘愿以身替罪
去赴刑场，还带着妻子儿女。

十五

他并不像无知的罗马执政官
在高迪纳峡谷受到重重围困，
迫不得已从撒姆尼人用刀剑
架起的胜利之门下卑膝而过。
埃伽斯为了遭受屈辱的民族
仅仅坚毅地献出自己的生命，
连同亲生子女和无辜的妻子
唯有这一点使他加倍地痛苦。

十六

你没见这位英雄正设下埋伏，
把围攻坚固城堡的国王偷袭？
他将国王俘获，使城市解围
这卓著的战功堪受战神嘉许。
你看他被描画在这条战船上
越过大海给摩尔人送去死神，
英勇地攻取他们无数的帆船
赢得第一次海上的辉煌胜利。

十七

他便是唐·福阿斯·罗辟纽
是他在阿比拉山点燃战火，
在海上烧毁摩尔人的战船
陆战与海战中他名震四方。
在如此正义神圣的战争中
看，他如何愉快地为国捐躯，
灵魂挣脱出了摩尔人的魔掌
胜利凯旋，光荣地升入天国。

十八

难道你没有看见这一群人
他们身上穿着异族的服装，
从崭新而庞大的舰队冲下
去援助攻打里斯本的国王。
看，著名骑士恩里格墓旁
生长出一棵奇怪的棕榈树，
上帝，用这奇迹向人们显示
这些日耳曼人是基督的烈士。

十九

请看，这位神父挥舞着剑
冲向敌人，攻取阿隆切斯，
为了报复雷利亚城的失陷
穆罕默德的武士将其夺取。
这就是特奥托尼奥大主教。
看，圣塔伦包围战中那在
城墙上稳健攀缘着的勇士
头一个将五盾旗插上城头。

二十

再看，这位勇士在桑乔领导的
大败了汪达尔摩尔人的战争中，
冲锋陷阵，杀死敌军的主将
砍倒塞维利亚那骄傲的帅旗。
此人便是勇敢的门·莫尼兹[556]
无愧面对埋葬他父亲的墓地，
无愧被描绘在这面旗帜之上
因为他立下斩将夺旗的功绩。

二十一

看，那个沿长矛滑下的勇士
手提着敌人哨兵的两颗头颅，
回到埋伏着他的士卒的地方
机智、勇敢地袭取那座城堡。
这真是闻所未闻的千古奇功！
这位手提着两颗人头的骑士
成了这座著名的城市的徽章，
他便是勇敢无畏的吉拉尔德！

二十二

再看这个无耻的卡斯提尔人
与阿方索九世结下深仇大恨，
只因为拉拉家族的古老恩怨
投靠摩尔人，与葡萄牙为敌。
率领着一支凶残的不义之师
强行攻占了阿普兰特斯古城，
却被这位葡萄牙人以少胜多
战败了敌军，将他活捉生擒。

二十三

这位骑士名叫马丁 · 洛佩斯
这项胜利使他头戴金色花环。
你再来看，这位神父和骑士
手中的金法杖，换成了钢矛，
他眼看众人狐疑，畏缩不前
便果敢地杀向凶蛮的摩尔人，
天空也向他展示吉祥的征兆
令身边的寥寥数人勇气倍增。

二十四

看，科尔多瓦塞维利亚国王
和另外两位国王在仓皇逃命，
他们全军覆没，还赔上性命
是上帝的奇迹，非人力所及。
不见阿尔卡塞尔城已然投降
枉费了那座坚固的铁壁铜墙？
里斯本大主教唐 · 马特乌斯
在此，将胜利的花冠佩戴。

二十五

那位来自卡斯提尔的将军
曾出身于一个葡萄牙世家，
请看，他是如何勇力无敌
又如何攻取了阿尔加维斯。
他智勇双全，福星高照
城镇和堡垒，攻无不克，
为了给七位猎手报仇雪恨
从摩尔人手中攻下塔维拉。

二十六

他智取了摩尔人曾经发动
千军万马攻占的锡尔维什，
他，就是唐·帕约·科雷亚[557]
他的奇智与神勇令人羡慕。
请你不要忽略那三位勇士
在法国和西班牙声威万里，
他们在比武场上所向无敌，
在观众心中留下胜利之誉。

二十七

这些冒险家来到卡斯提尔，
做名副其实的柏隆娜游戏[558]，
只有他们，在那儿受推崇
他们让所有的人威风扫地。
曾向他们挑战的傲慢骑士
无不丧命，三剑客的首领
名字叫贡萨洛·黎贝依洛，
他可以不畏惧忘川的规律。

二十八

请你注视这位伟大的英雄
珐玛歌颂他超过一切古人，
当祖国千钧一发危在旦夕
他雄健的双肩把天宇扛起。
你看他正怒容满面地斥责
丧失信心意志薄弱的人们，
说服他们紧跟自己的国王
不俯首听命于外族的君主。

二十九

请看，那几乎不可能之事
却由于他的忠勇得以实现，
实属上帝指拨，吉人天相
把无数的卡斯提尔人战胜。
他又以机智、力量和勇敢
打赢了另一场漂亮的战役，
在塔尔特索，瓜的亚纳流域
战败了那里勇猛众多的居民。

三十

可是，难道你没看见几乎
卢济塔尼亚人已溃不成军
却不见虔诚的主帅的身影？
他独自去祷告崇高的三圣。
看，他的部下在匆忙寻觅
要去向他禀报紧急的军情，
面对难以抵挡的强大敌军
请他给弱者以勇气和力量。

三十一

可你看，以多么神圣的信心
他说那仅仅是因为时机未到，
仿佛，他是个胸有成竹的人
不久，上帝就会赐予他胜利。
这就好像当初的庞皮里乌斯[559]
当他获悉敌人重兵大举入侵，
便对传送军情的人如此说道：
难道，你不见我正对神祈祷？

三十二

他是如此勇敢地相信上帝
你是否愿听一听他的称号，
应称他为葡萄牙的西庇阿
然而努诺的大名更加辉煌。
幸运的祖国有如此的儿子
更应说努诺是祖国的父亲，
只要太阳依然把天地普照
祖国将永远为他感到骄傲。

三十三

请看，在这同一场战役中
有另一位以少胜多的将军，
他战胜了进攻的强大敌人
勇敢地夺回被劫走的牛羊。
紧接着他再次冲杀入敌阵
为了忠贞的友情血染霜刃，
救出了被敌人俘获的朋友
他，就是佩洛·兰德罗亚尔[560]。

三十四

请再看看，这个出卖朋友
背信弃义之徒的可耻下场，
冷静的古尔·费尔南德斯[561]
结果了他那条无耻的性命，
他把卡斯提尔人引狼入室
却让其在赫雷斯尸横遍野。
看吧，这是佩雷拉[562]用前额
挡住敌军投向战舰的投枪。

三十五

看十七位卢济塔尼亚勇士
顽强坚守在这高高的山岗，
抵挡四百名卡斯提尔人
从四面八方的疯狂围攻。
那惨重的伤亡使后者觉得
对方不是防守而是在进攻，
这英雄事迹实在应被传颂
无论古今都应该是伟大的。

三十六

人们知道，古有三百勇士
曾经大战过一千名罗马人，
浑身是胆的维里亚托将军
曾经在那时候放射出光焰。
他获得了永垂青史的胜利
留给我们宝贵的精神遗产，
我们从来不会因少而畏众
每个人，都可以以一当千。

三十七

请看，这两位葡萄牙亲王
他们名叫佩德罗[563]和恩里克，
无愧若昂国王的优秀儿子
前一位在日耳曼千古流芳
后一位在大海上威名远扬。
恩里克王子是大海探索者，
是他第一个冲杀入休达城
打击了摩尔人的嚣张气焰。

三十八

请看这位唐·佩德罗伯爵[564]
抵御了巴巴利的两次围攻，
另一位伯爵[565]的勇气与胆略
活似世间的战神——玛尔斯。
他抵抗着一支强大的军队
捍卫阿尔卡塞尔却还不够，
又用生命和身躯铸成盾牌
挽救那位国王的宝贵生命。

三十九

你本应在这里看到画师们
还描绘出其他的英雄形象，
无奈他们缺少画笔和颜料
给艺术以奖赏和恩宠。
这只因英雄的子孙已堕落
这确实是他们腐化的罪责，
背弃了祖先那光辉的美德
变得傲慢狂妄，沉湎享乐。

四十

那些功劳显赫的祖宗先辈
以他们的高尚品行和功勋，
为自己的子孙后代留下了
光辉而荣耀的世系和家族。
然而，这种做法实在盲目
如果功劳给他们崇高荣誉，
却使他们的后代永无光辉
在奢侈与享受中蜕化变质。

四十一

还有的人拥有权势和财富
却并不出身自显赫的家族，
这，都是某些君主的过错
多以亲疏不因智勇而赏赐。
不愿让人描绘他们的祖先
以为空洞的色彩有所不便，
因此视绘画为天生的敌人
不遗余力，对它进行诋毁。

四十二

虽然如此，我也并不否认
在贵族豪富世家的后代中，
不乏继承高尚显赫的传统
维护了高贵血统名誉的人。
尽管他们祖先的光辉形象
不会因为他们而更加荣耀，
至少他们不令其光芒晦暗
然而，这种情况十分罕见。

四十三

达伽马慷慨激昂地宣讲着
彩旗上所描绘的伟大事件，
那些无比清晰完美的画面
皆出自不凡的艺术家之手。
卡图亚尔聚精会神地聆听，
千百次地询问如此卓著的
光辉历史，千百次地注视
画卷上所展现的伟大战役。

四十四

这时候，那盏巨大的灯火
已然隐藏，天色暗淡朦胧，
太阳已然潜入地平线之下
为另一半地球带去了光明。
异教头人和他高贵的随从
辞别了强大的葡萄牙船队，
隐入了那平静的夜色之中
困倦的人类已去寻找归宿。

四十五

此刻，当地的有名巫师们
正接受扎莫林国王的派遣，
以荒谬的观念，认真占卜
在祭祀中按照魔鬼的启示
预见未来凶吉，断惑决疑。
此时他们正在施展着法术
为奇怪的到来者一事筮卜，
这些人从西班牙来到印度。

四十六

魔鬼显示出了真正的征兆
新来者将带来永恒的桎梏，
当地人民将遭受奴役之苦
他们将摧毁一切民族文化。
真是惊人可怕的不祥之兆
该立即把情况向国王禀报：
在所宰杀的牺牲品肝脏里
他们看见一种可怕的凶兆。

四十七

除此之外，此地还有一位
无比虔诚的穆斯林的阿訇，
他心中对神圣信仰的仇恨
远超过对任何事物的憎恶。
那个咬牙切齿的巴克科斯
就趁着他仇恨的怒火正旺，
变成女奴夏甲之子的后代——
虚伪的先知[567]出现在他梦境。

四十八

只见他这样说道：我的信徒
要加倍小心提防敌人的阴谋，
见他们破浪而来，要作预备
勿让危险临近否则悔之晚矣！
说着，他便猛然唤醒摩尔人，
被梦魇惊醒的摩尔人却以为
这只不过是一场普通的睡梦
一翻身重新进入安稳的梦乡。

四十九

巴克科斯又出现在梦中说道：
难道你竟认不出伟大的先知?
是他将信仰传授给你的祖先
否则，你们早已受基督蛊惑。
粗心的人呵，我为你而不眠
可你却酣然大睡，你要知道，
这些新来者对我传授的宗教
和愚昧的人类将是多大祸患!

五十

你要趁着他们羽翼还未丰满
赶快想法，把他们斩草除根!
因为当太阳刚刚升起的时候
不难对着它的光芒注目凝视，
倘若待它升上天空光芒万丈
就会灼瞎敢于正视它的眼睛。
如不防患于未然，待其生根
你们将无可奈何，无穷后患!

五十一

说着巴克科斯便隐身而去
夏甲的传人从睡梦中惊醒，
从床上跃起，命仆人掌灯
他心中燃烧起仇恨的毒剂。
当黎明女神在红日的前面
露出她那温柔美丽的笑靥，
他召集起愚蠢的宗教头目
详细把梦境，告诉给他们。

五十二

那些摩尔人头目各抒己见
按照各自的想法议论纷纷，
他们想出了种种狡猾伎俩
策划出一个个险恶的阴谋。
最后，放弃一切危险设想
选择了一个最巧妙的计谋，
用重金来收买当地的权贵
以此毁灭敌对的葡萄牙人。

五十三

他们私下馈赠金银和财宝
以此博得本地权贵的信赖，
用冠冕堂皇而谨慎的理由
说明来者是当地人的灾难。
声称他们是不安分的歹徒
一向在西方海域四处流窜，
只是依靠做海盗，劫掠谋生
无国王、无王法更无宗教。

五十四

呵！贤明的君王是多么应该
留意选拔大臣和左右的亲信，
他们不但应禀赋智慧与美德
而且应该具有一片赤胆忠心！
因为国王高高在上位居宝座
一旦这之间有什么事件发生，
只有通过大臣们忠实的进言
才能够获得全部的事实真相。

五十五

更不应过分相信僧侣的清廉，
在那可怜而谦卑的道袍下面
却时常包藏一颗权欲的祸心。
即使对那些真正纯粹的圣徒
也不可以对他们一味地轻信，
既然他们献身上帝一心向道
对于世俗的琐事便难以看准
因此，不能信赖他们的无知。

五十六

可那些大权在握而贪财的
统治着土著人的卡图亚尔，
受到了下地狱人们的诱惑
对葡萄牙人迟迟不做答复。
摩尔人设置了重重的障碍
然而达伽马船长别无所求，
只望能够给祖国带回一个
他所发现的世界的明确证据。

五十七

仅为了这个目的，他努力着，
深知只需带回确实的消息
曼努埃尔国王，便会下令
派遣他的军队、舰只和人员
以最高的权威将桎梏和王法
施加于全球的陆地与海洋。
而达伽马自己，只不过是一个
兢兢业业的东方大地发现者。

五十八

他决定亲自面见异教国王
请求他尽快做出明确答复，
因为，达伽马已有所察觉
阴谋小人在妄图设置障碍。
异教国王是那样笃信筮卜
再加之，摩尔人从旁怂恿，
难怪他听到那虚假的报告
便感惊恐万状，不知所措。

五十九

他怯懦的心胸因恐惧而发冷
可天性中却有种野心的本能，
心中燃烧起难以熄灭的贪欲
像烈火般，将他鼓舞和激励。
他清楚，若遵循真理和正义
按照卢济塔尼亚国王的建议，
签署长久而友好的通商条约
肯定会给他带来无穷的厚利。

六十

为此，他广泛集取众议
结果却都与他意志相违，
在他所咨询的大臣中间
金钱在施展着它的法力。
他令人传来伟大的船长，
对他如此说道：假如你
愿意向我坦白事实真相
我便可以宽恕你的罪过。

六十一

我已经得到可靠的报告
你递交的国书纯属伪造，
你们既无国王也无宗教
更没有一个可爱的祖国
而是四海为家的流浪汉。
哪会有如此不理智的国王
从遥远的西班牙派遣使节
率领船队，做如此漫长的旅行？

六十二

假如，真是来自强大王国
你们的国王又有高尚王权，
那么，为我带来了什么礼物
以证明你们那些诡秘的事实？
只有馈赠豪华的无价之宝
才可显示高贵君主的情谊，
而一个漂流四海的航海者
虚无缥缈的言辞不足为据。

六十三

也许你们被放逐而漂流四方
像无数古今伟人的遭遇那样，
那么，将在我的国土得到归宿
因为四海之内，都是强者故乡。
或许，你们是一群江洋大盗
已习惯于在大海上流窜逍遥，
若招认，不必担心屈辱和死刑
为了生存人类从来是无所不为。

六十四

扎莫林国王这样一席话语
证实了达伽马船长的怀疑，
仇恨的摩尔人设置的阴谋
使他产生如此糟糕的念头。
于是，为取得可靠的信任
怀着恰如其分的崇高信心，
因为维纳斯赐给了他灵感
敞开英明的心怀直吐胸臆。

六十五

倘若是在人类始祖的时代
古代的罪人未曾犯下过失，
致使战祸连绵，世无公理
亚当的后代永世相互为敌，
产生那荒谬而愚蠢的宗教
让基督教世界受它的鞭笞。
呵，英明而又伟大的国王
你决然不会如此难以致意。

六十六

假如想获得任何巨大利益
都必然要付出相应的代价，
希望之旅步步伴随着恐惧
成功之树从来以血汗浇灌。
现在，你违背自己的理智
一味相信本不该相信的人，
相反却对我的真诚和事实
表示出如此无理由的怀疑。

六十七

假如我真是海上抢劫的强盗
流窜四方，被祖国无情流放，
怎可能来到如此遥远的地方
寻找这前途未卜的偏乡僻壤？
怎闯破如此惊险的狂涛骇浪？
甘冒白羊座下难忍受的酷暑
和南极一带那难想象的寒冷
是为什么利益，还是什么希望？

六十八

假如你要求我以贵重的礼物
为我这番言辞做可靠的凭证，
我此行的目的仅是为了揭开
你的古国所处之地的大自然。
如果命运之神能赐我以恩宠
使我得以返回那亲爱的祖国，
当我再次到达时你将会看见
给你带来是何等珍贵的礼物。

六十九

假如以为伊比利亚尽头之国
遣我来见你是不可思议之事，
那么，志向远大的国王之心
当知：世无高不可攀的业绩。
只有那些具备崇高信心的人
只有信仰坚定的人才能相信
卢济塔尼亚国王是如此强大，
才能理解他高贵非凡的理想。

七十

须知，我们祖国的历代先王
向来都是意志无比坚定之人，
他们立志战胜一切艰难困苦
去开创前无古人的伟大功业。
他们去探索茫茫无际的大海
去寻觅苟且偷安的敌人作战，
他们立志要寻找到天涯海角
世界边缘最遥远的那片海滩。

七十一

那第一位，怀着崇高理想
破浪远航，去捣毁阿比拉
最偏远的居民可爱家园的人，
是位勇于冒险的国王之子[568]。
他发挥自己那神奇的智慧
用一块块木片拼造成巨舟，
发现了被南船座、长蛇座、
大犬座、天坛座照耀的地方[569]。

七十二

王子旗开得胜，勇气备增
慢慢地发现了异乡的路径，
一条航线接续另一条航线
前赴后继，发现新的前景。
我们发现了住在非洲南端
从未领略过北斗光芒的人，
在我们的航船后面留下了
那些皮肤如炭的热带野人。

七十三

靠坚强意志和巨大的信心
我们就这样战胜命运之神，
一直抵达你这陌生的土地
在此建树起最后一块石碑。
冲破那可怕的风暴的袭击
战胜海上狂涛恶浪的威力，
我们一直到达陛下的面前
只为给国王带回一点证据。

七十四

国王陛下，这便是全部事实，
若非如此，何苦为可怜的赏赐
生死未卜的结局，冒此风险？
谁又能甘心这样长久地等待
又何苦编造一篇空洞的谎言？
假如，我们是以劫掠为生的
海盗，不该早早回到大海上
逍遥于忒提斯母亲的宽广怀抱？

七十五

假若你相信我讲述的是事实
就请直截了当，勿转弯抹角，
请国王陛下尽早给我以批示
不要阻滞我返回故乡的热望。
若依然觉得是一派虚幻谎言
就请以理智再三仔细地思索，
明智者必能悟出话中的道理
因为这种事实并非难以理喻。

七十六

一席话，扫尽国王心头疑虑
证实船队的到来全没有恶意，
扎莫林对达伽马已初具信任
虽还希望，有更可靠的证据。
他认为这些话足以说明一切
深感达伽马的权威应受尊敬，
开始考虑是否是腐败的大臣
由于运筹不当而造成了误会。

七十七

那种从和卢济塔尼亚结盟
获取巨额利润的贪婪欲望，
也使他对船长加倍地恭谨
不受摩尔人的阴谋所欺骗。
终于他下令让达伽马船长
毫无危险地径直返回船队，
许他运输货物到陆地出售
以换取当地的特产和香料。

七十八

扎莫林最后向达伽马传谕，
如果从大地之端大海之源
带来印度所无的珍奇异物
便可把那些方物向他呈进。
船长已辞别了可敬的国王
去寻找负责接待他的大臣，
请求为他拨派出一艘小艇
因为海船远远停泊在深洋。

七十九

达伽马要求他派遣船只
送他与随从们回到海船，
可大臣连木片也不给他
一味设置障碍推诿拖延。
他陪着达伽马来到码头
为的是离王宫更加遥远，
在那里，避开国王耳目
随心施展他的阴险手段。

八十

假意地许诺派给他们船只
却说，船还在很远的地方，
将他们的行期一味地拖延
拖过明天，又推迟到后天。
如此旷日持久的借口推诿
才使达伽马船长恍然大悟，
察觉这个异教徒原来赞同
愚蠢的摩尔人的罪恶企图。

八十一

这个卡图亚尔原来是宰相
强大的扎莫林正是通过他
向全国各地城市施行政令，
他是摩尔人收买的人之一。
摩尔人对他寄以无限希望
以期邪恶的骗局能够得逞，
此人既参与了罪恶的密谋
不达目的，岂能善罢甘休？

八十二

达伽马船长再三提出请求
将他送回自己的海上巨舟，
他申明，这乃国王的旨意
然而这一切努力全无用处。
他质问，是何缘故阻挡他
不许他送来葡萄牙的货物，
既然国王陛下已传谕此令
谁又敢于推翻国王的成命？

八十三

腐败的宰相对此置若罔闻
在心中却更加阴险地盘算，
他想尽一个个惊人的骗局
用尽魔鬼一般的奸诈手段。
他在思量，采用什么办法
用可恨的鲜血洗一洗寒锋，
要不然，就想办法用火攻
让葡萄牙人休想再回故乡。

八十四

摩尔人正在召开邪恶的会议
只企图把葡萄牙人一网打尽，
让他们的国王永远别想知道
哪里是厄俄斯那富饶的大地。
那个野蛮人的宰相凶相毕露
竟下命令，不准达伽马离境，
他布置下了严密的天罗地网
无他的命令，谁也不许离岸。

八十五

达伽马雷霆大怒，据理力争
那个偶像崇拜者却这样答道，
让远洋停泊的船队驶近陆地
这样登舟，岂非更多有方便？
他说，把船队停在遥远深海
这纯粹是敌人和强盗的迹象，
因为若是坚定而忠诚的朋友
决不会提防有什么危险发生。

八十六

谨慎的达伽马听出弦外之音
那刻骨的仇恨已经暴露无遗，
卡图亚尔是妄图让海船靠近
好用箭与火向船队发起攻击。
此刻，达伽马正在反复思索
要想尽种种方法和万全对策
能应付敌人设置的一切陷阱，
他不由提心吊胆，加倍警觉。

八十七

仿佛一面晶莹明亮的钢鉴
或是一块美丽的小玻璃镜，
当耀眼的阳光照射在上面
强烈的光线又被反射出来。
一个好奇而又顽皮的儿童
把光团在屋顶墙壁上晃动，
那光团就闪闪不停地跳舞
晃来晃去，一刻也不宁静。

八十八

被软禁的达伽马思虑万千
就这样冥思苦想心绪不安，
猛然想起，当初他曾安排
科埃略派小艇在海滩接应。
他此刻或许正在海滩等待
应立即密令他返回到海上，
提防船队被敌人阴谋偷袭
令凶狠的摩尔人得逞诡计。

八十九

具备玛尔斯天赋的将军呵
若想效仿杰出者与之齐名，
必须善于让你的神思驰骋
推测和防范一切可能之险。
料事如神，并且神机妙算
瞒天过海，以达防患未然，
说“竟出乎意料”的将领
永远也不会得到我的称赞。

九十

船长如不下令让船队驶近
卡图亚尔便把他继续囚禁，
达伽马大义凛然，怒火冲天
威胁丝毫动摇不了他的胸襟。
他宁可让自己遭受监禁之苦
他甘愿迎接任何大胆的邪恶，
也不愿使葡萄牙国王的船队
冒险离开安全而可靠的海域。

九十一

达伽马被监禁了一个夜晚
次日想重返王宫面见国君，
只见重兵把守，不准他行动。
然而那狡猾的卡图亚尔担心
倘若是把达伽马监禁得过久
一定会在国王面前阴谋暴露，
为了不会被施以严厉的惩处
于是便一计不成，又施一计。

九十二

他请达伽马船长下达命令
把能出售的货物运到陆地，
表面上说为了慢慢进行贸易
实际上暗中却要把战火燃起。
达伽马对他的伎俩一目了然
那狠毒的胸中，包藏着祸心，
可船长将计就计，一口应允
深知靠财物能赎买自由之身。

九十三

他与卡图亚尔达成一个协议
由那黑人派船，去运取货物，
因为达伽马不愿让他的小艇
冒险自投虎口，被敌人捕获。
卡图亚尔派出木筏前去装载
从遥远的西班牙送来的货物，
达伽马致函给他的兄弟保罗
请他发出货物，以赎取自由。

九十四

珍贵的货物刚刚被运到陆地
无耻的卡图亚尔便将其霸占，
还扣留了阿尔瓦罗和迪奥戈
他们要求以货偿值公平交易。
如果说在那些下贱的心灵中
财富重于责任、义务、王命、诺言，
从卡图亚尔身上便可以看清
他一收到财物，便放了达伽马。

九十五

为了财物，他把达伽马释放
因为他觉得获取了足够抵偿，
为这件事所获得实利益
远胜于无休无止地扣压船长。
达伽马见已然不应重返陆地
因为那样做不啻是自投罗网，
既然已经得以重返他的船队
便在那里安心地休息和疗养。

九十六

达伽马留在海船上自在悠闲
只见那光阴荏苒，一去不返，
对贪财的宰相早已失去信心
因为，此人既腐败，又下贱。
可是，现在来让我们看一看
无论穷人富人那奇怪的观念，
贪欲会迫使着人们无所不为
只顾无耻的利益丑恶的金钱。

九十七

色雷斯王[570]害死波吕多洛斯
仅仅为霸占他的无数珍宝，
达那厄[571]躲藏进青铜的城堡
也逃不脱金雨对她的骚扰。
塔培娅[572]出于可鄙的贪欲
向敌人献出了雄伟的城池，
只为换取那黄灿灿的金属
却落得人财两空一命呜呼。

九十八

黄金使坚固的城堡开门投降
黄金使亲朋反目、出卖友情，
黄金使最高贵的人卑微下贱
黄金使最勇敢的人丧节叛变，
黄金使最纯洁的人失去贞操
黄金使最名誉的人丢人现眼，
黄金有时候甚至能败坏科学
黄金使人类丧尽良知和理智。

九十九

黄金可以巧妙地曲解文章
黄金可以把法律弄于股掌，
黄金可以让人们赌誓扯谎
黄金可以化仁政变为暴政。
黄金甚至能令那些献身于
上帝的神父也千百次堕落，
这真正是一个绝妙的讽刺
却一个个仍然是正人君子！

第 九 章

一

两位代理商在城中度过很久
也卖不掉他们所带去的货物，
异教徒，以阴险狡猾的伎俩
不让市民买葡萄牙人的商品。
他们这样做的唯一和罪恶的
意图是死死拖住印度发现者，
等待从麦加开来的舰队到达
将葡萄牙人的船队一举摧毁。

二

古埃及的托勒密[573]在红海深处
建筑起阿尔西诺伊城的地方
（托勒密之姊给了这城市名字），
后来渐渐地演变成了苏伊士。
就在距离那里不太远的地方
屹立着一座名叫麦加的城市，
伊斯兰教圣水[574]那描金贴彩的
夸张的迷信，使她声名远大。

三

红海沿岸最为繁华的都市
是四方荟萃的商埠吉达城[575]，
统治这个地方的苏丹国王
从吉达摄取数不尽的财富。
马拉巴尔异教徒远越重洋
驾驶巨舟组成的壮丽船队，
根据两地之间的通商条约
一年一度到此，交易特产。

四

商船队的巨舟，庞大坚固
当地异教徒盼望着它到来，
以它去火攻卢济塔尼亚人
烧毁与它争夺贸易的船只。
他们那样信赖援军的到来
以至对远航者无别的奢望，
只愿他们在那里拖延时间
直到那支船队从麦加赶达。

五

然而主宰天空和人类的神
早已对一切都做出了裁决，
远远施以恰当的解救之策
以便实现命中注定的结局。
受他启示，蒙萨德对航海者
偶然间产生了友爱与同情，
正伺机向达伽马通风报信
为此，他应享受天堂之乐。

六

他参与了一切的阴谋策划，
如果摩尔人对他不怀戒心
是因为他也是一个摩尔人。
他把愚蠢凶狠的阴谋企图
原原本本地透露给达伽马，
他多次到远泊的船队访问
觉得那些狠毒的撒拉逊人
并无道理策划出如此灾难。

七

他把情况告诉达伽马船长
说每年有船队从麦加开来，
摩尔人盼它盼得望眼欲穿
妄想借这支船队实现阴谋。
告诉他，那船上满载重兵
装备着武尔坎可怕的雷霆，
根据达伽马毫无戒备之情
可能会遭到它的严重威胁。

八

同样，达伽马也有所思虑
海上的季风正召唤他起程，
对宠信摩尔人的异教国王
他已无望获得更好的答复。
他下令在陆地上的代理商
都要立即悄悄地返回海船，
这件事要神不知，鬼不觉
若走漏风声恐怕会受阻拦。

九

然而不久陆上便传来消息
看起来并不像无稽的谣言，
当地人察觉代理商要离开
立即把他们扣留囚禁起来。
这消息，一传入船长耳朵
他精明果断，当即便决定，
将到船上出售宝石的商人
马上扣押，做交换的人质。

十

他们都是有名的巨商富贾
在卡利卡特一带举足轻重，
如此名门贵族一日失踪
人们就知道被扣留在海上。
可此刻海船上强壮的水手
已分工合作地打起了绞盘，
有些人在吃力地拉着铁缆
用结实的胸膛推动着杠杆。

十一

还有些水手，吊挂在帆桁上
高喊着劳动号子，展落风帆，
这时候，有人以更高的喊声
向国王报告：船队就要起航。
被扣留在海上的巨商富贾
要寻死觅活的妻子和儿女，
来到扎莫林面前又哭又闹
有的要丈夫，有的要父亲。

十二

当即，国王释放两位代理商
让他们携带货物，自由离境，
不顾敌对的摩尔人的阻挠
以交换被船队扣留的人质。
国王对他的过失表示歉意
达伽马并不介意这种表示，
热情地迎接被释放的战俘
放了几名黑人便扬帆起航。

十三

起程的船队沿着海岸而下，
因为达伽马心中已经明白
若想与这位异教国王谈判
签订和平通商条约是枉然。
无论如何他们已经发现了
那片坐落东方的印度沃土，
于是船队带上了一些证据
便向宝贵的祖国扬帆驶去。

十四

他们带上几名马拉巴尔人，
当扎莫林释放回代理商时
船队扣留了他派来的使臣。
他们带着购买的辛辣胡椒
不忘带班达[576]的干石竹花苞
摩鹿加群岛的肉豆蔻、丁香
使这最近得知的群岛增辉，
还有使锡兰岛出名的桂皮。

十五

船长还带着忠实的蒙萨德，
全凭借这个人殷勤的效劳
达伽马才能够获得这一切。
上天启示他加入基督教会
幸运的非洲人，上天慈悲
如此把你救出黑暗的苦难，
在距你祖国如此遥远之地
找到通往天国的真正道路！

十六

幸运的船队就这样起航
驶离了那条炎热的海岸，
锐利的船头指着好望角
整个大自然的南部边缘。
他们携带着快乐的消息
东方之谜已找到了答案，
这时，他们胆怯又兴奋
再次向动荡的大海挑战。

十七

即将要回到可爱的祖国
与久别的亲朋好友重逢，
讲述漫漫征途中的奇遇
各地的景物，风土民情。
历尽了如此漫长的艰险
眼看要荣获应得的奖赏，
人人都喜悦得难以形容
心儿都激动得难胜此情。

十八

永恒的天父赐予葡萄牙人
塞浦路斯女神作为保护神，
这位美丽的女神长年以来
指引和保护着勇敢的人们。
此刻女神正在为他们准备
艰苦努力之后应获的光荣，
千辛万苦之后应得的享受
在忧伤的海上赐他们快乐。

十九

她在脑海中稍加思索片刻
在茫茫大海的漫漫航程中，
出生在安菲翁的忒拜的人
为航海者设置的种种危难。
很久以来她就有这种念头
为补偿他们所遭受的苦难，
要在温柔明丽的水晶之乡
为勇士们找到快乐和安慰。

二十

为他们寻找一个幽静之处
使她钟爱的这些航海勇士
已精疲力竭的人得到快乐，
弥补因艰辛而缩短的生命。
美丽的女神觉得很有理由
把这想法告诉爱子丘比特，
因为他法力无边，能够把
神仙打下凡、凡人擢上天。

二十一

她把这一切反复思索之后，
便决心在茫茫的大海之上
为她的坚强航海者们变出
一座葱翠玲珑的绝美岛屿。
汪洋大海上，美丽的女神
拥有许多风景秀丽的海岛，
在那座地中海的大门[577]以内
女神有无数座可爱的小岛。

二十二

女神要让美丽的海中仙女[578]
在岛上等待最坚强的勇士，
美丽的海中仙女美眸流盼
温柔而动人，多情而善感。
她们拉着圈跳起科雷阿舞[579]
心中被秘密播下爱的种子，
使仙女们更加热情而奔放
给爱慕她们的人快乐和满足。

二十三

当初，她曾利用这一计策
让她与安喀塞斯所生之子
在以牛皮计巧取的土地上，
获得了美丽的狄多的爱情[580]。
她去找儿子，那个残忍的[581]
丘比特身上凝聚着她的法力，
女神要让儿子伴随她前往
如当初一样助她一臂之力。

二十四

那种在临终前哀歌的飞禽[582]
驾着美丽女神堂皇的銮舆，
佩律斯苔拉[583]在采撷雏菊时
被别人点变成的那种鸟儿
一对对唧唧哝哝卿卿我我
在已发轫的銮舆上下飞舞。
美丽的女神一路所经之处
天空也静谧，风儿也轻柔。

二十五

女神降落在伊达利亚山巅
她的那个挽弓射箭的儿子，
正要集结起手下的弓弩手
去讨伐那桀骜不驯的世界。
让世人洗心革面痛改前非
很久以来他们已沉沦不拔，
在深重的罪恶中执迷不悟
爱非所爱，不为情感，只为利益。

二十六

他见禁欲苦行的阿克泰翁[584]
沉湎于淫猎的病态欢乐中，
为追逐丑陋而凶猛的野兽
竟逃避妖媚而窈窕的美女。
他要以甜蜜而严厉的惩罚
展示出狄安娜美妙的裸体，
此刻你如此宠爱那些猎犬
当心别被让它们撕得粉碎！

二十七

他看见全世界的王公大臣
竟无一人考虑公共的利益，
他们没有丝毫的仁爱之心
自私自利，只知爱惜自己。
那些出入宫廷的达官贵人
并不倡导公正的治国之道，
而是曲尽阿谀谄媚之能事
嫩苗儿[585]几乎被稗草所窒息。

二十八

他看到那些应以清贫为本
清心寡欲悲天悯人的神父，
却只懂得贪爱权力与财富
还伪装出公正清廉的面目。
他们施行残酷野蛮的暴政
却装成正直无私仁义君子，
制定的教律只有利于国王
人民只有待死后才能获益。

二十九

总之他只看见人欲横流
看不见一个人爱得其所，
他连一刻也不想再延误
立即要施加公正的严惩。
他召集起手下的天使们
训练成能征善战的队伍，
要去同不畏服他的人们
做一场殊死卓绝的搏斗。

三十

许多生长着翅膀的少年
都各自在那里忙忙碌碌，
一些，在磨锋利的刀刃
一些在擦着雪亮的锋镝。
边干着活儿，边用诗句
歌唱着各种爱情的故事，
优美的曲调悠扬而婉转
那动听的诗句温柔多情。

三十一

那座永燃不灭的火炉中
锻造着无比锐利的锋镝，
炉火的木柴是炽热的心
一颗颗，还在活泼跳动。
那片刀剑淬火的水池里
盛满恋人们悲伤的眼泪，
不熄的锻炉里火苗跳跃
那是永远烧不尽的欲火。

三十二

一些少年正在粗鲁的平民
那铁石之心上，一试身手，
被锐利的箭头刺伤的人们
向着天空发出痛苦的呻吟。
美丽而多情的水泽仙女们
前来医治这种爱情的伤痕，
她们的抚慰能够起死回生
还能使宝贵的新生命诞生。

三十三

根据爱情创伤的程度不同
水泽仙女们各自妍媸美丑，
毒素通过血管，散布全身
她们有时用剧烈的解毒剂。
有的人被智慧的巫师魔女
用巧妙的咒语缚上了情链，
当箭锋被涂上神秘的草药
往往就会出现类似的情况。

三十四

这些少年的箭术不甚娴熟
他们毫无目标地乱射一通，
在那些中箭受伤的平民中
便发生千百种离奇的情缘。
那些地位显赫的英雄之间
也发生千百种可耻的淫乱，
彼布丽和密耳拉两个少女
安提俄科和阿蒙两个青年[586]。

三十五

还有你们，这些公子王孙
你们往往对牧女一见倾心，
小姐夫人，为卑俗的平民
你们也难逃武尔坎的网罗[587]。
有的人期待着夜晚的幽会
有的人爬上屋顶翻过墙头，
我却说这些不光彩的爱情
罪责在于母亲不在于儿子[588]。

三十六

那只性情温驯的雪白天鹅
轻轻地将神舆降落在草坪，
狄俄涅女神匆匆走下神舆
面颊好似雪中盛开的玫瑰。
那个敢于冒犯天庭的箭手
欢天喜地跑上来迎迓母亲，
手下的众随从也纷纷赶来
上前亲吻爱神那美丽的手。

三十七

为了不白白浪费一刻时光，
她边拥抱着儿子边托付道：
亲爱的儿子，我一切魔力
都凝结在你的那一双手上。
你能使我的力量无穷无尽
曾轻蔑战胜了堤丰的勇力[589]，
现在我来求助于你的威力
我来到这里出于特殊需要。

三十八

你看他们经历了多少辛苦
我一向从远处保佑着他们，
我从朋友帕耳卅姊妹那里
得知他们将给我带来崇拜。
还因为他们是那样地仿效
我宠爱的古罗马人的功业，
我愿意尽我们的能力所及
给这些勇士以最大的帮助。

三十九

狠毒的巴克科斯设置阴谋
使他们在印度吃尽了苦头，
在汹涌的大海上受尽折磨
足让人精疲力竭甚至丧生。
我要让这些勇敢的航海者
在可怕的大海上获得休息，
由于他们永不磨灭的功绩
获得一种温柔甜蜜的奖赏。

四十

因此我要让爱神之箭射中
涅柔斯的女儿们心灵深处，
让她们心中对即将凯旋的
新世界发现者燃烧起爱情。
我要在浩瀚无边的大海中
变出一座风景秀丽的仙岛，
芙罗拉和仄费洛斯打扮她
唤来海中仙女在那里等待。

四十一

在岛上备下千种美果佳肴
芬芳的醇酒，鲜艳的玫瑰
水晶的宫殿，豪华的床榻，
动人的、温柔美丽的仙女
还有上千种不寻常的快乐。
那等待着他们的多情仙女
都已被爱情之箭深深射中，
她们会一见倾心奉献爱情。

四十二

要让我出生的涅普顿王国
诞生出坚强健美的新一代，
这反抗你威力的俗恶世界
我要让他们成为世间楷模。
让世人明白一切铜墙铁壁
可怜的伪善都无法抗拒你，
只要永恒爱火在海上点燃
陆上就不能有人将其扑灭。

四十三

维纳斯如此建议她的儿子
那狠心的儿子，俯首听命，
令人取来华美的象牙雕弓
弓弦上搭好金镞头的羽箭。
塞浦里斯[590]神情快乐而淫荡
与儿子一同乘坐她的神舆，
给驾车的鸟儿撒开了缰绳
法厄同之死曾令它们哀鸣[591]。

四十四

丘比特说，必须有一个神同行，
这是一位赫赫有名的女神
她曾经多次与丘比特为敌
可是也曾经多次与他结盟。
她就是吓人的巨灵的姊妹
会吹嘘说谎有时也讲实情，
用一千张嘴，到处去宣扬
一千只眼睛所看到的事情。

四十五

他们请来珐玛[592]在前面开路
女神吹起清脆嘹亮的号角，
赞美那些勇敢的远航者们
她从未这样颂扬过任何人。
女神钻入大海深处的洞府
悄声细语把传闻到处散布，
她所讲述的情形无人怀疑
因为，天真女神伴她出入。

四十六

珐玛盛大而非凡的赞美声
改变着海中众神祇的心绪，
狠毒的巴克科斯挑拨起的
对高尚之人那种莫名愤怒
此刻变成发自内心的好感。
女性之心，轻信而多变，
她们察觉，陷害如此勇士
不出于嫉妒便是生性残酷。

四十七

狠心的少年乘机射出毒箭
大海被射得发出一片呻吟，
有的箭一直射入大海深处
有的箭在海面上打着盘旋。
大海的女儿纷纷中箭倒地
心灵深处，发出深情叹息，
闻名如见面一样令人钟情
心上人呵，为何举目不见？

四十八

倔强的少年用过度的力气
拉开象牙雕弓，圆如满月，
他要让忒提斯的创伤最深
因为她闪躲逃避着他的箭。
锦囊中的金箭，都已射尽
大海上已不见活泼的仙女，
受伤的美人儿即使还活着
仅仅觉得将为爱情而死去。

四十九

天蓝色的波涛请闪开道路
看维纳斯正送来灵丹妙药，
一片片圆鼓鼓的白色风帆
远远出现在涅普顿的海面。
为了使海中仙女们的情焰
得到一样强烈的爱情回报，
维纳斯女神谆谆告诫她们
要显得贞洁无瑕羞怯动人。

五十

众仙女排演好优美的舞蹈
按照一种古老的风俗习惯，
翩翩地跳起高雅的科雷阿
尾随着维纳斯来到小岛上。
在那里，女神把自己动情时
做过一千遍的事传授给她们，
被甜蜜的爱情征服的仙女
温柔地，听任维纳斯摆布。

五十一

船队越过茫无人迹的海面
向着可爱的祖国破浪航行，
正渴望着补充清凉的淡水
以便继续伟大的万里征途。
美丽的门农之母拨开夜幕
天空上的朝霞轻柔而怡人，
远方突现一座可爱的小岛
水手们都禁不住惊喜万分。

五十二

那座秀丽的小岛浮在浪尖
被维纳斯迎着航向推送来，
宛如乘风破浪的白色风帆
如此把小岛送入船队视野。
阿西达利亚女神无所不能
为了不让航船把小岛错过，
她把小岛推到船队的前方
让船队按照她的希望停泊。

五十三

见船队发现海岛朝她驶来
女神就把这座浮岛固定住，
仿佛勒托分娩的提洛斯岛
她在那儿生下一对双胞胎。
船头劈开海浪朝那儿驶去
海岛岸边，有一个小海湾，
曲折而幽静，白色的沙滩
上面点缀着库忒瑞的贝壳[593]。

五十四

岛上三座亭亭玉立的小山，
葱郁的树林，碧茵的草地
把那座风光秀丽的小海岛
装扮得幽静妩媚景色宜人。
石间涌出一股清亮的山泉
山间生着繁荣茂盛的草木，
一条欢快的小溪叮咚歌唱
在白色鹅卵石间飞湍漱玉。

五十五

岛中有座幽深美丽的峡谷
清澈的溪流汇成一泓碧池，
湖水静如鉴，无一丝波纹
真是不可形容的仙山琼岛。
林木在碧池岸边垂枝点水
仿佛美女梳洗长长的秀发，
面对莹莹透明的水晶宝镜
手巧心灵把一双蛾眉描画。

五十六

一千种果木，郁郁参天
芳香的美果，挂满枝间。
金光灿灿的橘柚和枸橼
像达芙涅[594]的金发般娇艳
沉甸甸的，压弯了枝条
圆滚滚的，低垂在地面，
秀气的柠檬，发出清香
宛如一只只处女的乳房。

五十七

野生的树木，枝繁叶茂
把那座座山岭悄然装饰。
那阿尔喀德斯[595]的银白杨
金发女神[596]受宠的月桂树
库忒瑞女神的桃金娘[597]
库柏勒[598]情人化成的青松，
枝叶尖削的意大利塔柏
笔直地指向永恒的天堂。

五十八

波摩纳女神[599]布施着恩泽
那里结出各种天然美果，
既无须播种也无须浇灌
却结出更加鲜美的果实。
紫红色的樱桃可口诱人
桑葚子又叫做多情果儿，
那种原产在波斯的水果[600]
在异乡却变得甘美丰腴。

五十九

石榴吐出红宝石的光彩
红宝石也为之黯然失价，
葡萄藤舒适地攀着榆树
结出一串串红绿的浆果。
丰产的梨树，硕果满枝
宛如挂着一树小金字塔，
听任那些尖嘴的馋雀儿
毫不留情地把它们啄食。

六十

优美的草坪细致而柔密
令阿契美尼德地毯[601]逊色，
茵茵绿绒铺展在山野间
令葱翠的峡谷更加幽静。
水仙娇羞地低垂着花枝
凝神对平静的湖水遐思[602]，
满地盛开一朵朵银莲花[603]
至今，帕菲亚[604]为它叹息。

六十一

天空与大地同样绚丽多彩
这一事实在令人难以判断，
是美丽的彩霞给花朵色彩
还是美丽的花儿装扮彩霞。
仄费洛斯和芙罗拉用画笔
为紫罗兰抹上情侣的羞红，
粉红的百合，娇艳的玫瑰
如少女面颊上的那片红晕。

六十二

纯洁幽香的晚香玉君子兰
上面还滚动着清晨的泪珠，
风信子花[605]依稀可辨出字迹
勒托之子那样地怜爱它们。
很显然克罗里斯[606]与波摩纳
鲜花与美果间展开了竞赛，
天空中自由的飞鸟在欢唱
原野里快乐的小兽在嬉戏。

六十三

湖面上，白天鹅悠闲歌唱
枝叶间菲罗墨拉[607]为她和声，
只见阿克泰翁，坦然不惊
在湖水中照出鹿角的倒影。
这儿跳出一只机警的野兔
那儿闪过一只胆怯的羚羊，
茂密的树丛间，充满生机
衔着食物的小鸟飞归巢穴。

六十四

此刻第二代阿尔戈船英雄
已经登上那座秀丽的小岛，
仙女们，却装作若无其事
在树林间无忧无虑地散步。
有的仙女弹起动听的古琴
有的仙女吹起悦耳的牧笛，
还有的仙女手持金弓金箭
心猿意马地装作追逐猎物。

六十五

聪明的大师这样叮嘱她们
要分散在原野的各个角落，
勇士们一发现珍奇的猎物
就会一见钟情，追求她们。
有的神女自矜体型的秀美
清水出芙蓉，天然去雕饰，
赤着她那丰满婀娜的胴体
在纯洁清凉的溪水中沐浴。

六十六

久久渴望着陆地的壮士们
此刻，已踏上了海岸沙滩，
他们一心想寻获一些野味
没有一人留在海上的船队。
可谁也没想到在那座岛上
既无须套索，也无须罗网
就能捕获一种温驯的尤物，
她们被厄律克斯[608]金箭所伤。

六十七

有人手里拿着火枪和弓弩
毫不犹豫钻进了丛山密林，
在繁茂翠绿的乔木灌木中
搜寻着欢蹦乱跳的小麂鹿。
还有人乘着林叶间的荫翳
躲避中午太阳的炎炎暑气，
沿着潺潺的小溪溯流而上
溪水戏着白卵石流向海滩。

六十八

水手们突然惊奇地发现，
在茂密的翠枝绿叶之间
闪闪晃动着绚丽的色彩。
又不像是绚丽的玫瑰花
却像柔软的呢料和绸缎，
用它打扮起人中的玫瑰
显得韵致更加富有魅力
激起人们更强烈的爱情。

六十九

威洛索不禁大叫：先生们！
这简直是一种绝妙的猎物！
假使古老的神话依然存在
这林间一定居住着仙女们，
我们发现了世间闻所未闻
人们想也想不到的神奇事，
说明这世界对疏忽的人类
还隐藏着无尽的神秘之处。

七十

让我们赶快追赶上她们吧
看那究竟是仙女还是幻影，
说着，水手们比鹿还敏捷
沿着小溪飞快向山上奔跑。
众仙女在枝叶间躲闪藏匿
与其说轻盈，不如说狡黠，
她们一边嬉笑，一边惊叫
渐渐有意让猎兔狗追赶上。

七十一

她们奔跑着，任凭着那风
吹散了金发，撩起了纱裙，
闪闪露出莹白如雪的肌肤
给燃烧的欲火稍稍的满足。
只见有一个仙女故意跌倒
她表情温柔不显一丝懊恼，
沙滩上追赶她的那个勇士
也一下绊倒在仙女的身上。

七十二

还有的水手在另一个地方
见到裸体的美人儿在沐浴，
只听她们被吓得一片惊叫
仿佛真是一场意外的突袭。
有的仙女装作怕遭受欺凌
不顾害羞，裸身跑向树丛，
虽然她拒绝了贪婪的手掌
却难逃过人们饥饿的眼睛。

七十三

你看她比狩猎女神[609]还贞洁
忙害羞地把身体藏入水中，
另一个美人儿更惊惶失措
慌忙奔上湖岸取她的衣裳。
只见有的青年已扑入水中
都来不及脱掉衣服和靴子，
即使这样他们还唯恐太迟
到湖中，扑灭心里的欲火。

七十四

仿佛是机敏而老练的猎犬
已经惯于捕捉受伤的水鸟，
见猎手瞄准了野雁或白鹭
乌黑的枪管贴着面颊扬起。
等不及枪响它便扑入水中
毫不犹豫向猎物游着吠着，
青年们就这样扑向仙女们
幸亏她不是福玻斯的姊妹[610]。

七十五

莱奥纳德是个英俊的武士
他风流倜傥，机智而多情，
爱神不止一次给他以打击
对他从来只有虐待和捉弄。
他已然认定了倒霉的命运
情场上只会有失意和不幸，
可是他却并没有失去希望
相信他的命运一定会改变。

七十六

幸运之神要让他在这里
把绝代佳人艾菲尔[611]追赶，
她自矜比其他仙女高贵
不肯奉献大自然的恩典。
精疲力竭的青年人说道：
美人呵你不该如此狠心，
我要把我的生命献给你
你已经摄取了它的灵魂！

七十七

纯洁无瑕的美丽仙女呵
别的美人儿都已经跑厌，
顺从了她们对手的心愿，
为什么只有你把我躲闪？
是谁说我是在把你追赶
是那一向迫害我的厄运？
千万别听信她的谎言呵
我每次轻信都被她欺骗。

七十八

你不要累坏，我已筋疲力竭
假如想逃避我无须如此费力，
命运不允许我哪怕是轻触你
即使站在那里我也追赶不上。
请等一等吧，如果你能答应
我倒想看看你究竟怎样脱身，
当你成功地逃脱后才能明白
何谓井中捞月何谓镜里观花[612]。

七十九

请别再逃避我了，美丽的你
要珍惜时光流水，红颜易老，
只有收敛住你那轻盈的脚步
才能够战胜残酷的命运之神。
没有任何强大的帝王和军队
能够与我那疯狂的命运抗衡，
她死死不放过我一点点奢望
你若不逃避，我就能战胜她。

八十

难道你要与我的厄运结盟
难道你也是那样欺软怕硬？
你携着我的心不觉太沉重
还给我，不会跑得更轻松？
你把一颗那样忧伤的心灵
系在你的金发上不觉累赘？
莫非自从你把它俘获以后
就已改变了它的不幸命运？

八十一

我追求你，仅因为这种希冀
要么你将承受不住它的沉重，
要么由于你美丽容颜的魅力
已经改变了它那乖舛的灾星。
假如它已改变，你别再躲闪
温柔的姑娘，爱神射伤你，
如你已被射伤，就等待我吧
如果你等待我就会获得一切。

八十二

美丽的艾菲尔已不再逃避
转身向忧伤的追求者凝视，
聆听那支温柔甜蜜的歌儿
悲伤地把爱情的痛苦倾诉。
美人那端庄、圣洁的面容
这时已浮现出欢乐与微笑，
不由然倾倒在胜利者脚下
一切，溶化于纯洁的爱情。

八十三

从林里，多么饥渴的亲吻
多么娇羞而急促的啜泣声，
温存的抚摸，害羞的嗔怪
转眼间又化成了欢声笑语。
从清晨到正午所发生的事
都是维纳斯所点燃的快乐，
想象那滋味，不如去领略
无缘领略的人却不妨想象。

八十四

就这样，美丽的仙女们
与心爱的人儿谐如琴瑟，
为她们的勇士戴上花冠
花冠上缀满金子和鲜花。
她们用白皙纤细的双手
像妻子一般挽着勇士们，
用柔声细语倾诉着衷肠
海誓山盟，生死与共。

八十五

仙姬的长姊[613]，美丽出众
人人都对她谦卑而顺从，
传说她就是天地的女儿
她那美丽的容颜，能使
大地和海洋都充满惊奇。
她与船长是天生的一对，
具有公主的仪容和庄重
显出贵夫人的非凡气质。

八十六

她以一篇辞藻华丽的开场白
向尊贵的船长说明自己身世，
然后再说明来到这里的原因
是受到不可改变的命运启示。
她此行目的是向他揭示
据最高预言，只有他的民族
才无愧揭示的，以陆地海洋
组成的球体无穷无尽的奥秘。

八十七

女神说着挽起船长的手臂
引导他登上一座崇山峻岭，
山巅上耸立着辉煌的宫殿
宫殿全部用水晶纯金打造。
在宫殿里，他们消磨时光
甜蜜的嬉戏，无边的快活，
女神在宫殿里获得了爱情
姊妹们在丛林间享尽欢乐。

八十八

就这样一对对美人与勇士
几乎度过了那一整天时光，
甜蜜的心中盛满难言之乐
漫漫的艰辛终于获得报偿。
因为那些神奇伟大的功绩
那些艰巨著名的冒险事业，
最终会以崇高非凡的荣誉
获得世界为它准备的嘉奖。

八十九

美丽的忒提斯与姊妹们
那风景秀丽的绝美海岛，
都是赋予人生崇高价值的
令人憧憬的，光荣与名誉。
那光荣而非凡的丰功伟绩
胜利的凯旋，金色的花环
壮丽的景象，惊人的奇迹，
才是这座仙岛的迷人之处。

九十

无比崇拜英雄豪杰的古代
为他们编造出永生的神话，
由于他们建树的丰功伟绩
所付出的艰苦卓绝的努力。
凭借珐玛那双神奇的翅膀
飞上奥林匹斯璀璨的星空，
这便是那条崎岖而险恶的
最终令人陶醉的美德之路。

九十一

英雄以艰苦奋斗，智慧才干
建树永恒的不可超越的功业，
世给们令人羡慕的奖赏
无非是以凡人之躯名列仙籍。
朱庇特，墨丘利，奎里努斯[614]
福玻斯，玛尔斯，两位忒拜人[615]
克瑞斯，帕拉斯，埃涅阿斯，
他们原都不过是弱小的凡人。

九十二

丰功伟绩的号角，珐玛女神
让世间传遍如此怪诞之名：
长生不老的神仙，半神人
古城的名祖，英雄与伟人。
崇尚荣誉的慷慨豪杰之士
假如想建功立业青史留名，
赶快从懒散的酣眠中惊醒
抖擞精神不要被惰性奴役！

九十三

你要牢牢勒紧贪欲的缰绳
更不可听任野心随意奔驰，
在那愚昧暴虐的政治之下
千百次，卑鄙地放纵它们。
因为，无论是虚荣与金钱
都不会给人以真正的价值，
如果功德卓著而一无所获
要胜过无德无才名利双收。

九十四

若在和平时期，你们应制定
公正平等不因人而异的法律，
岂能让它损不足，以奉有余！
若在战争中，你们拿起武器
与仇敌撒拉逊的宗教去血战！
你们将创建一个强大的王国
无处不饱暖，无处不均匀
无愧享受财富和荣耀的人生。

九十五

你们应该以周密谨慎的忠言
你们应该用锋利雪亮的宝剑，
让你们那样爱戴的国王陛下
具有光芒四射、灿烂的英名。
你们的荣誉永生无愧于祖先
世上无难事，只怕有心人，
你们将在那座海岛上受款待
还将跻身于英雄豪杰的行列。

第十章

一

那个变了心的拉里萨姑娘[616]
光芒万丈的情人压低马头，
奔向沐浴在巨大湖泊里的
西方极地的特诺奇提特兰[617]。
法沃纽[618]轻轻吹来习习微风
驱散一天的炎热带来清凉，
平静的湖面泛起阵阵涟漪
蔫萎的百合茉莉恢复生机。

二

美丽的仙女与她们的情人
手携着手，快乐而且满足，
双双登上金碧辉煌的宫殿
宫殿上镶嵌着夺目的宝石。
女王命人为一对对情侣们
准备山珍海味，盛馔瑶席，
让那些备受艰辛的勇士们
羸弱不堪的身体恢复元气。

三

多情的勇士与美丽的仙女们
在豪华的水晶椅上双双入座，
美丽的女神和光辉的达伽马
在中央的赤金宝座上面端坐。
宴席上摆满人间不见的珍馐
盛名的古埃及大菜也难媲美，
一只只灿灿发光的金盏银盘
都取自大西洋神宫中的宝库。

四

那一杯杯葡萄美酒醇香醉人
比意大利法雷诺酒更为浓郁，
比朱庇特和所有天地间的神
赞美过的玉液琼浆更加芬芳。
美酒斟满了一只只钻石酒杯
泛起泡沫，向酒中兑入冰水，
从杯底，翻起了快乐的酒花
向四周，迸溅着细细的酒星。

五

人们开怀畅饮，纵情谈笑
风趣的言语引起甜蜜微笑，
那一道又一道，可口佳肴
让人们敞开了快乐的胃口。
这时宴席间奏起优美音乐
为一个美人鱼的歌声伴奏，
柔美的歌喉足以让地狱里
赤鬼精魂忘却永恒的痛苦。

六

仙女那婉转、动听的歌声
在宏伟的殿堂梁柱间缭绕，
与乐器的伴奏声浑然一体
令天地瞬息之间变得静谧。
连风儿也一下子为之屏息
连泉水，也为之轻声细语，
深山野林间幽邃的洞穴中
连凶猛的野兽也为之憩息。

七

那些将现世间的高尚勇士
随着优美的歌声升上天空，
普罗透斯在朱庇特赐他的
那只晶莹透明的水晶球中
预见到他们那光辉的理想。
他梦见那些未来发生的事
连忙向大海散布他的预言，
美人鱼立即牢记这些故事。

八

这是一个高尚非凡的故事
美人鱼在大海中学会了它，
斯克里斯的德摩多科斯[619]和
迦太基的约帕斯[620]闻所未闻。
卡利俄珀，此刻我请求你
在最后的艰巨时刻再一次
赐予我已失去的创作激情，
这是我所乞求的唯一报酬。

九

时光如流水，一去不复返
转瞬已入斯提克斯的深秋，
不幸的命运使我心灰意冷
看不见希望，看不见前途。
无穷的绝望正将我沉入那
黑色的忘川，永恒的长眠，
伟大的缪斯女王呵，请赐我
完成这献给可爱祖国的诗篇！

十

那个美丽的仙女这样唱道：
将有支船队从特茹河驶来，
越过达伽马所开辟的航道
战胜沿途的小河与印度洋。
那些拒不恭顺的异教国王
将把一副强悍的臂膀激怒，
向他们施加以武力的征伐
直至向他投降或交出性命。

十一

她歌唱着一位印度的国王
在马拉巴尔享有最高神权，
为了捍卫他的王国与那些
非凡勇士结成的友好同盟。
这位异教王的城市和国土
惨受战祸，横遭蹂躏践踏，
强大的扎莫林对新到来者
竟然心怀如此的深仇大恨。

十二

仙女唱道，为雪耻这一损失
伟大的帕切科从贝伦登上巨舟，
这位卢济塔尼亚的阿喀琉斯
不知将给大海带来何等故事！
沸腾的海洋将感到他的分量
当他登上甲板，龙骨为之颤动，
发出吱吱呻吟，英雄的气概
使庞大的海船深深陷入水中。

十三

他刚抵达世界东方的尽头
便赶去把科钦的国王援救，
他与少数土著人合兵一处
在大河海口展开激烈战斗。
坎巴朗海峡的那场海战中
他大败魔鬼的纳依尔贵族，
见寥寥之众有如此的威力
炎热的东方备感不寒而栗。

十四

扎莫林重整旗鼓卷土重来，
从巍峨的纳尔辛加山一带
赶来皮普尔[621]和塔诺尔[622]国王
他们在主人面前夸下海口。
从卡利卡特直到卡纳诺尔
所有贵族武士都动员起来，
仇恨的摩尔人从海上发兵
与当地的异教徒水陆夹攻。

十五

勇敢伟大的帕切科船长
再次大破敌人水陆两军，
他杀死的敌众难以计数
足令整个马拉巴尔震恐。
绝望的扎莫林毫不迟疑
匆匆重整人马再次出征，
斥骂着手下的残兵败将
空抱怨天神的冷漠无情。

十六

帕切科一身将两关扼守
还四处烧毁庙宇和房屋。
可汗见那些人不知劳顿
直把他的城市夷为平地，
暴跳如雷地严命手下人
舍生忘死地攻打帕切科。
帕切科同时出现在两关
似身飞两地，大败敌军。

十七

扎莫林亲自来临阵督战
为手下的兵将鼓舞士气，
可是一颗流弹呼啸而来
让尊贵的可汗血染征衣。
眼看着，败势已成定局
帕切科对一切都不介意，
阴谋毒计也全无济于事
一切化险为夷全凭天意。

十八

仙女唱道：扎莫林七次进攻，
对任何艰难困苦都不气馁的
坚强的葡萄牙人终不可战胜。
丧心病狂的扎莫林头脑发昏
不顾一切，率领凶猛可怕的
废弃的旧木船前来拼死一战，
他空耗尽兵力，而不见成效
便决心撞沉葡萄牙人的帆船。

十九

眼看着水上驶来一座座火山
冲向帕切科，要火烧战船，
帕切科真不愧是足智多谋
来势汹汹的火龙顿消气焰。
比任何战神的勇士都光荣
珐玛展翅把他携带上天空，
显赫的希腊罗马，恕我冒昧
他的威名胜过一切古代英雄。

二十

他以仅仅一百零数人的兵力
坚持进行了如此频繁的战斗，
击败那样多并不软弱的可汗
识破敌人那样多的诡计阴谋。
要么的确是虚构的神话传奇
要么他便呼唤来了神的兵将，
降临到人间，助他一臂之力
赐予了他智谋、胆略和勇气。

二十一

马拉松战场把大流士大军
打得落花流水的米太亚得，
率四千拉喀得摩尼亚勇士[623]
扼守住温泉关的列奥尼达，
单枪匹马独立桥头抵挡住
伊特鲁里亚[624]千军的贺拉提斯[625]，
曾大战汉尼拔的法比乌斯[626]，
他们的智勇无与帕切科相媲。

二十二

当那个美丽的仙女唱到这里
那高亢的歌喉转而变得沉痛，
她的声音嘶哑、悲伤而哀怨
哀叹劳苦功高，反遭到恶遇。
她如此歌唱道：贝利萨留[627]呵
你永远受到缪斯姊妹的歌咏，
假如你抱怨失去战神的恩宠
帕切科的遭遇会使你释然平静。

二十三

请看，此人与你的际遇相同
他战功赫赫却遭到以怨报德。
在你们两人的经历中可看到
作为国王与宗教的铜墙铁壁，
壮志英豪一朝沦落何等悲惨
穷困潦倒，死在贫济院床头，
喜怒无常为所欲为的君王呵
你，竟丝毫不顾公理和道义。

二十四

你听惯无耻之徒的阿谀奉承
陶醉于宫廷佞臣的甜言蜜语，
把应赐予埃阿斯的丰厚奖赏[628]
却颁给巧舌如簧的尤利西斯。
然而我要施以公道：因财富
被错误地分给貌似恭顺之人，
不是赏赐给智勇双全的骑士
却滥赏邀宠献媚的贪婪小人。

二十五

可是你只在这一点有欠公正
如此勋臣，却遭此非公之报，
他向你奉献一座富饶的王国
你却不能回赐他荣耀的地位。
国王呵，我要对你如此许诺：
只要这世界还被阿波罗普照
他永远跻身光荣的伟大之列，
而你，由于贪婪，永受谴责。

二十六

仙女唱道：请看另一位英雄[629]
头上戴着尊贵的国工的荣衔，
他还有名扬大海的儿子相伴
他将与一切罗马的古人齐名。
父子两人，抡起雄浑的臂膀，
尽情严惩了那富饶的吉洛亚，
他们驱逐了那里不义的暴君
拥立了一位仁慈的人做国王。

二十七

在蒙巴萨海岸，他们将那里
宏伟而豪华的宫殿付之一炬，
用丑恶的剑与火，让摩尔人
为往昔的罪恶付出血的代价。
紧接着，他们来到印度海岸
在到处是敌舰和伏兵的海面，
青年劳伦索驾风帆，摇木桨
给葡萄牙的敌人以致命打击。

二十八

惊雷滚滚，发自火红的铜炮
伟大的扎莫林那强大的舰队，
遮天蔽海的无数巨舟被炸得
桅杆折断帆篷飞舞甲板破碎。
勇士们向敌军旗舰投掷标枪
一个个踊跃地跳上敌军旗舰，
挥舞长矛和刀剑，奋力冲杀
将四百摩尔人统统驱入大海。

二十九

上帝神秘的意志难以揣测
苍天自知应如何安排命运，
无情地把他投入那种境地
使勇力与谨慎都无能为力。
在沙乌尔，他浴血抵抗着
埃及人和康巴亚人的船队，
整座大海都在战火中沸腾
他终于未能逃脱覆灭之命。

三十

那里敌军的兵力难以数清
连最勇敢的人也只能屈服，
天刮起逆风，海掀起恶浪
天时地利无一不与他为敌。
所有古代豪杰，都将复活
惊视他表现出的非凡勇气，
他们将看到又有一位塞瓦
宁可玉碎，也不甘心投敌。

三十一

空中飞来一颗呼啸的流弹
将他一条腿炸得血肉横飞，
他仍然用那颗伟大的心脏
和那坚强的臂膀奋勇杀敌。
一直到另一颗无情的炮弹
炸断了灵魂与肉体的纽带，
忠魂挣脱囚禁，自由飞翔
轻轻露出了胜利者的笑容。

三十二

忠魂飞去吧，你永享和平
永离那激烈而混乱的战争，
你留下的那具破碎的尸体
自有后来者为他报仇雪恨。
我已然听见那阵风暴雷霆
那千弩齐发，那万炮轰鸣，
对康巴亚和苏丹的奴隶兵
施加以凌厉而永恒的严惩。

三十三

且看，那里赶来了他的老父
胸中怀着惊天动地的勇气，
他满面怒容，一腔悲愤
心燃着怒火，眼含热泪。
高尚的愤慨，使他发誓
一定要让敌人血溅战船，
尼罗河将对他闻风丧胆
印度河、恒河将成为见证。

三十四

你，仿佛一头发了情的公牛
在高大橡木、山毛榉树干上
砥砺着尖角，准备残酷搏斗，
盛怒的弗朗西斯科就是这样。
挥舞起利剑，空气发出呼啸，
在船队驶入康巴亚海湾[630]之前
用昌盛的达布尔城[631]小试剑锋
让他们嚣张的气焰一落千丈。

三十五

紧接着，他凶猛扑向第乌湾
那第乌城以围困战役而著名，
他驱散卡利卡特的乌合水军
他们只有木桨当作防卫甲盾。
阿兹梅里克[632]所统帅的舰队
也被你以武尔坎的万炮齐轰，
将它们沉入寒冷幽深的海底
那湿润的元素隐秘的床榻上。

三十六

只见弥尔霍森[633]的强大舰队
向愤怒的复仇者迎头直撞，
且看那些船只上的主人吧
首身异处，四肢满天飞舞。
勇猛的驯兽者们热血沸腾
手中的枪炮，喷吐出怒火，
人们眼里只看见硝烟烈火
人们耳中只听见炮声呐喊。

三十七

可是呵，我看见这位英雄
在取得这一光辉胜利之后，
在返回祖国的特茹河途中
遭遇了悲惨而黑暗的灾祸。
几乎失去了他光荣的美名，
永远守护他英灵的风暴角
将印度和埃及都未能夺取的
英雄的生命从世间无耻夺去。

三十八

卡佛莱野人[634]在那里将做成
狡猾的敌人办不到的事情，
仅仅用乌黑的木棒就取得
弓箭和枪炮所不及的成功。
真是福祸无常，天意莫测
渺小的人类实在难以揣度，
只有把它称作厄运
实际上纯粹是上帝的意志。

三十九

但是呵，仙女嗓音变得激昂
我的眼前出现了万道金光，
拉摩、奥甲和普拉瓦[635]的血水
把梅林德的海域染得鲜红。
这里也有库尼亚[636]立下的军功，
在整个南方，环抱南方诸岛
以及圣劳伦索海滩的大海上
永远将传诵他那光辉的英名。

四十

那光明，是战火与刀剑的寒光
阿尔布开克将要统帅强大水军
前去驯服霍尔木兹的波斯人。
那些不知天高地厚自恃勇力
拒绝向他光荣地臣服的人们，
将看见他们自己射出的鸣镝
在空中调转方向反射中箭手，
上帝在为传播信仰的人助威。

四十一

即便那是座盐山也难以保藏
战场上满目狼藉的腐败尸体，
热伦母、马兹卡特、卡拉亚特[637]
海面上和海滩上到处是尸骨。
他终于以武力让狂妄的人们
学会了卑躬屈膝，俯首驯服，
心甘情愿地向敌国承担义务
献上巴林[638]名贵的珍珠作贡品。

四十二

我看见当他果断勇敢地攻占
那座当地最光荣的果阿岛时，
胜利女神高兴地为他佩戴上
一个亲手编织的光荣的花冠。
可后来，他迫于严酷的形势
不得不忍辱负重将该城放弃，
以待东山再起时，将其收复
以奇智大勇战胜命运与战神。

四十三

此刻他已返回果阿，你看那
城墙被烈火长矛和炮弹摧垮，
利剑在密集的土著和摩尔人
那骇人的方阵中冲杀出血路。
勇士们一往无前，前赴后继
像一头头饥饿的雄狮和野牛，
埃及的圣加大肋纳[639]节日呵
那一天将永远受到人们怀念。

四十四

就连你，也逃不出他巨掌
东方诞生的富饶的马六甲，
你有那样茂密的森林资源
奥罗拉甜蜜的乳汁哺育你。
你射出的毒箭，舞动的匕首，
空负马来人的多情善感
枉费爪哇人的勇猛果敢
终将恭服于卢济塔尼亚人。

四十五

美人鱼歌唱了一段，又一段
把最显赫的阿尔布开克盛赞，
可旋提起他一次愤怒的冲动
尽管功高盖世，也将受审判。
命运托付大任于伟大的统帅
让他历尽艰辛获得永恒荣誉，
须是部下的宽厚长者与伙伴
而不应是残忍而刚直的法官。

四十六

饥饿，挫折，病痛，刀箭
狂风，暴雨，雷霆，闪电
残酷折磨着唯命是从的士兵。
在这种时刻与处境，为一件
软弱的人类与爱神可宽容的
小小过失，将士兵处以极刑，
是心胸狭窄，不人道的骄横
几乎可以说是极野蛮的暴行。

四十七

他既非犯下令人憎恶的乱伦
也并非强奸了纯洁的处女，
更未与有夫之妇无耻地通奸
不过同一个淫荡下贱的黑奴。
无论由于心怀嫉妒、严肃风俗
还是生性便禽兽般残忍狠毒，
控制不住对部下的雷霆震怒
都使他的清白涂上丑恶瑕污。

四十八

亚历山大见阿佩勒斯[640]钟情于
康帕斯佩，便欣然把她相赐，
阿佩勒斯既不是杰出的勇士
亚历山大当时也未身陷重围。
居鲁士[641]察觉武士阿拉斯帕斯
对托付他看守的美人潘特娅[642]
产生了难以制驭的火热爱情，
虽然他曾发誓不起任何异心。

四十九

可是当显赫的波斯王看见他
已然被不可抗拒的爱神征服，
便轻松地原谅他，作为报答
阿拉斯帕斯以后建树了奇功。
铁臂的巴尔杜依努[643]通过武力
抢劫来美丽的茹狄塔做妻子，
她的父王卡洛斯不仅原谅他，
还委以重任，派他开发佛兰德领地。

五十

美丽的仙女继续吟唱着长歌
此刻，她正在赞颂苏亚雷斯[644]，
他率领的庞大舰队旌旗蔽空
令阿拉伯的红海惊慌而震恐。
遥远的麦地那[645]、麦加、吉达
和阿比西尼亚最边远的海岸，
无一不惊恐万状，柏培拉[646]
也生怕落得塞拉商埠[647]的下场。

五十一

还有无比高贵的塔普罗瓦纳[648]
只因盛产芬芳而辛辣的桂皮，
这古老的名称早已闻名于世
如今你依然是那样傲然不群。
当你们战胜那里的土著居民
在科伦波建筑起巍峨的城堡，
让当地人民怀有深刻的恐惧
向你们高尚的王旗敬献贡品。

五十二

看，塞戈依拉[649]劈开红色波涛
去开拓一条通向你的路途，
伟大帝国[650]呵，你作为坎达塞[651]
和示巴[652]的故乡而深感荣耀。
马萨瓦[653]的蓄水池储满雨水
她的附近是阿尔吉科港湾，
他将发现一座偏远的岛屿
为世界带来新的神奇信息。

五十三

梅内塞斯[654]接踵而来，在非洲
他的战功比在此地更受赞美，
霍尔木兹的傲慢将凌受教训
让他们从此加倍地交纳贡赋。
还有你达伽马，作为对此次
以及你再次远离故土的报酬，
你将头顶神圣的伯爵荣衔
前去统治你所发现的土地。

五十四

然而当任何人都难以避免的
那命中注定的死亡终于来临，
使你在荣获帝王的尊严之后
死神便携你解脱世间的欺诈。
接着另一位梅内塞斯[655]的统治
虽年纪轻轻，却老练审慎，
幸运的恩里格·梅内塞斯呵
他将使自己获得永恒的纪念。

五十五

他不仅战胜马拉巴尔人
捣毁了帕那内和科雷特[656]，
还冒着漫天的炮火流矢
严惩那些向他进攻的人。
而且以的确不凡的美德
把灵魂的七个敌人战胜——
其中包括着野心和放纵
成为青年人的杰出典范。

五十六

当星辰把他呼唤到天上之后
马斯卡雷纳斯[657]继承了伟业。
你被他人不公地篡夺了权力
而我却要许给你永恒的荣誉，
使你的敌人承认崇高的价值
命运之神要让你来执掌政权，
她不是让你伴随着正当财富
而是让你头戴花冠满载荣誉。

五十七

宾丹王国[658]长年累月的进攻
使马六甲遭受的惨痛损失，
依靠着你那种卓绝的勇力
一日之内把千年耻辱洗雪。
非人的劳苦，巨大的危险
千万铁蒺藜布满险关隘口，
栅栏，堡垒，长矛，利箭
我许诺你所向披靡，一往无前。

五十八

可是，当你到达印度后
野心与贪欲却露出嘴脸，
公然反对上帝，抗拒公理
不能给你侮辱，只能令你不快。
那些依仗权势，不顾道义
为非作歹者不会取得胜利，
真正的胜利属于那些懂得
捍卫纯粹而完美正义的人。

五十九

尽管如此，我也并不否认
桑帕约[659]杰出非凡的一面，
他在海上放射出闪电雷霆
成千上万的敌人顿成肉泥。
他在巴卡诺尔[660]和马拉巴尔
将会残忍地小试一下剑锋，
库提亚勒[661]被他吓破肝胆
倾巢出动的舰队全被战胜。

六十

焦尔[662]闻风丧胆的第乌舰队
庞大而勇猛也难逃覆灭命运，
赫托尔·达·西尔维拉[663]只消
用威严的目光，就能捣毁它。
葡萄牙的赫托尔，就像当初
特洛伊的赫克托耳对希腊人一样，
让凶恶的古扎拉特[664]吃尽苦头
使康巴亚海岸永远防范着他。

六十一

凶猛勇敢的桑帕约后继有人
库尼亚[665]长久执掌着总督大权，
他将在查勒修筑巍峨的城堡
他将让显赫的第乌恐惧胆寒。
牢固的巴萨依母[666]将被他攻占
然而却要经过一番浴血奋战，
梅里克[667]倒身在血泊痛苦呻吟
他武力攻克了那骄傲的要塞。

六十二

继后，诺洛尼亚[668]的威严目光
令凶猛的卢米人[669]所向披靡，
安东尼奥·达·西尔维拉[670]
率领英勇的军队保卫第乌。
死神将对诺洛尼亚履行公事
那时，达伽马，你的儿子[671]，
将在此兢兢业业执掌大权
让红海因恐惧而面色蜡黄。

六十三

有位在巴西已赫赫有名的人[672]
将接替你在埃斯特旺的权柄，
他曾率军在那一带海域战胜
法兰西海盗，对其施以严惩。
接着被任命为印度舰队司令
袭击傲慢而武装的达艺古城，
他冒着烈火，不顾箭雨流矢
身先士卒，冲入攻破的城门。

六十四

最高傲的康巴亚国王交给他
富饶的第乌一座坚固的要塞，
请他来相助捍卫自己的国土
抵御异常强盛的莫卧儿帝国。
不久他以坚强的胸膛作盾牌
挫败了卡利卡特国王的进攻，
使他满身血迹，扫尽了威风
率领着千军万马，原路折回。

六十五

他将把瑞佩林城[673]夷为平地
那里的国王率众仓皇逃命，
还在著名的科摩林角[674]附近
荣立下又一次光辉的战功。
能毫不犹豫地摧毁世界的
扎莫林那强大的主力舰队
也被他以剑与火一举歼灭，
他还与贝亚达拉[675]展开战神游戏。

六十六

他扫平了印度，再无敌手
然后便手握权杖将它统治，
所向无敌，没有一丝危险
人人对他发抖，噤若寒蝉。
只有帕提卡拉[676]还想再领教
贝亚达拉已遭受过的严惩，
落得尸横遍野，血流成河
城市毁于炮火，满目狼藉。

六十七

这个人便是英雄的玛尔蒂纽[677]
这名字与事业都源于玛尔斯，
他不但到处树立辉煌的战绩
而且英明而谨慎，娴于统治。
卡斯特罗[678]继他之后执掌重任
让葡萄牙大旗永远高高飘扬，
你无愧是前任总督的继承人
他兴建了第乌，你捍卫第乌。

六十八

凶狠的波斯，阿比西尼亚人
还有称号来源罗马的卢米人，
他们的风俗各异，形象不同
一千个凶恶的民族前来进攻。
他们枉然地抱怨着苍天不公
让寥寥数人霸占他们的土地，
他们咬牙切齿，并赌咒发誓
要用葡萄牙人的血洗沐胡须。

六十九

视死如归的葡萄牙勇士们
在马斯卡莱尼亚斯[679]率领下
抵御着可怕的怪蛇和雄狮[680]，
猛烈的火铳，隐蔽的地雷
一直激烈战斗到短兵相接。
葡萄牙人的救星卡斯特罗
献出他的亲生儿子的生命，
他为上帝牺牲，名留千古。

七十

他是出身高贵的费尔南多[681]，
正当猛烈的炮火发出轰鸣
将第乌城墙炸得腾空而起
不幸被炮火炸得血肉横飞。
阿尔瓦罗[682]闯过吓人的严冬
恶劣的风暴阻断一切海路，
他劈涛斩浪，战胜险情
还战胜了无以计数的敌兵。

七十一

紧接着赶来了他悲愤的父亲
率领着勇敢的卢济塔尼亚人，
以他的勇气和更重要的谋略
打赢一场漂亮而幸运的战役。
勇士们攀越城墙，攻入城内
在凶猛的敌阵中杀出条血路，
建树下值得纪念的丰功伟绩
无论长歌还是史册皆难描述。

七十二

紧接着，这位英雄在战场上
与强大的康巴亚王展开较量，
终于成为坚强勇敢的胜利者
让无数凶猛的骑兵望而生畏。
阿迪尔沙阿[683]的领土也难抵抗
这支锐不可当的乘胜之师，
让沿海的达布尔城横遭洗劫
内陆波恩达[684]也难逃覆灭命运。

七十三

所有这些勇士都应千古流芳
还有其他地方的万千个英雄，
都将成为可敬的人间的战神
来到这座仙岛尽情光荣享乐。
船上迎风飘扬着胜利的旗帜
锋利的船头冲破碧绿的海浪，
在此遇到美丽的仙姬和盛宴
这是对艰苦事业的光荣奖赏。

七十四

美人鱼的歌喉，优美又动听
其他的仙女们为她鼓掌击节，
她们齐声为葡萄牙勇士祝福
欢庆盛大而快乐的结婚宴会。
美丽的仙女和谐地柔声祝愿
无论命运的巨轮会如何旋转，
坚强勇敢而著名的勇士们呵
将永不乏光荣、勇气和美名。

七十五

宴会上琳琅满目的玉盘珍馐
满足着疲惫的人们身体之需，
美人鱼温柔甜美的轻歌曼曲
唱出未来将发生的伟大事件。
优雅、庄重而美丽的忒提斯
为了以一种最为崇高的荣誉，
使这个欢乐的节日达到顶峰
便对无比幸福的达伽马诉说。

七十六

我的勇士呵，最高智慧之神
赐你恩惠，让你以肉眼凡胎，
洞见可怜而荒唐的有死凡夫
以及虚谬的科学办不到的事。
请率你的部下，紧紧跟随我
小心翼翼穿过这茂密的山林，
说着，便引导船长穿越一片
荆棘丛生人迹难至的大森林。

七十七

他们一同在林中行进了不久
便来到那座巍峨的高山之巅，
那里到处嵌着翡翠和红宝石
一看便知：这是非人间之境。
只见空气中高悬着一个球体
那球体，是那么晶莹而透明，
一眼便可以看透球体的核心
其表面发出闪闪耀眼的金光。

七十八

看不清它是用什么材料制成
却分明可见有几层球体构成，
这只球体乃是当初大帝所造
一层层球体都环绕唯一核心。
只见它飘飘悠悠，忽高忽低
在上下旋转，却不离开原地，
球体的每个角度都一模一样
真可谓天球无缝，无始无终。

七十九

那均匀完美的整体自悬于空
是宇宙按照自身复制的模型，
达伽马船长一看见这只天球
又惊讶，又好奇，无比激动。
美丽的仙女，这样对他说道：
这，是一件微缩的宇宙模型，
我要在这里把世界向你展示
透露你将去之地、欲做之事。

八十

看，这茫茫太空和四大元素
所组成的一具庞大世界机器，
最高深的智慧如此把它创造
它既没有开始，也没有终极。
环抱这浑圆的球体以及它那
如此光洁的表面者便是上帝：
然而无人知晓，何所谓上帝
这，是人类的智慧难以触及。

八十一

现在，你看，这第一层天球[685]
内部包含着其他更小的几层，
它放射出剧烈而灿烂的光明
使人眼花缭乱对它充满憧憬。
这便是被人称作天堂的地方
其中居住着纯洁无瑕的灵魂，
那里有唯独上帝才能理解的
人世间难以比拟的巨大幸福。

八十二

唯有真正圣徒才能在此居住，
而我、萨图尔努斯、雅努斯、
朱庇特、朱诺是神话中的神
不过是人们臆造的盲目谎言[686]。
这些神话只可用来创作诗篇
如果说我们还有其他的功能，
便是用我们的名字为天空上
那些辉煌而灿烂的星体命名。

八十三

在这类离奇的神话传说中
朱庇特代表最神圣的仙界，
他掌管着整个宇宙和天地
主宰天上地下的各路神祇。
能够预知未来的博大智慧
以事实教人懂得这个道理，
善良的神引导和保佑我们
丑恶的魔鬼时刻迫害我们。

八十四

人们在这件事上所见各异，
有人认为这是美丽的神话
有人把它当作知识来传授
古代史诗，为这些神命名。
但圣经只把那些陪伴上帝
纯洁光明的天使，称作神，
却不拒绝把这非凡的称呼
也慷慨地赋予荒谬的鬼怪。

八十五

归根结底由上帝操纵一切
通过第二因[687]支配世界运转，
现在我告诉你，是可敬的上帝
创造出这高深莫测的作品。
在一动不动的第一层天里
纯洁的神在那里荣享幸福，
下面另一层天，轻盈转动
是肉眼难分辨的原始动力。

八十六

整个天体内部的一切动力
产生于这层天的飞速运转，
太阳借它的动力审慎运行
依着轨道创造黑夜和白昼。
这层轻轻飞转的天球之下
有另一层天球缓慢地运行，
光明的太阳转动二百周期
这层天只能缓缓行走一度。

八十七

请看，下面的另一层天球
其表面镶嵌着闪亮的繁星，
她们有各自的轨道与轴心
发出瑰丽的光，运营不息。
再看这层天球的中央部分
有一条用黄金制作的长带，
金带上悬挂着十二个星座
那便是福玻斯的十二行宫[688]。

八十八

你看它四周的一颗颗星星
都构成一幅幅美丽的图形。
那就是大熊星和小熊星座
仙女，仙王，可怕的天龙，
美丽非凡而高贵的仙后座
面带怒容而勇敢的猎户座，
看那只临终前哀鸣的天鹅
天兔，大犬，南船悠扬的天琴。

八十九

在这层繁星密布的苍穹下
是古神萨图尔努斯的天层，
它的下方运行的是朱庇特
其次是威武尚战的玛尔斯。
光明的天目居住第四层天
下面居住着多情的维纳斯，
然后是能说会道的墨丘利
最后是三副面容的狄安娜。

九十

层层天球的运速各不相同
有的缓慢，有的轻盈，
有的偏离轴心，忽远忽近
还有的围绕地球附近旋转。
无所不能的上帝随心所欲
创造出空气水火风雨雷电，
在这个天体最核心的地方
是海洋与陆地构成的地球。

九十一

人类就居住在这个中心上，
他们不仅无所畏惧地承受
坚硬的大地上的一切苦难
而且去经历大海上的动荡。
你看那被汹涌澎湃的大海
分割得四分五裂的大陆上，
生活着不同的国家和民族
有各自的国王、宗教和风俗。

九十二

你看，天主教的欧罗巴洲
远比其他的大陆文明昌盛，
非洲贪婪地占有世间财富
蒙昧野蛮，没有任何文明。
曾拒绝放你们通行的海角
就坐落在这片大陆的南端，
看这片无比广阔的陆地上
住着几乎数不清的化外野人。

九十三

看，莫诺莫塔帕[689]的庞大帝国
生着皮肤如炭赤裸的野人，
贡萨洛[690]为传播神圣的信仰
在那里受尽折磨痛苦死去。
那片人所未知的隐秘土地
出产那种令人亡命的金属[691]，
再看，那巨大美丽的湖泊
是尼罗河与库亚马河之源[692]。

九十四

你没看见，那些黑人茅舍
全部没有门窗，夜不闭户？
他们那么信任邻舍的诚实
无须提防有人来偷窃财物。
看，粗陋野蛮的乌合之众
是多么像一大群黑色椋鸟，
蜂拥而来进攻索法拉城堡
看，纳亚[693]多么英勇地捍卫它。

九十五

你看，那片湖泊游着鳄鱼
古人不知道它是尼罗之源，
湖水哺育着阿比西尼亚人
他们是友善的基督的信徒。
看，奇风异俗，无须城墙
却能有效地抵御入侵之敌，
古时候著名的小岛麦罗埃[694]
如今被当地土人称作诺巴。

九十六

可是克里斯托旺·达伽马[695]
你的儿子，在这荒僻之地，
将同土耳其人打一场胜仗
却无法抗拒那种致命结局。
梅林德在这一带大海沿岸
曾为你提供宝贵的栖息地，
当地语言中称作奥比河的
拉普托河[696]从吉尔曼塞入海。

九十七

古人称作阿罗马塔的海角
如今被土人称作瓜尔达夫[697]，
那儿有著名的红海的门户
红海的颜色来自它的海床。
你看，它就像一条分界线
划分了亚细亚和阿非利加，
马萨瓦、阿尔吉科和萨瓦金[698]
是阿非利加最优秀的人民。

九十八

看，那里便是苏伊士海峡，
古人说那里有赫洛亚斯城
（又说就是阿尔西诺伊城）
集结着强大的埃及舰队。
看，古代那位伟大的摩西
从这里的大海中开辟道路，
亚细亚洲以这里作为起点
她有辽阔大地和众多民族。

九十九

你看那便是高贵的西奈山[699]
那里埋葬着圣加大肋纳，
看，那便是特罗[700]和吉达港
那里不见甘甜清亮的山泉。
你看，那是红海海峡之门
干旱的亚丁在海峡的边缘，
比邻阿尔及拉[701]的荒山秃岭
天空从无雨，地上只有岩石。

一〇〇

你再看，那是阿拉伯三部[702]
她拥有着如此广袤的土地，
那里的游牧民族肤色棕黄
还盛产著名的阿拉伯战马
那种马行走如飞性情凶猛。
漫长的海岸直达波斯海湾，
一座闻名遐迩的法塔克城[703]
给那里的海角不朽的声名。

一〇一

你看，那是非凡的多法尔[704]
盛产世间最名贵的龙涎香，
可是你要提防海岸这边的
罗萨尔卡特[705]和吝啬的海滩[706]。
霍尔木兹王国从这儿开始
整座王国坐落在大海沿岸，
那里有朝一日将火光冲天
土耳其与卡斯特尔博兰克[707]展开海战。

一〇二

看，那便是阿萨波罗海角
今被航海者称作穆桑代姆[708]，
由此可进入那封闭的海湾
阿拉伯和波斯分布在两岸。
请你注意，那座巴林小岛
在她的海底装饰满了珍珠，
美丽的色泽与奥罗拉争辉
底格里斯和幼发拉底在此汇合。

一〇三

看，神圣伟大的波斯帝国
她的人民永远骑着马征战，
他们耻于使用铜铸的大炮
傲于掌上刀柄磨出的老茧。
看，那沧海桑田的热伦母[709]
是如何揭示了历史的变迁，
她把那古老的霍尔木兹城
辉煌的声名与光荣一起继承。

一〇四

唐·菲利佩·德·梅内塞斯[710]
在此以卓著的战绩显出勇气，
他仅率领极小量的葡萄牙人
战胜拉拉城[711]内的无数波斯兵。
唐·佩德罗·德·索萨[712]还将
对他们无情洗劫，残酷蹂躏，
他已在安帕扎城[713]小试了锋芒
用利剑将那座城市削为平地。

一〇五

现在，让我们离开这座海峡
再告别著名的雅斯克海角[714]
古代她曾被称作卡尔佩拉，
被大自然捐弃的不毛之地
曾经被人叫作卡尔马尼亚。
然而不见那美丽的印度河，
以及那座高山，她的源头
和发源于更高之处[715]的恒河？

一〇六

你看，那便是沃野千里的信德[716]
雅克特海湾[717]深深嵌入了腹地，
这里，著名的海潮蔚为壮观
暴涨暴退，犹如千军万马。
康巴亚王国的土地无比富饶
舒适地把头枕在大海的胸膛，
我望见在那一带辽阔的地方
为你们保藏着上千座的古城。

一〇七

你们沿着美丽的印度海岸
将一直南下到科摩林海角，
它曾被称作古里隔海遥望
塔普罗瓦纳，如今的锡兰。
继你之后的卢济塔尼亚人
武装的战船来到这一海域，
你们攻城略地，大获全胜
将在这里生活许多的年代。

一〇八

看，那两河之间[718]广大流域
千里沃野之上，有众多国家，
信奉伊斯兰教或崇拜偶像
魔鬼为他们书写宗教法律。
你看纳尔辛加王国保存着
圣多马[719]那令人敬仰的遗骨，
神圣勇士，上帝为他赐福
他曾亲手触摸耶稣的伤口。

一〇九

这地方有座梅利亚波尔[720]
是美丽庞大富庶的古城，
这地方有极凶恶的人民
古往今来一直崇拜偶像。
早在那信仰初播的时代
圣多马远离海岸，深入内陆，
他已经走遍了天涯海角
在一千个地方传布福音。

一一〇

他来到这里一面传播信仰
一面救病扶伤，起死回生，
有一天，波涛汹涌的大海
卷来一块硕大无朋的巨木。
那时国王正在造一所宫殿
想利用这块巨木当作栋梁，
以为用人力、大象和机械
不难把这块巨木拖到工地。

一一一

想不到那块巨木如此沉重
甚至于连晃一晃也不可能，
可是那位真正的基督使徒
搬动它不用花费吹灰之力。
只见他解下了腰间的绳子
系在巨木上，轻易地拖起，
把它运到营造宫殿的地方
建起堪称楷模的雄伟庙宇。

一一二

圣多马深知只要相信天主
就能产生移山倒海的力量，
坚固的大山也能俯首听命
他把基督的教导付诸实践。
这一奇迹使人们奔走相告，
从未听闻这种事的婆罗门
看到这一天神力量的体现
担心这会使他们失去威信。

一一三

这些婆罗门，是当地僧侣
他们的心灵深处充满嫉妒，
想办法为圣多马设置障碍
不让百姓们听到他的事迹。
他们干脆想，置他于死地
胸佩佛珠的长老设下毒计，
这令人们从其中悟出道理：
伪善，是美德的真正大敌。

一一四

长老亲手杀死了自己的儿子
却诬告凶手是无辜的圣多马，
他按当地的风俗，出具伪证
好让人们尽快把圣多马处死。
圣徒除了祈求万能的天主
找不到更好的免罪的方法，
他要当着国王和满朝文武
创造一个人间最大的奇迹。

一一五

他让人抬来死者的遗体
要起死回生，当面对质，
问他到底谁是杀人凶手
让死者道出可信的证词。
苏醒的少年慢慢地站起
以十字架上耶稣的名义，
向赋予生命的多马致谢
揭发凶手就是他的父亲。

一一六

这一奇迹，引起巨大震惊
以至国王立即接受了洗礼，
无数人追随着他们的国王
吻圣多马的衣袍赞美上帝。
那些婆罗门恨得咬牙切齿
难言的妒火在折磨着他们，
他们终于下决心除掉多马
为此而去教唆愚昧的百姓。

一一七

那一天多马正在向人民布道
突然间人群中有人制造混乱，
此刻基督已为他安排好结局
让他受尽磨难之后升入天堂。
石块仿佛雨点一样飞向圣徒
他已甘心情愿忍受一切痛苦，
这时一个恶棍为了快些满足
残酷地用长矛刺透他的胸膛。

一一八

多马呵，滔滔印度河与恒河
你的双脚所踏过的茫茫大地，
你所教化的无数接受了耶稣
那神圣信仰的灵魂都在哭泣。
然而天堂的天使却欢歌笑语
在你赢得的光荣中把你迎迓，
请你向上帝为卢济塔尼亚人
祈祷帮助，请求赐予他们恩惠吧！

一一九

你们这些窃取了像多马一样
上帝的使徒这一名称的人们[721]，
我要说：如果你们真是使徒
为什么不去传播神圣的信仰？
如果你们是盐[722]，已在国内变质
在那儿，你们谁也不配做先知，
否则（更别说不信基督的人）
何以炮制当今许多异端邪说？

一二〇

可是让我避开这危险的话题
再继续描述那漫长的海岸线，
在这座闻名遐迩的城市附近
恒河湾划出她那优美的曲线。
那浩浩荡荡的恒河一泻千里
流过富饶而强盛的纳尔辛加，
浇灌盛产棉布的奥里萨原野[723]
汇入海湾那苦涩深广的海水。

一二一

恒河呵，居住在两岸的人
都在你的河水中沐浴而死，
尽管弥天大罪，你的圣水
无疑能荡涤污浊使人纯洁。
再看，那座宏伟的吉大港[724]
不愧孟加拉最出色的城市，
她物产丰富，引以为荣
海岸从这里折转走向南方。

一二二

看，那便是阿拉可汗之国[725]
魔鬼之后在勃固[726]大地繁衍，
传说那里的人是女人同狗
丑恶地交媾而繁育的子孙。
当地男子有个怪诞的风俗
传宗接代之具上系着铜铃，
听说是一位女王智慧发明
以此戒除令人不齿的陋习。

一二三

看，那便是著名的土瓦城[727]
广袤的暹罗帝国由此而始，
特纳萨利、吉礁[728]是那一带
许多盛产胡椒城市的首府。
继续向前，你们将使马六甲
变成闻名四海的尊贵商埠，
整个太平洋地区丰富物产
都将以这里做贸易集散地。

一二四

传说大海的波涛那样汹涌
竟把这里的大陆一截两段，
形成了尊贵的苏门答腊岛
古人曾见她与半岛相连接。
那时她被称作克尔索内索[729]
大地中蕴藏着慷慨的金矿，
因此被冠以金光岛的绰号
有人说她是传说中的俄斐[730]。

一二五

可你将在这片土地的尽头
看到新加坡那狭窄的航道，
海岸从这里折向小熊星座[731]
弯弯一转，向奥罗拉[732]伸去。
看彭亨[733]和北大年[734]两个王国
统治周围王国的庞大暹罗，
你看那波浪滔滔的湄南河[735]
她发源于浩瀚的佳马依湖[736]。

一二六

你看那片广袤无垠的大地
分布千万不见经传的民族，
老挝人土地辽阔人烟稠密
阿瓦、缅甸人住崇山峻岭。
深山密林中还有其他部落
他们天性野蛮，叫做个罗，
他们的风俗习惯残酷吓人
食人生番，烧红烙铁文身。

一二七

你看哺育柬埔寨的湄公河
这名字之意，是众水之神，
每年夏水襄陵，百川汇入
河水泛滥成灾，淹没田园
就像冰冷浩荡的尼罗山洪。
那里的人都信奉小乘佛教，
相信世间的生灵不分人畜
死后都受轮回因果的报应。

一二八

这片静谧而安详的大地呵
将把浸湿的诗章迎入怀抱，
诗人[737]遭受不幸的悲惨海难
侥幸从浅滩的飓风中逃命。
忍饥挨饿度过巨大的危险
发生这一切不幸都是因为
他被不公正的命运所注定，
荣获美好诗名，遭受一切不幸。

一二九

看那便是名唤占婆[738]的海岸
茂密的大森林里香木参天，
交趾支那，就像一个谜团
还有那世人不谙的海南湾。
就在这里屹立着中华帝国，
她有难以想象的土地财富，
从北回归线到寒冷的北极
全部归属她那辽阔的幅员。

一三〇

看，那座难以置信的长城
就修筑在帝国与邻国之间，
那骄傲而富有的王权力量
这便是确凿而卓越的证明。
它的国王并非天生的亲王
更不是父位子袭世代传递，
他们推举一位仁义的君子
以勇敢智慧德高望重著名[739]。

一三一

有更多的土地隐藏在那里
待到时机来临向你们展现，
请你可不要忽略那些海岛
那里的天性令其声名显耀。
这隐约的海岛与中国遥峙
你们从中国出发把她寻觅，
这是盛产精美白银的日本
神圣的宗教为她传遍福音。

一三二

你再看，这东方滔滔大海
上面有无数岛屿星罗棋布，
在蒂多尔和特尔纳特岛上[740]
座座沸腾的火山喷云吐雾。
你看那一株株芬芳的丁香
你们将为之付出血的代价，
这里那永远翱翔的金凤凰
据说只有在死后才会坠落。

一三三

你看，班达五岛[741]上装点着
那色彩缤纷的红色果实，
那跳来跳去的各种雀儿
把肉豆蔻的嫩果儿啄食。
再看那座葱郁的婆罗洲[742]
到处生长着芬芳的樟木，
分泌出那种莹莹的泪珠
使美丽的海岛闻名遐迩。

一三四

帝汶岛盛产名贵的紫檀
散发着有益健康的芳馨，
巽他[743]的幅员无比辽阔
重林叠嶂的南方人类尚未涉足。
根据内陆的居民的传说
那里有一条奇怪的河流，
里面若不掺入别的河水
落入的树木会化作顽石。

一三五

那座曾与陆地一体的海岛[744]
上面也坐落着熊熊的火山，
那儿的山泉涌出的是石油
神奇的树木能分泌出芳脂。
比阿拉伯喀倪剌斯的爱女[745]
那一滴滴泪珠儿更加芳菲，
岛上盛产无数奇珍和异宝
柔软的锦缎和纯美的黄金。

一三六

你再远望，那座锡兰山峰
云雾笼罩着它的重峦叠嶂，
只因山石上印着人的足迹
当地的人便把它称作神峰。
在马尔代夫群岛的海床上
生长一种珍贵奇异的植物，
它结出的果实可以解剧毒
据说是一种名贵的解毒剂。

一三七

在那片红海海峡一带海域
你将看到一座索科特拉岛[746]，
上面盛产着著名的苦芦荟
那一带也将受你们的统治。
在阿非利加多沙的海岸上
产一种世间最纯正的奇香[747]，
看那座著名的圣劳伦索岛
有人把她称作马达加斯加。

一三八

你们将以如此豪迈的胸怀
乘风破浪航行在大海之上，
敞开海洋宽广无际的大门
为世界献上东方的新地区。
在世界西方，你们将看到
一位卢济塔尼亚人[748]的伟业，
他盛怒之下，离开了国王
去开辟一条想不到的航线。

一三九

看，那无边无际的新大陆
她一直从北极延展到南极，
骄傲富于那种闪光的矿床
盛产那种阿波罗色的金属。
你们的友好之邦卡斯提尔
给它粗笨的项颈套上锁链，
那里有各种地区不同民族
有各自的文化，奇风异俗。

一四〇

然而，在这最广阔的陆地上
也有你们盛产巴西木的领土，
你们那第一支发现它的船队
用圣克鲁兹给那片土地命名[749]。
沿着属于你们的这一带海岸
麦哲伦去寻找最遥远的地方，
实际上他是一个葡萄牙臣民
然而他却不效忠葡萄牙国王。

一四一

当麦哲伦已航行了一半路程
他已然穿越了赤道驶向南极，
在那一带沿海地区他将遇到
几乎可以说是巨人的野蛮人。
继续向前他发现了那座海峡
如今已用他骄傲的名字命名，
由此通向另一座陆地与大洋
奥斯托[750]冰冷的翅膀把它掩藏。

一四二

葡萄牙人，要知道直到此地
都将是赐了你们的未来功勋，
你们将在这已让你们了解的
茫茫的大海上成为坚强勇士。
现在你们大家已亲眼看到了，
千辛万苦的努力终使人获得
美丽的仙女，做永世的妻子
她们将为你们编织光荣的花冠。

一四三

现在，你们就可以登舟起航
和风细浪，送你们回返故乡，
仙女说着，水手们立即动身
驶离充满爱情的快乐的小岛。
船队携带上饮料和美味珍馐
携带上多情美丽的仙女做伴，
双双情侣生生世世不离不弃
天地有限，日月有止，爱无终极。

一四四

船队就这样划破平静的海面
一直温柔的海风从不再暴躁，
呵，直到那久久渴望的故园
出现在他们望眼欲穿的视野。
船队驶入秀丽的特茹河海口，
勇士们向敬爱的祖国和国王
献上珍贵的礼物和光荣功业
人人都荣获显耀的贵族头衔。

一四五

缪斯女神呵，我不愿再歌吟
我的琴弦已失调，喉咙嘶哑，
可这并不是由于过度地歌唱
只由于听众冷漠，不见知音。
祖国不肯稍稍赐我一点恩惠
以激励我的灵感和艺术才情，
她已沉沦在一味的贪欲之中
一筹莫展，野蛮愚昧，死气沉沉。

一四六

不知被何种厄运的阴影笼罩
使她缺乏轻松而骄傲的活力，
让人民永远振奋，精神鼓舞
乐观向上地迎接艰苦的努力。
我的陛下呵，正因为是这样
冥冥上苍让你登上国王宝座，
看你将主宰何等优秀的臣民
比一比你周围的其他民族吧！

一四七

他们愉快地踏上种种征途
仿佛是一头头雄狮与野牛，
任凭遭受饥饿与彻夜不眠
迎接着利剑与烈火的考验。
忍受着严寒与酷暑的折磨
抵御生番与摩尔人的偷袭，
闯过世间一切不测的危难
还要葬身鱼腹去面见死神。

一四八

他们为你效忠，不畏千难万险
任凭距你多远，他们永遵王命，
哪怕是你让他们去赴汤蹈火
他们也会欣然从命绝无怨言。
他们即使是闯入魔鬼的地狱
也会甘冒那里的黑暗与毒焰，
只要一想到你那关怀的目光
从不知何谓失败，一定会凯旋。

一四九

请你天颜和悦亲自召见他们
慷慨地赐予他们宠幸与快乐！
使他们摆脱酷法严刑的束缚
这样才打开你超凡入圣之路。
你要擢用那些富于经验的人
如果他们阅历广博，善良正直，
你就应恭听他们的正确规谏
他们懂得因地制宜，随机应变。

一五〇

愿你使人尽其才，发挥天赋
望你能任人唯贤，量才录用，
应该让那些修道士去做祷告
祝福你统治的国家永久和平。
应用斋戒与教规去劝恶从善
扫除世间的一切贪欲和野心，
因为一个真正完美的宗教徒
绝对不会去贪慕虚荣与财富。

一五一

君王呵，愿你无上推崇骑士
他们英勇无畏，甘洒热血，
不仅为上帝传播天国的教义
还为你开拓辉煌的帝国疆域。
他们在如此遥远的异域他乡
不辞艰辛，为你勤恳效忠，
他们必须同时战胜两种对手：
生番野人和非人承受的劳顿。

一五二

君王呵，愿你使那些令人钦佩的
日耳曼、高卢、意大利、英国人
永远不能嘲笑我们——葡萄牙人
是天生的奴才，不配做主宰。
愿你只取识之士的忠言
他们在漫长岁月中积累经验，
尽管那些书生可以空发议论
随机应变还要靠丰富的经验。

一五三

看，风流儒雅的哲学家佛米安[751]
那一天在汉尼拔面前高谈阔论，
炫耀他一知半解的战争艺术
是如何被汉尼拔所嘲弄耻笑。
不能靠凭空想象，纸上谈兵
来掌握战争艺术和军事才能，
只有亲临沙场，身经百战
才能学到真正的战略和战术。

一五四

我更复何言？一个你不相识
做梦也未曾想到的山野贱民，
然而我深深知道往往卑贱者
能吐出臻于完美的赞颂之音。
此生之中我不乏诚实的学习
还掺杂长久而又丰富的阅历
更兼此刻你亲眼看到的才华，
集三者于一身者，世间罕见。

一五五

为你效忠我生就孔武的膂力
为你歌唱我禀赋缪斯的才能，
我所缺乏的仅仅是你的赏识
美德与才智理应受你的表彰。
假使上天能赐给我你的器重
假使你立志开创非凡的伟业，
正像我心灵中所预感的那样
我已洞察到你那种天赋才干。

一五六

要么用比美杜莎可怕的目光
雄视阿特拉斯山使它瑟瑟发抖，
要么去荡平安培路沙的原野
摧毁摩洛哥和特鲁坦特城墙[752]。
我可敬而快乐的缪斯女神呵
将让整个世界，称颂赞美你，
推崇你为当代亚历山大大帝
再不必仰慕幸运的阿喀琉斯。

注　释

第一章

1　卢济塔尼亚（Lusitania），古罗马行省名，范围包括现葡萄牙的大部分和西班牙西部的一部分，后成为葡萄牙的代称；卢济塔尼亚人即指葡萄牙人。文艺复兴时期，葡萄牙学者认为这个名字源于卢索（Luso），罗马神话中酒神巴克科斯的朋友或儿子；卡蒙斯认为卢索定居葡萄牙，成为卢济塔尼亚的名祖。

巴克科斯还有个朋友叫利萨（Lysa）；拉丁语演变成葡萄牙语时，i（y）有时写成 u，Lusitania（卢济塔尼亚）本写成 Lysitania（利西塔尼亚），意为“利萨之野”或“卢索之野”。无论葡萄牙人是卢索还是利萨的后人，都与酒神有密切关系。

2　塔普罗瓦纳海角（Taprobana），欧洲传说中的亚洲东南隅，现代学者认为是锡兰或苏门答腊。这里所指相当于“天涯海角”。

3　亚历山大（Alexander the Great，前356－前323），即亚历山大大帝，马其顿国王，前336年即位，欧洲最著名的世界征服者之一。

4　图拉真（Marcus Ulpius Trajanus，53－117），古罗马皇帝，98年即位，五贤帝之一；他发动的一系列战争把罗马帝国的版图扩张到了最大范围。

5　涅普顿（Neptmius），罗马神话中的海神，相当于希腊神话中的波塞冬，也是养马业和赛马的保护神。

6　玛尔斯（Mars），罗马神话中的领土和战争之神，相当于希腊神话中的阿瑞斯。

7　缪斯（Muses），希腊神话中掌管诗歌、艺术和科学的女神，数目不定，一般认为有九位。

8　塔吉忒姊妹（Tagides），特茹河的仙女，卡蒙斯把她们视为缪斯。

特茹河是伊比利亚半岛第一大河塔古斯河在葡萄牙段的名称，里斯本建于其河口。

9 福玻斯（Phœbus），希腊语意为“光灿夺目的”，是光明和预言之神阿波罗的别称。阿波罗也是音乐和医药神，缪斯们的首领，航海的保护神。

10 马泉（Hippocrene），又称希波克里尼灵感泉，能给喝下泉水的人带来灵感，系马神珀伽索斯经过赫利孔山时踏出，由缪斯守护。

11 指塞巴斯蒂昂一世（Sebastiao，1554 – 1578），葡萄牙国王，1557年即位。他受耶稣会教育长大，希望以基督之名征服非洲，为葡萄牙带来荣耀；1578年，他亲自率领军队进攻摩洛哥，在马哈赞河之战遭遇灾难性的失败，撤退中溺死（有些葡萄牙人认为只是失踪，这使他成了民族复兴的寄托；可参看佩索阿生前唯一出版的诗集《使命》）。葡萄牙损失了大量人力和财力，并因塞巴斯蒂昂没留下子嗣而爆发了王位继承战争，随后在1581年失去独立、被西班牙兼并。

《卢济塔尼亚之歌》献给了塞巴斯蒂昂一世，第一章第六节至第十八节是卡蒙斯的献辞。

12 摩尔人（Moors），欧洲人对穆斯林的笼统称谓。先是指征服伊比利亚半岛的穆斯林，后来指居住在伊比利亚半岛及周边、北非和西非等地的穆斯林；大航海时代，印度洋原住民中的穆斯林也被称为摩尔人。

13 指1139年的奥里基战役。葡萄牙伯爵阿方索・恩里格斯在人数劣势下战胜了阿拉伯人（穆拉比特王朝），得以摆脱其堂兄卡斯提尔和莱昂国王阿方索七世的控制，宣布葡萄牙独立，自立为国王，成为阿方索一世。

14 葡萄牙纹章中，蓝色盾牌上的五个白点代表耶稣受难时的五伤。

15 阿里奥斯托（Ludovico Ariosto，1474 – 1533），意大利诗人，写有骑士史诗《疯狂的罗兰》。

16 努诺（Nuno Alvares Pereira，1360 – 1431），葡萄牙贵族、军事家。1383 – 1385年，卡斯提尔试图兼并葡萄牙，努诺在战争中发挥决定性作用，保卫了葡萄牙的独立。

17 埃伽斯·莫尼兹（Egas Moniz，977 – 1044），葡萄牙贵族，阿方索·恩里格斯未成年时的监护人。

18 福阿斯·罗辟纽（Fuas Roupinho，？ – 约1184），葡萄牙贵族、第一位海军上将，推测死于与阿拉伯人的海战。

19 马戈雷苏（Magrico），传说中的骑士故事人物，事迹见第六章第四十二至六十八节。

20 达伽马（Vasco da Gama，约1469 – 1524），葡萄牙航海家、探险家，大航海时代的象征。1497 – 1498年，他率领四艘船和约一百六十名水手，从里斯本出发，绕过好望角，到达马林迪后获得阿拉伯领航员的帮助，终于开辟了欧洲到印度／东方的新航路；1502 – 1503年，他率领二十三艘船第二次前往印度，期间制造了米里号事件；1524年，他被任命为印度副王、葡属印度总督，第三次到印度，逝世于卡利卡特。

21 维吉尔的史诗，又译《埃涅阿斯纪》。

22 查理曼（Charle Magne，742 – 814），即查理大帝，法兰克王国加洛林王朝国王，771年即位，800年，由罗马教皇加冕为“罗马人的皇帝”。他建立了囊括西欧大部分地区的查理曼帝国，被认为是欧洲之父。

23 恺撒（Gaius Julius Caesar，前100 – 前44），古罗马共和国末期的军事统帅、政治家，独裁者、罗马帝国的奠基者，也被称为恺撒大帝。“恺撒”在后世成为罗马及西方帝王们习用的头衔。

24 阿方索一世（Afonso I Henriques，约1109 – 1185），葡萄牙独立后的第一位国王，1139年即位，外号“征服者”。1143年，卡斯提尔和莱昂国王阿方索七世与他和解，承认葡萄牙独立；教皇的承认则迟至1179年。

25 若昂一世（Joao I，1357 – 1433），葡萄牙国王，1385年即位。他是佩德罗一世与依内斯·德·卡斯特罗的私生子；1383 – 1385年，卡斯提尔试图兼并葡萄牙，若昂一世被议会推举为国王，成功地领导抵抗，建立起阿维什王朝。1415年，葡萄牙突袭并占领了休达，他派任二十一岁的儿子恩里克王子担任休达总督，开启了葡萄牙和欧洲的大航海时代。

26 指若昂二世（Joao II，1455 – 1495），葡萄牙国王，1481年即位，但阿方索五世在1477年因为争夺卡斯提尔王位失败而退隐后，他已经成为王国的实际统治者，外号“完美君王”。他大力推动葡萄牙对非洲和东方的探索，1494年和西班牙签订了瓜分海洋和世界的《托尔德西里亚斯条约》。

27 阿方索三世（Afonso III，1210 – 1279），葡萄牙国王，1248年即位，他完成了葡萄牙的收复失地运动。

28 阿方索四世（Afonso IV，1291 – 1357），葡萄牙国王，1325年即位。1355年，他下令处死了佩德罗王子的情人依内斯·德·卡斯特罗，王子起兵反叛，1357年和解。

29 阿方索五世（Afonso V，1432 – 1481），葡萄牙国王，1438年即位。他扩张了葡萄牙在西非和北非的势力；1475年，他和侄女、卡斯提尔王位继承人胡安娜结婚，与未来的伊莎贝拉一世（她和堂弟、阿拉贡王位继承人费尔南多结婚）争夺卡斯提尔王位并失败。

30 奥罗拉（Aurora），罗马神话中的晨曦女神，相当于希腊神话中的厄俄斯。史诗中多次以她借喻东方。

31 帕切科（Duarte Pacheco Pereira，1460 – 1533），葡萄牙航海家、地理学家、军事家。他在1498年执行秘密任务时去过巴西，1500年随卡布拉尔一起到了印度；他的主要冒险成就在西非。

32 指弗朗西斯科·德·阿尔梅达（Francisco de Almeida，1450 – 1510）和洛伦索·德·阿尔梅达（Lourenco de Almeida，1480 – 1508），前者是第一任印度副王、葡属印度总督，洛伦索跟随他作战。1508年3月，穆斯林联合舰队与洛伦索率领的葡萄牙舰队在焦尔海战，葡萄牙遭到进入印度洋的第一次战败，洛伦索战死。阿尔梅达发誓复仇，拒绝把权力移交给阿尔布开克，1509年2月，他率领葡萄牙舰队在第乌击溃穆斯林联合舰队，从此葡萄牙掌握了印度洋的制海权。次年3月归国途中，阿尔梅达在好望角附近死于和原住民的冲突。

33 阿尔布开克（Afonso de Albuquerque，1453 – 1515），第二任印度副王、葡属印度总督，果阿公爵。他的战略眼光、意志力是葡萄牙确立印度洋霸权、展开东方殖民扩张的关键，被称为“海上雄狮”；1510年攻占果阿，1511年攻占马六甲，1513年率领舰队进入红海。他遭到宫廷的猜忌，在失宠的打击中死去。

34 卡斯特罗（Joao de Castro，1500 – 1548），葡属印度总督，被认为是阿尔布开克继任者中最合格的。

35 忒提斯（Thetis），希腊神话中的海中仙女，阿喀琉斯的母亲，宙斯和波塞冬都追求过她。

36 塞巴斯蒂昂一世的祖父是若昂三世，外祖是西班牙国王卡洛斯一世，即神圣罗马帝国皇帝查理五世。前者在位时推进了巴西的殖民化，并与中国（明朝）、日本（室町幕府）接触，1557年葡萄牙人获取了澳门的永久居留权；后者是16世纪欧洲最强大的君王，资助麦哲伦的环球航行，开创了西班牙的日不落帝国时代。

37 指希腊神话中，跟随伊阿宋登上阿尔戈号，远航科尔喀斯寻找金羊毛的英雄们。

38 普罗透斯（Proteus），希腊神话中的早期海神，有时被作为波塞冬的后代或属下，荷马称他“海洋老人”。他有变形的能力，让人无法抓到他，也有预知未来的能力，但只向抓到他的人说出预言。

39 奥林匹斯（Olympus），希腊最高的一座山，位于爱琴海塞尔迈湾北岸，在希腊神话中是众神的居所。

40 指罗马神话中的墨丘利（Mercurius），相当于希腊神话中的赫耳墨斯。他是宙斯和迈亚的儿子，游动者的保护神、雄辩之神、七弦琴的发明者，也是宙斯和众神的使者。阿特拉斯（Atlas）是泰坦神，迈亚的父亲。泰坦神反抗奥林匹斯神失败后，他被惩罚在西方的尽头用头和手顶住天。

41 指罗马神话中的朱庇特（Jupiter），相当于希腊神话中的宙斯，他的武器是雷霆。

42 原文系大角星，意为“北极的、寒冷的”，指北方。

43 奥斯忒耳（Auster），罗马神话中的南风神，相当于希腊神话中的诺托斯。

44 索尔（Sol），罗马神话中的太阳神，可能是从叙利亚传来，后来结合了希腊神话中的赫利俄斯、阿波罗，和来自雅利安人的密特拉崇拜。“索尔藏身”相当“太阳落山”，指西方。

45 指朱庇特。

46 武尔坎（Vulcamis），罗马神话中的火与工匠之神，相当于希腊神话中的赫菲斯托斯，他的工场一说位于奥林匹斯山，一说位于西西里岛的埃特纳火山。

47 罗慕路斯（Romulus，约前771 – 约前717），古罗马王政时代的第一位国王，罗马城的奠基者、名祖。

48 维里亚托（Viriato，约前180 – 约前139），领导卢济塔尼亚人反抗罗马统治的起义领袖。维里亚托擅长游击战术，取得多次对罗马军队的重大胜利，迫使罗马与卢济塔尼亚人和谈，但小西庇阿收买了他派来的三个部下，回到营地后，他们刺杀了熟睡中的维里亚托。

49 指昆图斯·塞多留（Quintus Sertorius，前122 – 前72），古罗马将军。他是马略的支持者，前83年任西班牙总督，因苏拉的军事讨伐逃往非洲。前81年返回西班牙，联合马略派和伊比利亚原住民，建立起反对苏拉派的政权，被庞培镇压。据说有个叫伊斯帕诺的葡萄牙人捉住一头美丽的小白鹿，献给塞多留作礼物，他机敏地说这是神鹿，他能听懂神鹿的话，以此加强了自己的权威。

50 仄费洛斯（Zephyrus），希腊神话中的西风神。

51 诺托斯（Notus），希腊神话中的南风神，给希腊人带来雾和雨。

52 巴克科斯（Bacchus），罗马神话中的酒神，相当于希腊神话中的狄俄尼索斯。他保护农业，象征着自然力，在大地流浪时教会农民们酿造葡萄酒，从对他的祭祀狂欢中发展出古希腊的悲剧，所以也是戏剧之神。

53 指伊比利亚半岛。

54 多丽斯（Doris），希腊神话中的海洋女神，涅柔斯之妻，五十海仙女的母亲。

55 尼萨（Nysa），中亚古城，安息王国最初的首都。

56 帕尔那索斯山上的卡斯塔利亚泉也由缪斯守护。

57 维纳斯（Venus），罗马神话中的爱神和美神，相当于希腊神话中的阿弗洛狄忒。一说她是宙斯和洋流女神狄俄涅（又或是被多多纳圣地称为狄俄涅的盖亚）的女儿；一说宙斯的父亲、泰坦神克洛诺斯割下他的父亲、天空之神乌拉诺斯的生殖器，扔进爱琴海后，她从溅起的浪花中诞生。因此维纳斯也是航海的保护神。

58 丹吉尔（Tangier），北非城市，位于直布罗陀海峡的丹吉尔湾口，是扼守地中海门户的战略要地。阿方索五世两次进攻丹吉尔，1464年惨败，1471年获得了成功。

59 即维纳斯。库忒瑞是她的别名，源于女神的崇拜地之一库忒拉岛。

60 帕耳开（Parcae），罗马神话中的命运三女神，相当于希腊神话中的摩伊拉。她们的形象一般是一人手拿纺锤，纺织人的生命之线；一人分配命运，使线通过各种的变幻无常；一人将线扯断，使生命终止。

61 玻瑞阿斯（Boreas），希腊神话中的北风神。他和诺托斯、仄费洛斯、欧洛斯都是群星之神阿斯特赖俄斯和黎明女神厄俄斯的儿子。

62 即福玻斯。

63 这里泛指非洲的东南海岸。

64 即马达加斯加。

65 堤丰（Typhon），希腊神话中最强大的魔神，象征风暴和沙漠，长着一百个喷火的蛇头。他是半人半蛇的厄喀德那的兄弟和丈夫，希腊神话中的著名魔怪都是他们的子嗣。他曾攻打奥林匹斯山，众神除了宙斯和雅典娜，纷纷变成小动物逃往埃及；其中阿弗洛狄忒与儿子厄洛斯在幼发拉底河遇上堤丰，吓得变成一对鱼儿跳入河里，这是双鱼座的由来。诗中指太阳行至双鱼宫，排除岁差，时间在2月19日至3月20日之间。

66 即莫桑比克海角。海角上生满密林，普拉索（Prasso）在希腊语意为“翠绿的”。

67 法厄同（Phaeton），希腊神话中太阳神赫利俄斯的儿子。赫利俄斯向冥河立下誓言，要满足法厄同的一个愿望，法厄同趁机要求驾驶太阳车一天，但他缺乏能力，致使缰绳脱落，马匹拖着太阳车乱跑。大地被炙烤，河流开始干涸，森林纷纷起火，宙斯只好用雷霆把法厄同从太阳车劈下来，他燃烧着坠入了波河。据说非洲人的皮肤是因为他的过失而烤焦的。他的母亲和姐妹（其中之一是兰珀提亚）悼念他，在河边哭了四个月，身体化作杨树，眼泪化作琥珀。

68 即巴克科斯。列欧是他的别名。

69 指默罕默德（Muhammad，约570－632），伊斯兰教的创始人，安拉的使者和先知。默罕默德自称是亚伯拉罕与夏甲的长子以实玛利的后人；卡蒙斯在这里说他的父系不是犹太人、母系是犹太人，所据不详。

70　吉洛亚（Giloa），桑给巴尔的古城。

71　蒙巴萨（Mombasa），非洲东南部的港口城市。

72　索法拉（Sofala），非洲东南部的港口城市，位于莫桑比克索法拉河口，葡属东非最重要的城市。

73　指狄安娜（Diana），罗马神话中的狩猎女神、月神，福玻斯的孪生妹妹（但比福玻斯先出生并帮助哥哥分娩），相当于希腊神话中的阿尔忒弥斯。

74　许珀里翁（Hyperion），希腊神话中的泰坦神，赫利俄斯的父亲，他的名字会作为赫利俄斯的别名，喻指太阳。

75　君士坦丁一世在312和334年分别打败了马克森提乌斯和李锡尼，统一罗马帝国全境，建立君士坦丁王朝；330年迁都拜占庭，改名君士坦丁堡。1453年，奥斯曼帝国攻占拜占庭，改名伊斯坦布尔，作为帝国的新首都。

76　指上帝。

77　指炮兵。

78　指耶稣，他自称是大卫王的后人。

79　即巴克科斯。

80　指亚历山大，他的父亲是腓力二世。

81　那巴特（Montes Nabafeios），指幼发拉底河到红海的阿拉伯半岛上的山脉，这里泛指东方（印度）的山峰。

82　安菲特里忒（Amphitrite），希腊神话中的海洋女神、统治者，波塞冬的妻子，相当于罗马神话中的萨拉喀亚。

83　涅柔斯（Nereus），希腊神话中的早期海神，是平静大海的化身，慈祥、明智、公正的老人。和普罗透斯一样，他有变化和预言的能力。

84 指五十海仙女（Nereids），涅柔斯与多丽斯的女儿们，她们继承了父母的美德，乐于保护水手和渔夫，帮助遇险的人。她们是大海种种方面和特征的化身，比如浪花、泡沫、海沙、岩石、海流。

85 西农（Sinon），特洛伊战争的英雄。希腊人佯装撤退，留下藏着战士的木马和西农；西农被俘后，说服特洛伊人把木马拖进城里。

86 即特洛伊人。

第二章

87 指巴克科斯。他的形象是头上环绕着葡萄藤的俊美少年。

88 即菲尼克斯（Phoenix），西方神话中的不死鸟，每隔五百年采集各种香木自焚，从灰烬中重生。西方常用以比喻圣母玛丽亚。

89 上帝的第三位格。

90 即忒拜公主塞墨勒，巴克科斯的母亲。她与宙斯相爱，怀孕后受到赫拉蛊惑，要求宙斯证明自己的身份，但因无法承受神的形象而死。后来，酒神把她从冥土救了出来，改名堤俄涅，成为狂暴女神。这里借指巴克科斯。

91 即奥罗拉。

92 即维纳斯。厄律克斯是她的儿子，为女神在西西里岛厄律克斯山建了神庙。

93 这几位都是海仙女。

94 即维纳斯。狄俄涅是多多纳圣地对盖亚的称呼，并认为是宙斯和狄俄涅生下了维纳斯。

95 特里同（Triton），希腊神话中的海神，狂暴大海的化身，是波塞冬和安菲特里忒的儿子，其形象为半人半鱼，携带着三叉戟和海螺号角。

96 吕基亚（Lycia），小亚细亚西南部的历史区域。泰坦神勒托在大地漫游，路过吕基亚时想从池塘里喝水，但当地人故意把水搅浑，勒托把他们变成了青蛙。

97 根据亚里士多德－托勒密的地心说，行星和日月各自固定在水晶球上，绕着大地旋转。其中，狄安娜（月亮）居第一层，墨丘利（水星）居第二层，维纳斯（金星）居第三层，索尔（太阳）居第四层，玛尔斯（火星）居第五层，朱庇特（木星）居第六层，萨图尔努斯（土星）居第七层，七层之外为恒星天和原动力天。

98 帕里斯（Paris），特洛伊王子，预言说他会毁了特洛伊，所以出生后就被普里阿摩斯抛弃，但仆人把他暗中养大。赫拉、雅典娜和阿佛洛狄忒为了争夺题有“送给最美丽的女神”字样的金苹果，找到牧羊的帕里斯作裁定者。当时，三位女神在他面前现身，并许给他三种不同的承诺。

99 猎人阿克泰翁不小心偷看到了狄安娜洗澡，女神愤怒地将他变成牡鹿，使他被五十只猎犬撕碎。

100 阿摩耳（Amor），拉丁语意为“爱情”，指罗马神话中的小爱神丘比特，维纳斯的儿子，相当于希腊神话中的厄洛斯。

101 尤利西斯（Ulysses），罗马人对俄底修斯的称呼。特洛伊战争结束后，因为波塞冬的阻挠，他在海上漂泊了十年。途中，俄底修斯在俄古癸亚岛附近遭遇海难，岛的主人、海洋女神卡吕普索救了他并爱上他，但俄底修斯只想念妻子珀涅罗珀。卡吕普索用幻象把他挽留了七年，在雅典娜的干预下，俄底修斯得以离开俄古癸亚岛。

102 安忒诺耳（Anfenor），特洛伊人的长老和谋士，主张与希腊人议和，送回海伦。特洛伊陷落后，希腊人准许他自由地离开，他率领亲族在意大利北部定居下来。

103 埃涅阿斯（Aeneas），特洛伊人的英雄，达达尼亚人的首领，母亲是阿弗洛狄忒，阿波罗也喜欢他。特洛伊陷落后，他率领幸存的达达尼亚人迁徙，最后到了意大利，成为罗马人的祖先。

104 斯库拉（Scylla）和卡律布狄斯（Charybdis）都是希腊神话中的海妖。斯库拉住在亚平宁半岛和西西里岛之间的墨西拿海峡，她有六个头、十二只脚，一次能吞噬六个路过的水手；卡律布狄斯住在斯库拉对面，每日三次吞吐海水，形成巨大的漩涡。航海者无论从哪边通过都异常凶险。

105 古希腊人认为世界由地、火、水、风四大元素组成。达伽马第三次远航印度途中，海底发生了地震，船员很惊恐，达伽马对他们说，那是大海因恐惧而发抖。

106 霍尔木兹（Ormuz），波斯湾入口的港口城市，也是岛屿，临近霍尔木兹海峡，是波斯湾贸易网络的中心，欧洲至印度的陆路交通要冲。葡萄牙对霍尔木兹发动的两次战争都是阿尔布开克指挥的。

107 第乌（Diu），印度西部卡提阿瓦半岛南端的港口城市，包括第乌岛及附近的果果拉、辛博尔两小区。围绕第乌，葡萄牙与奥斯曼帝国进行了长期的争夺。

108 果阿（Goa），印度西海岸的港口城市，也是岛屿。阿尔布开克希望通过果阿牵制印度和印度洋，1510年攻占后进行了耐心的殖民建设，最终果阿成为葡属印度的首府和贸易中心。

109 卡纳诺尔（Cananor），果阿与科钦之间的城市。

110 卡利卡特（Calicut），印度洋最重要的港口城市之一，香料贸易中心。葡萄牙人在此地登陆印度，和卡利卡特扎莫林发生了漫长的剧烈冲突。中国人称为古里，据说郑和也在这里逝世。

111 科钦（Cochin），印度洋最重要的港口城市之一，是葡萄牙人在印度的第一个盟友。英雄指杜亚尔特·帕切科·佩雷拉。1504年，卡利卡特扎莫林集结了八万人（实际可能是五万人）的军队，围攻科钦；战争持续了七个月，帕切科指挥着不足二百人的葡萄牙守备队（加上科钦盟军可能有五百人）和五艘船，抵挡了卡利卡特人的七次大攻势，迫使扎莫林撤退。

112 奥古斯都（Gaius Octavius Augustus，前63 – 14），即屋大维，恺撒的甥外孙及养子，罗马帝国的第一位皇帝。前31年，屋大维的军队在亚克兴战役（即阿克提姆海战）中打败安东尼与克娄巴特拉七世的联合舰队，从而确立了他对罗马的绝对权力。

113　指安东尼（Mark Antony，前83－前30），古罗马政治家、军事统帅，前43年与屋大维、雷必达结成后三头同盟。他远征帕提亚时与克娄巴特拉七世相爱，前37年结婚，宣称要将罗马的部分领土赠与托勒密王国。前33年，后三头同盟正式分裂，元老院和屋大维出兵讨伐安东尼，前30年，安东尼在亚历山大里亚自杀。

114　指克娄巴特拉七世（Cleopatra VII，前69－前30），埃及托勒密王朝法老，前51年即位，即埃及艳后。历史上对她的容貌一直有争议，但肯定她是有智慧和手腕的政治家。她得宠于恺撒，后者帮助她取得了王位；恺撒死后，她得宠于安东尼并政治联姻。前30年，她在亚历山大里亚被屋大维俘虏，用毒蛇自杀（一说被屋大维谋杀）。她的死代表托勒密王国的结束，和希腊化时期的结束。

115　古希腊人对马来半岛与苏门答腊一带的称谓。

116　指日本。

117　指麦哲伦海峡。曼努埃尔一世拒绝支持麦哲伦的环球航行计划，麦哲伦转而寻求西班牙的支持，为此放弃了葡萄牙国籍、加入西班牙国籍；两国在海洋和新世界的瓜分上是竞争者，而且麦哲伦掌握着葡萄牙的航路情报，因此葡萄牙人使用阴谋去破坏他的环球航行，所以卡蒙斯说麦哲伦是“被侮慢的”。

118　即墨丘利。他教会人类在祭坛上点火和焚化祭品，罗马人会在五月望日向他和母亲迈亚献祭。

119　即墨丘利。库勒涅山是墨丘利的出生地，盖有他的神庙。

120　梅林德（Melende），非洲东部海岸的港口城市。

121　珐玛（Fama），罗马神话中的声望女神，为朱庇特传令，相当于希腊神话中的菲墨。

122　狄俄墨得斯（Diomedes），希腊神话中的色雷斯国王，他杀死外地人，用来喂养自己的烈马。赫拉克勒斯打败了他，用他去喂那些马，马吃了国王的肉后变得驯服。

123　部西里斯（Busiris），希腊神话中的埃及国王，他把外地人献祭给宙斯以平息旱灾。路过埃及的赫拉克勒斯也被当地人绑起来，到了祭台后，赫拉克勒斯挣断绳索，杀死部西里斯父子。

124　指赤道附近。

125　指太阳。

126　欧罗巴（Europa），希腊神话中的腓尼基公主，她同女友们在海滨玩耍时，宙斯变成牡牛把她拐到克里特岛；这头牛化作了金牛座。太阳在4月11日进入金牛宫，“两角烤烫”系1499年4月14日，那一天是耶稣复活日。

127　芙罗拉（Flora）是罗马神话中的花神，象征着青春；阿玛尔忒亚（Amalfhea）是一头母山羊，宙斯的母亲瑞亚为了不让宙斯被克洛诺斯吞吃，把他生在克里特岛，被阿玛尔忒亚哺养。后来，阿玛尔忒亚化作御夫座的五车二星，它的一只角成为丰裕之角，谁拿到就可以想要什么有什么。作为花神，芙罗拉拥有丰裕之角就可以拥有更多花，这里用以形容鲜花烂漫的春天。

128　帕拉斯（Pallas），雅典娜的本名。

129　阿尔喀诺斯（Alcinous），希腊神话中的淮阿喀亚人之王，波塞冬的孙子，英明、好客、豁达的统治者。伊萨卡人指俄底修斯，他漂流到了斯刻里亚岛，阿尔喀诺俄斯款待他并帮他返回伊萨卡。阿尔喀诺斯也帮助过伊阿宋和美狄亚。

130　指太阳。勒托是福玻斯的母亲。

131　库克罗普斯（Cyclopes），希腊神话中的独眼巨人之一，帮助克洛诺斯取得宇宙的统治权力，但克洛诺斯害怕他们的野蛮力量，给他们钉上镣铐；宙斯释放了他们。他们成为赫淮斯托斯的助手，帮忙给宙斯锻造雷霆，给神和英雄们锻造武器。此处指船上的大炮。

132　即奥罗拉。厄俄斯要求宙斯给她的情人、特洛伊王子提托诺斯永恒的生命，但忘了同时要永恒的青春，提托诺斯衰老、萎缩但无法死去，老得无法说出完整的话，最后变成了一只蟋蟀。他们的儿子门农在特洛伊战争中被阿喀琉斯杀死，厄俄斯流的眼泪化作了清晨的露珠。

133 又名骨贝。腓尼基人从中提取一种紫红色颜料，称骨螺紫。

134 伊里斯（Iris），希腊神话中的彩虹女神。陶玛斯是海神。

135 赫斯珀里得斯姊妹（Hesperides），希腊神话中金苹果的守卫者，她们住在西方尽头的果园。这里指非洲西北部，皇冠指休达，1415年被若昂一世攻占。

136 即泰坦神，天空之神乌拉诺斯和大地之神盖亚的子女。他们在乌拉诺斯之后统治世界，但因为阉割了乌拉诺斯而受到诅咒，最终被宙斯率领奥林匹斯众神推翻。两代神祇的争战持续了十年。

137 皮里托奥斯（Pirithous），希腊神话中的拉庇泰人之王，忒修斯的好朋友。两人都发誓要娶到宙斯的女儿，忒修斯选择了海伦，两人合伙绑架了她，只等她成年后结婚；皮里托奥斯选择了珀耳塞福涅，那时她已经被冥王哈迪斯劫取，于是两人一起去冥土，打算也劫取珀耳塞福涅。他们的计划失败，被哈迪斯用毒蛇困在座位上，后来赫拉克勒斯救了忒修斯。他们在冥土期间，海伦也被救走了。

138 忒修斯（Theseus），希腊神话中的阿提卡人之王，雅典国家的创立者，雅典卫城的建造者。

139 普路同（Pluto），罗马神话中的冥王，掌管地狱和冥土，相当于希腊神话中的哈迪斯。

140 黑若斯达特斯（Herostrat），一位古希腊年轻人，他为了在历史上留名，纵火烧毁忒瑟丰父子建造的阿尔忒弥斯神庙。这一疯狂举动使他成为一种负面的欧洲典故。

第三章

141 卡利俄珀（Calliope），九位缪斯中的最长者，掌管史诗。据说是她把灵感给了荷马。

142 即福玻斯。

143 俄耳甫斯（Orpheus），希腊神话中的音乐家、歌手和诗人英雄，色雷斯人，参加了阿尔戈英雄的远征，更广为人知的是他下冥土救妻子欧律狄刻的悲剧性故事。他在隐居中被酒神的狂女撕碎，阿波罗送给他的七弦琴化作了天琴座。

144 达芙涅（Daphne），希腊神话中的水泽女神。因为小爱神厄洛斯的淘气，阿波罗爱上了她，为摆脱他的追求，达芙涅变成了月桂树，阿波罗从此以月桂作为自己的标志。

145 克吕提厄（Clytie），希腊神话中的洋流女神，阿波罗（其实是赫利俄斯）的情人。阿波罗爱上琉科托厄后，她在妒火中向琉科托厄的父亲告发，使他活埋了女儿。阿波罗断绝了与她的关系，克吕提厄在忧伤和思念中连续九天不吃不喝，注视着太阳的运行，变成了向日葵。

146 琉科托厄（Leucothoe），希腊神话中的波斯公主，阿波罗（其实是赫利俄斯）的情人。

147 即马泉。

148 品都斯山（Pintus），希腊北部的山脉，延伸至阿尔巴尼亚南部。由阿波罗统治，缪斯们也住这里。借喻为诗的圣地。

149 里法厄（Riphaei），希腊神话中的山脉，在大地的北方尽头，希腊语意为“狂风”，极北族人居住在这里。河水指塔纳斯河（顿河的古称），古代学者认为塔纳斯河是欧洲和亚洲的分界。

150 即亚速海。

151 许珀耳玻瑞亚（Hyperborea），希腊语意为“在北风神之外”，传说中的极北之地，那里一年等于一天，可能反映的是北极圈的极昼和极夜。

152 塞西亚（Cytias），古希腊时期在欧洲东北部、东欧大草原至中亚一带居住与活动的农耕民族，其中部分为半游牧民族。这里泛指北方民族。

153 指萨米（Sapmi），北欧原住民萨米人居住和开垦的区域。包括科拉半岛一带及斯堪的那维亚半岛北部，东至白海，西至挪威海，北至巴伦支海；现跨挪威、瑞典、芬兰和俄罗斯。

154 斯堪的纳维亚（Scandinavia），欧洲最大的半岛，位于欧洲的西北端，是哥特人的发祥地。410年，西哥特人在国王亚拉里克一世率领下攻占了罗马。

155 萨尔马提亚（Sauromatae），塞西亚西部的一个游牧部落联盟，这里指波罗的海。

156 即顿河。

157 伊尔西尼亚（Hirc í nia），维斯杜拉河与莱茵河之间的山和森林。

158 马科曼尼（Marcomanni），一个日耳曼人的部落联盟，在多瑙河北岸建立了强大的王国，与罗马帝国同时代。

159 指达达尼尔海峡（Dardanelles），古称赫勒海峡。希腊神话中，赫勒是玻俄提亚国王阿塔玛斯和云彩女神涅斐勒的女儿，她和弟弟弗里克索斯为摆脱后母虐待，乘涅斐勒派来的金毛绵羊出走，飞过海峡时，赫勒因恐惧从羊背上掉下来溺死，海峡因此得名。弗里克索斯飞到了科尔喀斯，把这只羊献祭给宙斯，它的毛就是金羊毛。

160 色雷斯（Thrace），在巴尔干半岛的历史区域，曾东至黑海和马尔马拉海，南至爱琴海，西至瓦达河和大摩拉瓦河，北至多瑙河；现跨保加利亚、希腊和土耳其。原住民叫色雷斯人，擅长战斗，是特洛伊人的盟友。

161 这都在巴尔干山脉及其支脉。

162 指瓦尔达尔河（Vardar），巴尔干半岛南部的河流，注入爱琴海。

163 达尔马提亚（Dalmatas），罗马帝国的行省，包括克罗地亚南部、亚得里亚海东岸地区及各个岛屿。达尔马提亚是伊利里亚人的一个部落，这里指伊利里亚人。

164 指亚平宁半岛。

165 高卢（Gaule），因原住民叫高卢人（即凯尔特人）而得名的西欧区域，包括内高卢和外高卢。前者指阿尔卑斯山以南到卢比孔河流域之间的地区，现意大利北部；后者指阿尔卑斯山经地中海北岸、连接比利牛斯山以北的地区，包括现法国、比利时和荷兰、卢森堡、瑞士、德国的一部分。恺撒在前58－前51年征服了高卢全境。

166 这些都是法国的河流。

167 指比利牛斯山。皮莉涅（比利牛斯）是一名高卢公主，赫拉克勒斯在酒后强奸了她，她生下一条蛇，惊恐中躲进森林，被野兽杀死，赫拉克勒斯发现公主的尸骨后，痛苦地埋葬了她并要求群山纪念她，比利牛斯山因此得名。据说比利牛斯山曾燃起猛烈的大火，大地埋藏的矿床被熔化，淌成金银的河流，可能反映的是火山的爆发和岩浆。

168 即赫拉克勒斯，希腊神话中最伟大的英雄。他完成的十二项伟业中包括捉走三头巨人革律翁放牧的牛群；革律翁住在西方尽头，途中赫拉克勒斯建立了两根“赫拉克勒斯之柱”，分别位于直布罗陀海峡北岸和南岸海岬。也有传说认为地中海和大西洋原来被阿特拉斯山脉分隔，赫拉克勒斯为了方便通过，把山脉劈开，凿出了直布罗陀海峡。

169 俄刻阿诺斯（Oceanus），希腊神话中的泰坦神，代表了世界上的全部海域。

170 指阿拉贡王国，13和15世纪先后征服西西里岛、撒丁岛和亚平宁半岛上的那不勒斯王国。

171 帕耳忒诺珀（Parthenope），希腊神话中人身鸟足的海妖，那不勒斯的名祖。

172 纳瓦拉（Navarre），8世纪末由巴斯克人建立的王国，控制了比利牛斯山脉的大西洋沿岸地区。南部在1513年被卡斯提尔征服，成为西班牙的一部分，北部在1620年并入法国。

173 阿斯图里亚（Asturias），伊比利亚半岛的第一个基督教王国，在伊比利亚半岛北部，8世纪由西哥特王国的后裔建立。718年，阿斯图里亚在科法敦加对阿拉伯人北上军队的伏击标志着收复失地运动的开始；后来分裂成莱昂和卡斯提尔等。

174 加莱古（Galego），在莱昂西南部的葡萄牙北方邻族。

175 卡斯提尔（Castile），9世纪从莱昂独立出来的王国，在伊比利亚半岛中部，曾是葡萄牙的宗主国，也曾多次试图兼并葡萄牙。通过伊莎贝拉一世与费尔南多二世的联婚，卡斯提尔与阿拉贡成为共主邦联，也使西班牙形成了统一的实体。

176 贝梯斯（Baetis），瓜达尔基维尔河的古称，注入加的斯湾，这里指安达卢西亚一带。

177 莱昂（Leon），9世纪从阿斯图里亚分割建立的王国，在伊比利亚半岛西北部，除了短暂的独立，大多时候和卡斯提尔成为共主邦联，实际由卡斯提尔控制，13世纪被卡斯提尔吞并。葡萄牙系从莱昂西部的大西洋沿岸地区独立。

178 格拉纳达（Granada），13世纪初由阿拉伯人建立的王国，1492年被西班牙攻陷，标志着收复失地运动的结束。

179 特茹河河口以北的罗卡海角伸入大西洋，是欧洲大陆的最西端。海角上立着镌有这句诗的碑。

180 指维里亚托。

181 指克洛诺斯，因为担心和父亲乌刺诺斯一样被自己的儿子推翻，他把刚生下来的子女都吞进肚里，只有宙斯幸免。克洛诺斯的名字发音（Cronus）与时间的化身柯罗诺斯（Chronos）相近，所以会混同起来，被认为也是时间之神。卡蒙斯使用的形象是时间老人把历史和年代慢慢吞食，时光因此一去不返。

182 阿方索六世（Alfonso VI，1040－1109），卡斯提尔和莱昂国王。他的父亲费尔南多一世去世时，将王国分成三个部分，分别交给三个儿子，阿方索六世只继承了莱昂，但他夺取了其他兄弟的领土，把分裂的王国又合为一体。他积极参加收复失地运动，因为流放了熙德而成为《熙德之歌》的重要角色。

183 撒拉逊人（Saracen），欧洲人对阿拉伯人和穆斯林的称呼，类似摩尔人。

184 恩里格（Conde D. Henrique，1066－1112），又名勃艮第的亨利，生于第戎，葡萄牙王国的奠基者，阿方索一世的父亲，勃艮第王朝的创始人。作为勃艮第公爵亨利的小儿子，他继承爵位的机会不大，因此投奔阿方索六世参加了收复失地运动。1095年，他与阿方索六世的私生女特雷莎结婚，被封为葡萄牙伯爵。

185 夏甲（Agar），亚伯拉罕的妻子撒拉的一名埃及使女，为亚伯拉罕生子以实玛利，据说是阿拉伯人的祖先。

186 1101－1103年，恩里格曾赴罗马，之后到过耶路撒冷。

187 布荣的戈弗雷（Godefroy de Bouillon，约1060－1100），第一次十字军东征的统帅，1099年攻占耶路撒冷，建立了耶路撒冷王国。

188 卡蒙斯认为恩里格是匈牙利国王的次子。

189 指阿方索·恩里格斯。

190 恩里格去世后，三岁的阿方索继承了爵位，被宣布为葡萄牙领主。他的母亲特蕾沙摄政并成为女伯爵及女王，但她爱上了加利西亚的贵族费尔南多·佩雷斯，后者得以实际统治着葡萄牙。为了情人，特蕾沙愿意剥夺阿方索的继承权。

191 吉玛拉依斯（Guimaries），葡萄牙伯国的都城。

192 普洛克涅（Procne），希腊神话中的雅典公主，色雷斯国王忒瑞俄斯的妻子。她远嫁之后，想念妹妹菲罗墨拉，请忒瑞俄斯把妹妹接来团聚。忒瑞俄斯秘密监禁和强奸了菲罗墨拉，割掉她的舌头以掩饰罪行，但菲罗墨拉把自己的遭遇织在衣服上，传递给了姐姐。普洛克涅设法救出妹妹，杀死儿子伊迪斯，用他的肉做成菜肴给忒瑞俄斯吃。忒瑞俄斯试图追杀她们，变成了戴胜，普洛克涅变成了燕子，菲罗墨拉变成了夜莺。

193 美狄亚（Medea），希腊神话中的科尔喀斯公主，强大的女巫和女祭司。她爱上阿尔戈英雄的首领伊阿宋，帮助他取得金羊毛，两人一起逃离科尔喀斯。为阻止父亲的追击，美狄亚杀死了自己的兄弟，到希腊则杀死了食言的国王珀利阿斯。但伊阿宋最终决定和底比斯公主格劳斯结婚，美狄亚给新娘送去了一件施过法的嫁衣，格劳斯穿上后被烧死。为了不让伊阿宋的痛苦得到慰藉，美狄亚也杀死两个儿子，然后乘上龙车飞走。

194 斯库拉（Scylla），希腊神话中的墨伽拉公主，并非海妖斯库拉。她爱上前来攻打尼塞亚的克里特国王弥诺斯。预言说，尼塞亚之所以久攻难下，是因为有墨伽拉国王尼索斯的一绺闪光的紫金色头发保佑。斯库拉趁父亲熟睡，偷偷剪了他的头发，想拿来交换弥诺斯的爱情。弥诺斯拒绝了她，攻陷尼塞亚后把她抛进海里淹死。

195 辛尼斯（Sinnis），古希腊强盗，外号扳松贼。他力气很大，能把松树扳弯，抓到路人后，将两脚分别绑在两棵被扳弯的松树上，他放手让松树弹直，路人就被撕成两半。

196 佩里洛斯（Perillos），古希腊工匠和发明家。他设计了一头中空的铜牛，可以把人塞进去烤死，而一套音响系统能把死前的惨叫转化成牛的哞哞叫。

197 佐碧洛（Zopyrus），古波斯贵族，大流士一世的谋士。巴比伦叛乱时，大流士一世花了一年多也没能平定，佐碧洛割掉自己的鼻子和耳朵，把自己鞭打得血肉模糊，诈降巴比伦，取得军事领导权后支开巴比伦军队，放波斯军队入城。

198 指1139年的奥里基战役，不过现代史家认为当时的阿拉伯人数量没有古代史家形容的那么多。

199 彭忒西勒亚（Penthesilea），希腊神话中阿玛宗人的女王，率领十二名阿玛宗女战士支援特洛伊，被阿喀琉斯杀死。

200 阿玛宗（Amazones），又译亚马逊，希腊神话中一个由全部由女战士构成的部族，崇拜阿瑞斯和阿尔忒弥斯。她们的故事流传很广，大航海时代人们在美洲寻找阿玛宗人的踪迹，亚马逊河因此得名。

201 涅普顿曾和雅典娜争夺阿提克地区的所有权，在比赛中，他用三叉戟从岩石里召唤出了马（象征战争），雅典娜用长矛从泥土里召唤出了橄榄树（象征和平），众神裁定雅典娜获胜。

202 雷利亚（Leiria），葡萄牙中部的城市。

203 阿隆契斯（Arronches），葡萄牙东部的城市。

204 即圣塔伦（Santarem），葡萄牙中部的城镇。

205 马夫拉（Mafra），葡萄牙西海岸的港口城市，在里斯本西北边。

206 辛特拉（Sinfra），里斯本北边的城镇，是葡萄牙王室的避暑地。太阴山是罗马人对辛特拉一带山峦的称呼。

207 即丘比特。

208 指尤利西斯。传说里斯本是他建立的，葡萄牙人把他尊为里斯本的名祖。

209 指特洛伊。

210 1147年，阿方索一世获得一支途经葡萄牙的第二次十字军东征舰队帮助，花了四个月攻占里斯本。

211 泛指4到7世纪间在欧洲迁徙、使罗马帝国最终灭亡的东方民族，即所谓的入侵蛮族，包括东哥特人、西哥特人、汪达尔人、法兰克人等。据说安达卢西亚的得名源于汪达利亚，即“汪达尔人居住的地方”。

212 埃布罗河（Ebro），伊比利亚半岛第二长的河流，西班牙最长的河流，发源于坎塔布里亚山脉，注入地中海。

213 指瓜达尔基维尔河。

214 厄斯特利马都拉（Estremadura），伊比利亚半岛中西部区域，跨西班牙和葡萄牙。

215 奥比杜什（Obidos），葡萄牙中部的城镇。

216 阿兰格尔（Alenguer），里斯本北边、圣塔伦南边的城镇。

217 托雷斯韦德拉什（Torres Vedras），里斯本北边的城市。

218 克瑞斯（Ceres），罗马神话中的谷物、农业和丰收女神，相当于希腊神话中的得墨忒耳。特茹河平原以产小麦著名。

219 这些都是特茹河两岸的城镇。

220 即萨尔堡（Sal），葡萄牙中南部的城镇。

221 即埃沃拉（Evora），葡萄牙南部城镇，3世纪由罗马人建造，是欧洲最古老的城镇之一。

222 参阅注49。

223 吉拉尔多（Geraldo Geraldes，？－1173），阿方索一世的骑士，外号无畏者。他攻占了埃沃拉，其生平事迹常与熙德并提。

224 特兰科苏（Trancoso），葡萄牙中北部的城镇。

225 贝雅（Beja），葡萄牙南部的城镇，阿方索一世和阿拉伯人对它进行了反复争夺。

226 帕尔梅拉（Palmela），葡萄牙中南部的城镇。

227 塞新布拉（Sesimbra），葡萄牙西海岸的城市，在萨杜河河口，以渔业著名，是大航海时代的重要港口。

228 巴达霍斯（Badajoz），西班牙与葡萄牙的边境城市，曾是阿拉伯人的军事要塞、巴达霍斯王国的首都。

229 庞培（Gnaeus Pompeius Magnus，前106－前48），古罗马共和国末期的军事统帅、政治家。他是苏拉的支持者，前60年与克拉苏、恺撒结成前三头同盟，反对元老院。克拉苏死后，庞培联合元老院与恺撒决裂，前49年爆发内战。前48年，庞培的军队在阿玛提亚的法萨罗战役中覆没，他逃往埃及后被托勒密十三世杀死。

230 古斯河（Giess）在阿尔卑斯山区域；赛伊尼城（今阿斯旺）在尼罗河东岸，城中有一口井，夏至时阳光会垂直射入井底。

231 涅墨西斯（Nemesis），希腊神话中的三位复仇女神，因果和命运的化身，代表无情的正义。

232 伊阿宋的故国。

233 阿尔戈英雄们的目的地，据考证在黑海东岸、高加索一带。

234 卡帕多西亚（Cappadocia），小亚细亚东南部区域的古称。

235 索非那（Alfeu），小亚细亚的诸多古国之一。

236 西里西亚（Silesia），欧洲中部的奥得河中上游区域，南至波希米亚和摩拉维亚；现跨波兰、捷克和德国。

237 指伊甸园。

238 亚美尼亚（Armenia），第一个基督教国家，在高加索中南部、黑海与里海之间，传说中诺亚方舟的停泊地。

239 即直布罗陀海峡。

240 托罗斯（Taurus），土耳其中南部的山脉，西至埃伊尔迪尔湖，东至两河上游，呈弧状，与地中海岸平行。

241 指恺撒。前三头同盟时期，庞培与恺撒的女儿尤里娅结婚。

242 圣维森特（Vincent of Saragossa，？－304），伊比利亚半岛最早的基督教殉道者之一，据说乌鸦守护了他的尸体和墓地。阿方索一世把他的骸骨运到里斯本，立为主保圣徒；一对乌鸦随着船来到，这个场景被绘在里斯本的城徽上。

243 桑乔一世（Sancho I，1154－1211），阿方索一世之子，葡萄牙的第二位国王，1185年即位，外号“殖民者”。

244 塞维利亚（Sevilla），西班牙南部的中心城市，大航海时代的重要港口，瓜达尔基维尔河从城中流过。

245 希腊神话中，阿特拉斯为了从顶天的痛苦中解脱出来，请珀耳修斯给他看美杜莎的头，从而化成了阿特拉斯山脉。

246 即斯帕特尔（Spartel），在丹吉尔西边、直布罗陀海峡入口处的海角，非洲的西北尽头。

247 安泰俄斯（Antaeus），希腊神话中住在利比亚的巨人，是波塞冬和盖亚的儿子。

248 阿比拉（Abyla），直布罗陀海峡南岸的海角，在休达附近，赫拉克勒斯石柱之一。

249 朱巴一世（Juba I）是努米底亚王国国王，庞培的盟友。庞培被杀后，他的党羽在努米底亚集结，和恺撒做最后的决战。努米底亚的疆域在北非，这里借指（希望复仇的）阿拉伯人首领们。

250 蒙德古河（Mendego），葡萄牙北部的境内河流，注入大西洋。

251 利比提娜（Libitina），罗马神话中的丧葬女神，代表死亡。

252 锡尔维什（Silves），葡萄牙南部的城市。

253 腓特烈一世（Friedrich I，1122 – 1190），神圣罗马帝国霍亨斯陶芬王朝的第一位皇帝，1155年即位。他使神圣罗马帝国成为当时欧洲最强大的国家，和英格兰的理查一世、法兰西的腓力二世一起参加了第三次十字军东征，途中溺死于小亚细亚的格克苏河。

254 居伊（Guy of Lusignan，1150 – 1194），耶路撒冷王国国王，1186年即位，1187年在哈丁战役中被萨拉丁俘虏。

255 萨拉丁（Salah ad-Din，约1138 – 1193），库尔德族的逊尼派穆斯林，埃及阿尤布王朝的第一位苏丹，1174年即位。他收服了巴勒斯坦和耶路撒冷，并领导穆斯林世界抵抗了第三次十字军东征。萨拉丁将耶路撒冷的圣地向所有宗教开放，其领袖风范、品德和军事才能在穆斯林乃至基督徒中享有卓越声誉。

256 1189年，参加第三次十字军东征的理查一世舰队通过直布罗陀海峡进入地中海，前往耶路撒冷。经过葡萄牙南端的阿尔加维斯时，遇到桑乔一世在攻打锡尔维什，理查一世援助了他。

257 图依（Tuyi），莱昂西部的城市。

258 阿方索二世（Afonso II，1185 – 1223），葡萄牙国王，1211年即

位。他试图削弱教会的权力，和罗马教廷发生了冲突，被教皇逐出教会。

259 桑乔二世（Sancho II，1209－1248），葡萄牙国王，1223年即位。在他任内，葡萄牙和罗马教廷继续冲突，1245年，教皇宣布废除他的国王头衔，由其弟弟阿方索亲王继位。葡萄牙因此内战了两年，桑乔二世败退到卡斯提尔的托莱多。

260 尼禄（Nero，37－68），罗马皇帝，54年即位。在各种历史叙述中，他被描述为专制、嗜血，沉湎于奢侈、荒淫和艺术，其名字成为暴君的代称。

261 阿格里皮娜（Agrippina，15－59），罗马皇后，尼禄的母亲。她通过阴谋让尼禄成为皇帝，但后来因干政被尼禄处死。据说她与尼禄乱伦。

262 赫利奥加巴卢斯（Heliogdbalo，约203－222），罗马皇帝，218年即位。他的行事有浓厚东方色彩，无视罗马的宗教传统和性禁忌，留下了恶劣的声名。

263 辛沙里施昆（Sinsharishkun，？－前612），亚述的最后一位国王，前626年即位。据说他在尼尼微城被攻破时和姬妾们自焚。

264 指法拉里斯（Phalaris，？－前554），古希腊僭主，西西里阿格里琴托的暴君，前570年即位。佩里洛斯制作的铜牛就是献给他的。

265 即阿方索三世。他即位前是布洛涅伯爵。

266 1253年，阿方索三世与卡斯提尔国王阿方索十世的私生女布里特斯结婚。

267 迪尼什一世（Diniz I，1261－1325），葡萄牙国王，1279年即位。他的建树主要在文化方面，官方推广使用葡萄牙语以取代拉丁语，从国外（主要是热那亚）募集人才指导葡萄牙人学习航海。他也是诗人，很多早期的葡语诗歌可能是他写的。

268 弥涅尔瓦（Minerva），罗马神话中的智慧女神，是艺术家、手工业、学生的保护者，相当于希腊神话中的雅典娜。迪尼什一世创办了大学，初在里斯本，之后搬到科英布拉。

269 阿特罗波斯（Atropos），希腊神话中命运三女神的最后一位，负责将生命之线剪断，相当于罗马神话中的摩耳塔。

270 指阿拉伯人。

271 塞弥拉弥斯（Semiramis），希腊神话中的亚述女王，传奇性的统治者和征服者。她的原型可能是新亚述帝国的摄政王、女王萨穆-拉玛特。

272 阿提拉（Attila，406 – 453），匈人的领袖和皇帝，434年即位，被欧洲人称为“上帝之鞭”。他多次进攻东罗马帝国和西罗马帝国，使匈人帝国的版图达到巅峰，东至咸海，西至大西洋，南至多瑙河，北至波罗的海。

273 泛指各蛮族，他们归附匈人，需要提供兵源。

274 指瓜达尔基维尔河河口一带。

275 指阿方索四世的女儿、“非常美丽的”玛丽亚公主，她在1328年与卡斯提尔国王阿方索十一世结婚并遭到虐待。1340年，北非马林王朝的阿拉伯人进攻伊比利亚半岛，玛丽亚促成当时关系恶化的卡斯提尔和葡萄牙和解并联合，在萨拉多河战役中重创了阿拉伯人，后者此后未能恢复其军事力量。

276 指大洪水。见《旧约·创世记》。

277 木卢亚河（Moulouya），摩洛哥东北部的河流，注入地中海。

278 塔里法（Tarifa），西班牙南部的城市，是欧洲最南端。

279 撒拉是亚伯拉罕的妻子，希伯来语意为“夫人、公主”。卡蒙斯认为撒拉逊人（Saracen）这一名称源于撒拉（Sarah），而阿拉伯人是以实玛利（撒拉的埃及使女夏甲之子）的后代，因此自称撒拉逊人是欺骗行为。但这其实是欧洲人对阿拉伯人和穆斯林的单方面称呼，如同摩尔人。

280 指歌利亚（Goliath），非利士人的勇士，被少年大卫杀死。见《旧约·撒母耳记上》。

281 扫罗王（Saul），以色列联合王国的第一位国王。

282 指大卫王（David），以色列联合王国的第二位国王。

283 指海洋。

284 维斯珀耳（Vesper），罗马神话中掌管黄昏时升起的金星（即太白星）的神，相当于希腊神话中的赫斯珀洛斯。

285 马略（Gaius Marius，前157－前86），古罗马共和国的军事统帅、政治家，七次当选执政官。他实行的军事改革使罗马战胜了日耳曼人，也使罗马走向了帝制和独裁。

286 指汉尼拔（Hannibal Barca，前247－前183），迦太基的军事统帅、政治家，九岁时在父亲前立下誓言，终身与罗马为敌。他是第二次布匿战争的主角，率领军队翻越比利牛斯山和阿尔卑斯山，进入罗马本土作战。因军事和外交上的卓越表现，他被认为是西方的战略之父。

287 提图斯（Titus Flavius，约39－81），古罗马皇帝，79年即位。70年，他作为统帅在犹太战争中攻陷耶路撒冷，屠城并焚毁第二圣殿。

288 科库托斯（Cocytos），五条冥河之一，又名悲叹河，由服苦役的罪犯眼泪所形成，注入阿刻戎河。

289 指依内斯·德·卡斯特罗（Ines de Castro，1325－1355），卡斯提尔贵族，可能是桑乔四世的私生女。佩德罗王子娶了阿方索十一世的表弟曼纽尔公爵胡安的女儿康斯坦丝，依内斯作为侍女一起来到葡萄牙。佩德罗爱上了她，两人同居和生育了四个子女，这受到宫廷内外的非议（部分因为佩德罗母亲是桑乔四世的女儿）。康斯坦丝返回卡斯提尔，1345年因抑郁去世后，佩德罗决心与依内斯结婚。虽然依内斯没有表现出个人的政治野心，但出于复杂的外交和内政考量，阿方索四世反对他们的婚事，最后在1355年趁佩德罗不在科英布拉时把依内斯处死。王子起兵反叛，两年后与父亲和解。佩德罗成为国王后，严厉地报复了反对婚事和参与杀死依内斯的人，把依内斯按王后的礼仪重新下葬。他设计了两座相向放置的陵墓，这样当末日审判来临、死人复生时，他和依内斯可以马上见到对方。

290 指罗慕路斯与雷穆斯，他们是双胞胎兄弟，传说中由母狼哺养。

291 似指塞弥拉弥斯，参阅注271。但她是尼诺斯的妻子，以及传说中是由鸽子而非猛禽哺养的。

292 塞西亚（Scytia），黑海和里海之间的西北地区，此处系泛指。

293 利比亚（Libya），北非中部荒漠的古称，此处系泛指。

294 波吕克塞娜（Polyxena），希腊神话中的特洛伊公主，普里阿摩斯和赫卡柏的女儿。特洛伊被攻破后，阿喀琉斯向儿子奈奥普托勒姆斯（别名皮鲁士）显灵，要求在墓前献祭波吕克塞娜，皮鲁士执行了这一要求。这个神话经过广泛流传，后人增加了波吕克塞娜与阿喀琉斯的恋爱情节。

295 阿特柔斯（Atreus），希腊神话中的迈锡尼国王。他的弟弟堤厄斯忒斯想夺取他的权力，被阿特柔斯驱逐出迈锡尼。堤厄斯忒斯派普勒斯忒涅斯（阿特柔斯的儿子，由堤厄斯忒斯抚养）去杀哥哥，阿特柔斯没认出他是自己儿子而杀掉了他。得知普勒斯忒涅斯的身份后，阿特柔斯假装邀请弟弟回迈锡尼寻求和解，作为报复，他在宴会上将堤厄斯忒斯的儿子做成菜肴给堤厄斯忒斯吃。

296 指卡斯提尔国王佩德罗一世（Pedro I，1334 – 1369），1350年即位，外号“残酷者”。

297 指后三头同盟。

298 即赫拉克勒斯。阿尔喀得斯可能是他的本名，而赫拉克勒斯是神赐的别名，意为“因赫拉（迫害）而有荣耀的”。

299 即费尔南多一世（Ferdinand I，1345 – 1383），葡萄牙国王，1367年即位。他参与了对卡斯提尔王位的争夺，引起卡斯提尔对葡萄牙的战争；他的优柔寡断、出尔反尔让葡萄牙在军事和外交上都陷于被动。

300 莱昂诺尔（Leonor Teles，1350 – 1386），费尔南多一世的妻子。费尔南多一世爱上她时已经和卡斯提尔公主有婚约，莱昂诺尔也已经和他的臣下结婚，两人的结合遭到民众反对。费尔南多一世没有子嗣，1383年去世后，莱昂诺尔宣布嫁给了卡斯提尔国王胡安一世的比阿特丽斯继位为女王，由莱昂诺尔摄政。这造成对丧失独立的争议和社会混乱，并发展成全国性的内战。莱昂诺尔邀请卡斯提尔军队进入葡萄牙；1385年，佩德罗一世的私生子若昂被议会推举为国王，成功领导了抵抗，建立起阿维什王朝。

301 阿庇乌斯（Appius Claudius Crassus，？ – 前448），古罗马第一个十人委员会的核心人物。根据传说，他企图霸占一个平民出身的姑娘维尔吉尼娅，她的父亲杀死了女儿以保护她的贞洁。此事导致委员会被推翻，阿庇乌斯被杀或自杀。

302 塔奎尼乌斯（Lucius Tarquinius Superbus，？ – 前496），古罗马王政时代的最后一位国王，前535年即位。他的儿子塞斯图斯强奸了贵妇卢克丽霞，她召集复仇者后自杀。前509年，民众在布鲁图斯领导下把塔奎尼乌斯家族驱逐出罗马，建立了罗马共和国。

303 大卫王看到拔示巴在沐浴的裸体，动心引诱了她，她怀孕后，大卫把她的丈夫乌利亚安排去危险的地方打仗，使他战死，自己和拔示巴结了婚。耶和华因此不悦。见《旧约・撒母耳记下》。

304 便雅悯（Benjamin），以色列十二支派之一，因族中有几名男子凌侮了列未支派的女子致死，并且不肯交出凶手，被其他支派联合攻打和屠杀。见《旧约・士师记》。

305 亚伯拉罕和撒拉逃荒到埃及，他担忧撒拉的美丽会带来危险，没有公开两人的真实关系，对外称撒拉是他的妹妹。法老将撒拉召进宫里，送给亚伯拉罕许多财物。然而耶和华降灾祸给法老，令他怀疑事情的真相，之后他责备亚伯拉罕，吩咐他把妻子带走。见《旧约・创世记》。

306 雅各携全家来到伊喀摩，当地的王子西辰强奸了雅各的女儿狄娜，还想与她结婚。雅各表面答应下来，提条件说需要对方行割礼。国王接受这一条件，命全城的男子都要行割礼。三天后，受割礼的市民在家中疼痛难忍，狄娜的兄弟们趁机持刀入城，杀了所有的男子，把女子和儿童掳为奴隶。见《旧约・创世记》。

307 翁法勒（Omphale），希腊神话中的吕底亚女王。赫拉克勒斯被罚给她做三年奴隶，在服役中，他成了女王的情人。他被要求穿上女性衣服，和翁法勒的侍女们一起纺羊毛线，而女王在一边披着他的狮皮，手持他的橄榄木棒。

308 即赫拉克勒斯。阿尔克墨涅是他的母亲。

309 指汉尼拔。据中世纪传说，坎尼战役后，汉尼拔在意大利的阿普利亚爱上一个叫喀劳迪的女奴，导致了他的最后失败。

第四章

310 即若昂一世。

311 指安德依罗（Joao Fernandes Andeiro，1320－1383），加利西亚贵族，他在政治和外交上投机，1383年被当时还是阿维斯骑士团长的若昂一世处死。

312 阿斯泰安纳克斯（Astyanax），赫克托耳和安德洛玛刻的儿子。特洛伊城陷落后，被希腊联军摔下城墙而死。

313 比阿特丽斯（Beatriz，1373－约1420），费尔南多一世和莱昂诺尔的女儿，葡萄牙王位的继承人，但她在1383年嫁给卡斯提尔国王胡安一世，使葡萄牙的独立受到严重威胁。民众反对由她继承王位，更反对由莱昂诺尔摄政，因此爆发了里斯本市民起义（1383），招致卡斯提尔的军事干涉。1390年胡安一世去世，比阿特丽斯在卡斯提尔的政治影响力也消退了。

314 布尔戈斯（Burgo），西班牙北部城市，曾是卡斯提尔的首都，凯尔特语意为“城堡”。在西班牙语中，卡斯提尔即系“城堡”。

315 费尔南多一世（Fernando I，1017－1065），卡斯提尔、莱昂和纳瓦拉国王，1056年自行加冕为西班牙皇帝。

316 罗德里戈（Rodrigo，1043－1099），即熙德，卡斯提尔贵族，史诗《熙德之歌》的主人公。

317 汪达尔（Vandals），东日耳曼部族，曾在北非突尼斯一带建立了汪达尔王国。

318 即腓尼基人。

319 指加的斯（Cadiz），西班牙西南部的城市，由腓尼基人建造，被认为是西欧最古老的城市。

320 托莱多（Toledo），西班牙中部的城市，曾是西哥特人建立的托莱多王国的首都，和卡斯提尔的首都。

321 昆卡（Cuenca），西班牙中北部山脉，是伊比利亚山脉的一部分。

322 指伊比利亚北部的加利西亚人。

323 指比利牛斯山巴斯克地区的山地民。

324 吉普斯夸（Guipuzcua），西班牙东北部省份。

325 阿斯图里亚斯（Asturias），西班牙北部省份。

326 即阿方索一世。

327 为了争取独立，阿方索一世长期与卡斯提尔和莱昂国王阿方索七世作战，其中一次胜利在加利西亚，令阿方索七世腿部受伤，葡萄牙俘获了卡斯提尔的七位伯爵。

328 指迪尼什一世和他的儿子阿方索四世。

329 第二次布匿战争的主要战役，发生于前216年。汉尼拔以少胜多，成功地围歼罗马军队，被认为是军事史上最伟大的战例之一。

330 卡努西（Canusium），意大利东部城市。坎尼战役中生还的罗马士兵大部分退逃到这里，包括大西庇阿。

331 指大西庇阿（Scipio Africanus，前236 – 前183），古罗马军事统帅、政治家。前202年，他在扎马战役中打败了汉尼拔，使罗马人以绝对有利的条件结束了第二次布匿战争。坎尼会战时他二十岁，担任军团长。

332 阿普兰特斯（Abrantes），葡萄牙中部的城市，在特茹河边。

333 指努诺。

334 薛西斯一世（Xerxes I，约前519 – 前465），波斯帝国国王，前485年即位。赫勒斯滂是达达尼尔海峡的古称，前480年，薛西斯一世率领庞大的波斯军队渡海，第二次攻打希腊。

335 罗德利格斯·瓦斯孔赛洛斯（Mem Rodrigues de Vasconcelos，约1275 – 约1339），葡萄牙贵族、骑士。

336 阿尔马达（Antao Vasques de Almada，？ – 1388），葡萄牙贵族、骑士。卡蒙斯把他和阿尔瓦罗·瓦兹混淆，后者是前往英格兰的十二骑士之一，被封为阿普兰特斯伯爵。

337 指菲尼斯特雷（Finisterra），西班牙西北部的城市，被称为“大地尽头”的菲尼斯特雷角就在这里。

338 瓜的亚纳河（Guadiana），伊比利亚半岛南部的河流，流经西班牙、葡萄牙，注入大西洋。

339 阿伦特茹（Alentejo），指特茹河以南的广大区域，几乎占葡萄牙国土的三分之一。

340 即努诺。佩雷拉是他的姓。

341 科利奥兰纳斯（Coriolanus，约前527 – ？），古罗马军事统帅，他有功但因高傲而得罪了政客和民众，被驱逐出罗马。为了复仇，他与罗马的敌人联合，率领军队包围了罗马。莎士比亚以他为主角写了同名悲剧。

342 喀提林（Lucius Sergius Catilina，约前108 – 前62），古罗马贵族，前63年试图发动政变，刺杀执政官西塞罗和反对他的元老。

343 苏玛努斯（Summanus），罗马神话中夜晚的雷神。这里借指冥土的统治者普路同。

344 得土安（Tetouan），摩洛哥北部的城市。

345 指毛里塔尼亚一带的荒漠。

346 罗马人对休达附近一些山脉的泛指。

347 斯提克斯（Styx），五条冥河中最著名的，又名守誓河，据说围绕冥土七次。

348 指看守冥土入口的恶犬刻耳柏洛斯。

349 指菲利帕（Filipa）和凯瑟琳（Catherine），英格兰国王爱德华三世的孙女。她们的父亲兰开斯特公爵冈特的约翰曾与恩里克二世争夺卡斯提尔王位，先后和费尔南多一世、若昂一世订立了英葡军事同盟。后来菲利帕嫁给若昂一世、凯瑟琳嫁给恩里克三世，结束了伊比利亚半岛的王位纷争。冈特的约翰的外孙各自继承了葡萄牙和卡斯提尔的王位，儿子亨利四世则开创了英格兰的兰开斯特王朝。

350 朱里安（Julian），西哥特王国休达伯爵。据说他的女儿被西哥特国王罗德里克强奸，为了复仇，711年朱利安帮助阿拉伯人从休达渡海，进攻伊比利亚半岛。

351 杜亚尔特一世（Duarte I，1391 – 1438），葡萄牙国王，1433年即位。他喜欢语言和文学，大力支持恩里克王子的航海事业。

352 费尔南多（Fernando，1402 – 1443），阿维斯骑士团团长，杜亚尔特一世的弟弟。1437年，他与哥哥恩里克亲王（非恩里克王子）率领军队远征丹吉尔失败，被扣押为人质，摩洛哥要求葡萄牙用休达来交换。休达是葡萄牙在北非的唯一据点，海洋扩张的关键，所以葡萄牙没有同意。为了国家利益，费尔南多被囚禁至去世，民众称他为“圣王子”。

353 科德鲁斯（Codrus），希腊神话中最后一位雅典国王。前11世纪，多利安人进攻伯罗奔尼撒半岛，预言说科德鲁斯如果在战斗中不受伤害，多利安人就会获胜。科德鲁斯特意换上士兵的服装，参加战斗被杀。

354 雷古洛（Marcus Atilius Regulus，？－约前248），古罗马军事统帅、执政官，在第一次布匿战争中被俘。据说前250年，迦太基人在一次惨败后释放了他，企图通过他与罗马人议和并交换俘虏，但雷古洛回到罗马后在元老院发表演说，指决不能与迦太基人议和。之后他自愿返回迦太基，被酷刑处死。

355 库尔修（Marcus Curtius，？－前362），罗马贵族青年。前362年一次地震后，罗马广场裂开不见底的深沟，神谕说众神想要罗马最珍贵的东西。库尔修认为最珍贵的东西是武器和人民的勇气，他武装起自己，骑马跳进沟里，深沟在他头顶合拢了。

356 罗马最著名的贵族家庭之一，在拉丁战争中，连续三代担任罗马的军事统帅并在战场上牺牲。

357 指阿方索五世。

358 即赫拉克勒斯，特林修是他的别名。赫拉克勒斯完成的十二项伟业中包括摘取长在西方尽头花园的金苹果，卡蒙斯用来代指对丹吉尔的攻占。

359 指费尔南多二世（Fernando II，1452－1516），阿拉贡国王，1479年即位，也是卡斯提尔、西西里和那不勒斯国王。1469年与堂姐、未来的伊莎贝拉一世结婚，两人完成收复失地运动，缔造了统一的西班牙。

360 指若昂二世。

361 恺撒被刺杀后，安东尼和屋大维讨伐主谋者，前42年在腓立比平原西部与盖乌斯·卡西乌斯和马可斯·布鲁图斯会战。在第一轮战役中，安东尼战胜卡西乌斯，屋大维败给布鲁图斯，但卡西乌斯听信布鲁图斯兵败自杀的谣言而自杀；二十天后的第二轮战役中，布鲁图斯兵败自杀。

362 指科维良（Pero da Covilha）和派瓦（Afonso de Paiva）。为了收集香料贸易、航线和传说中的祭司王约翰的情报，1487年，若昂二世招募并派遣他们从陆路去东方冒险。

363 指那不勒斯（Napoli），意大利南部的中心城市。俄底修斯经过帕耳忒诺珀的领地时，用蜜蜡封住伙伴的耳朵，让他们把自己绑在桅杆上，这样他能听到海妖的歌声而不被迷惑。帕耳忒诺珀因此跳海自尽，变成了悬崖。

364 1442年，阿拉贡国王阿方索五世攻占了那不勒斯。

365 亚历山大港由亚历山大大帝规划和奠基，孟斐斯因为亚历山大港的崛起而衰落。

366 指摩西带领以色列人出埃及时分开红海。见《旧约·出埃及记》。

367 纳巴泰（Nabataeans），幼发拉底河至红海之间的绿洲区域，历史上纳巴泰人的居住地。纳巴泰人起源不明，有观点认为和尼拜约人（源自以实玛利的长子尼拜约）相关。

368 示巴（Sheba），非洲东部王国，疆域延伸到阿拉伯半岛南部，是古代乳香、没药生产和交易的集散中心。

369 即密耳拉（Myrrha），希腊神话中的塞浦路斯公主，因为阿佛罗狄忒的诅咒，爱上了自己的父亲喀倪剌斯。她与不知情的喀倪剌斯乱伦，终于被父亲发现，他愤怒地想杀死女儿时，众神把她变成了没药树，之后她生下阿多尼斯。

370 塞琉古（Seleucid），亚历山大继业者塞琉古建立的帝国，这里指其区域，从地中海东岸到印度河，以叙利亚为中心。

371 俾路支（Balochistan），伊朗高原的东南部；现跨巴基斯坦、伊朗和阿富汗。

372 曼努埃尔一世（Manuel I，1469 - 1521），葡萄牙国王，1495年即位，外号“幸运儿”，因为若昂二世把葡萄牙帝国的各种基础都准备好了。

373 摩耳甫斯（Morpheus），希腊神话中的梦神。

374 指印度河与恒河；高山指伊甸园。

375 阿尔甫斯（Alpheus），希腊神话中同名河流的河神。

376 阿卡迪亚（Arcadia），伯罗奔尼撒半岛中东部区域，希腊语意为“能避开灾难的”，引申为不受破坏的和谐之地，类似世外桃源。

377 锡拉库扎（Siracusa），又译叙拉古，西西里岛东部的城市。

378 阿瑞图萨（Arethusa），希腊神话中的海洋女神，阿尔忒弥斯的侍女，西西里有同名水泉，据说她因此住在锡拉库扎。阿尔甫斯爱上了阿瑞图萨，她试图摆脱，让阿尔忒弥斯把自己变成泉水，从冥土流到西西里。阿尔甫斯一直追逐，阿瑞图萨终于接受了他，于是河水与泉水交汇在一起。

379 系达伽马。

380 欧律斯透斯（Eurystheus），希腊神话中的迈锡尼国王。赫拉克勒斯曾受役于欧律斯透斯，十二项伟业是他为了伤害赫拉克勒斯而安排的任务。

381 即冥土，狄提斯即普路同。

382 保罗·达伽马（Paulo da Gama，1465－1499），葡萄牙航海家、探险家，瓦斯科·达伽马的哥哥，达伽马船队中圣拉斐尔号的船长，归途病死于特塞拉。曼努埃尔一世原本希望由他指挥远航，但他推辞了。

383 尼古劳·科埃略（Nicolau Coelho，1460－1504），葡萄牙航海家、探险家，达伽马船队中贝里奥号的船长。1499年，贝里奥号首先返回葡萄牙。

384 指伊阿宋。弥倪阿斯是他的远祖，希腊神话中弥倪埃部落的首领。

385 即黑海。

386 即里斯本港。

387 葡萄牙航海家一般从里斯本城外的贝伦起航，恩里克王子在那里建了一座献给“伯利恒的圣母玛利亚”的小教堂，供水手们出发前祈祷。原址现为热罗尼莫斯修道院，旁边是贝伦塔。

388 指亚当。

389 指道成肉身的耶稣曾恐惧即将到来的命运。

390 即普罗米修斯（Prometheus），希腊神话中的泰坦神，他与雅典娜共同创造了人类，普罗米修斯用泥土捏出人的形状，雅典娜则给泥人灌注灵魂。

391 即法厄同。

392 代达罗斯（Daedalus）和伊卡洛斯（Icarus），希腊神话中的工匠、发明家、建筑师。父子俩为克里特岛的国王米诺斯建造了关住弥诺陶洛斯的迷宫，但米诺斯为了儿子的秘密不被泄露，把他们也囚禁在迷宫里。代达罗斯用蜂蜡和羽毛做了翅膀，和儿子一起飞走；可伊卡洛斯飞得太高，太阳把翅膀融化，使他摔进海里溺死，代达罗斯则飞到了西西里。

第五章

393　指狮子座，由赫拉克勒斯杀死的涅墨亚狮子化成。达伽马的船队于1497年7月8日起航，当时太阳行至狮子宫。

394　指基督纪年。

395　根据地心说，太阳绕大地转一圈为一年。

396　恩里克王子（Prince Henry，1394－1460），若昂一世的第三子，葡萄牙航海及海洋扩张事业的奠基者、组织者，大航海时代的核心人物之一，外号“航海家”。

397　参阅注247。

398　1492年，哥伦布第一次远航时到达安的列斯群岛，当时还不确定是否存在大陆；他在1498年第三次远航时才到达美洲大陆。

399　马德拉群岛（Madeira），北大西洋的火山群岛。1418年被恩里克王子的航海家发现，1420年开始殖民，是葡萄牙在大航海时代的第一次发现与扩张。

400　指还没有赞美的诗歌。

401　这些是维纳斯崇拜的中心。

402　马西利亚（Massilia），撒哈拉沙漠北部区域。

403　葡萄牙人把阿拉伯人居住的区域叫巴巴利，把黑种人居住的区域叫埃塞俄比亚，中间隔着撒哈拉沙漠。

404　塞内加尔河（Senegal），非洲西部的主要河流，外号“黄金之河”，在圣路易注入大西洋。

405 佛得角（Cabo Verde），南大西洋的火山群岛。1456年被葡萄牙人发现，成为重要的港口和奴隶贸易中心。

406 加那利群岛（Canary Islands），在马德拉群岛南边。卡蒙斯认为就是希腊和罗马神话中的福岛。

407 即维斯珀耳。

408 泛指非洲大陆的西端。参阅注135

409 圣地亚哥（Santiago），即西庇太的儿子雅各，耶稣的十二门徒之一。他是收复失地运动的象征，圣地亚哥是西班牙语称呼。

410 加罗佛（Talofo），塞内加尔河与冈比亚河之间的广大区域。

411 曼丁戈（Mandinka），非洲西部原住民曼丁戈人居住和开垦的区域，包括塞内加尔河、冈比亚河与尼日尔河上游及各支流流域；现跨马里、几内亚、塞内加尔、冈比亚等。

412 冈比亚河（Gambia），非洲西部的主要河流，流经几内亚、塞内加尔和冈比亚，在班珠尔注入大西洋。

413 即比热戈斯群岛（Bijagos），在几内亚比绍，由八十八个岛屿组成，以生态的多样性著称。

414 戈耳工姊妹（Gorgon），希腊神话中的蛇发女妖，据说有三位，最著名的是美杜莎。对她们的形态有不同描述，一种说法是戈耳工共用一颗牙齿、一只眼睛（和格赖埃姊妹一样）；另一种说法里，美杜莎是肉身，所以能被杀死，珀尔修斯砍下她的头后，穿着赫耳墨斯的鞋子飞越非洲，美杜莎的血滴洒到地上化成一条条毒蛇。

415 塞拉利昂（Sierra Leone），葡萄牙语意为“狮子的山林”。

416 帕尔马斯（Palma），塞拉利昂与尼日尔河河口之间的海角，葡萄牙语意为“棕榈林”。

417 指尼日尔河（Niger），非洲西部最长的河流，注入几内亚湾，下游段因为盛产油棕榈，也被称为油河。

418 圣多马（Sao Tome），几内亚湾南部岛屿。

419 即刚果河（Congo），非洲中西部最长的河流，世界上最深的河流，平均深度达两百米。扎伊尔意为“一条吞噬所有河流的河”。

420 卡利斯托（Callisto），希腊神话中阿尔忒弥斯的侍女。她被宙斯诱惑，生下儿子阿卡斯，母子被妒恨的赫拉变成棕熊，并被不知情的阿尔忒弥斯杀死，化作大熊星座和小熊星座。这里指北半天。

421 当时人们还不知道南极洲的存在。

422 太阳在南北回归线之间移动，每年两次跨越赤道。

423 欧洛斯（Eurus），希腊神话中的东南风神。

424 朱诺（Juno），罗马神话中众神的女王，朱庇特的妻子，相当于希腊神话中的赫拉。她对卡利斯托母子化作大熊星座和小熊星座很不高兴，让忒提斯不准她们进海里沐浴，因此（在北半球）人们见不到两个星座沉入地平线。

425 即月亮。

426 达伽马船队遵循迪亚士的发现，借助南大西洋风绕行好望角，在海上连续航行了九十三天。

427 波吕斐摩斯（Polyphemus），希腊神话中的独眼巨人，波塞冬的儿子（非乌拉诺斯和盖亚所生），在西西里岛养羊。他想吃掉俄底修斯，被后者用智慧战胜（“没有人”）并戳瞎。他请求波塞冬为他复仇，引起了俄底修斯的漂泊。

428 指金子和金色的织物。

429 即埃塞俄比亚人，当时对黑种人的泛称。

430 指地中海罗得岛上的太阳神（赫利俄斯）铜像，高度超过三十米，毁于地震，残骸堆在地上八百多年。

431 指迪亚士率领的探索新航路的船队，1487年在好望角外海遭遇剧烈的风暴。迪亚士绕过非洲大陆最南端，从大西洋航入印度洋，实际上已经发现了新航路，但水手们拒绝继续前进。归途中，他发现了好望角并命名为风暴角（后来被若昂二世改名）。1500年，迪亚士参加卡布拉尔的船队前往印度，在好望角外海再次遭遇突然的剧烈的风暴，他和船一起沉没。

432 指弗朗西斯科·德·阿尔梅达。参阅注32。

433 指曼努埃尔·德·塞普尔韦达（Manuel de Sousa de Sepulveda），葡萄牙贵族、骑士，第乌保卫战的英雄。1552年，他携妻子和两个幼子回国，在南非附近遭遇海难，一家人流落到沙漠，陆续因饥渴而死。这次海难被写成了史诗，当时船上约有五百名乘客，只生还二十五人。

434 即好望角。

435 托勒密（Claudius Ptolemaeus，约100－170），罗马统治下的希腊天文学家、地理学家、占星学家和光学家，总结了地心说。

436 彭波尼乌斯·梅拉（Pomponius Mela，？－45），罗马地理学家，用拉丁语写作，被称为西方的地理学之父。

437 老普林尼（Gaius Plinius Secundus，23－79），罗马博物学者、军人政治家，著有《博物志》。

438 斯特拉波（Strabo，前64－23），希腊历史学家、地理学家，著有《历史学》和《地理学》。

439 指泰坦神。

440 恩克拉多斯（Encelado），希腊神话中的泰坦神，在与奥林匹斯众神的争战中被雅典娜击败，镇压在西西里的埃特纳火山下。

441 埃该翁（Aegaeon），希腊神话中的百臂巨人之一，又名布里阿瑞俄斯。

442 百臂巨人（Hecatoncheires），希腊神话中有五十个头、一百只手的巨人，和泰坦神、独眼巨人一样是乌拉诺斯和盖亚的子女。在泰坦神与奥林匹斯众神的争战中，他们帮助奥林匹斯众神取得了胜利。卡蒙斯误以为他们是攻打奥林匹斯的一方。

443 达玛斯托尔（Adamastor），卡蒙斯创造的泰坦神。

444 即忒提斯。

445 即五十海仙女。

446 这些是为赫利俄斯拉太阳车的马的名字。

447 指维吉尔。狄蒂罗原是《牧歌》中的一个人物。

448 卡墨奈姊妹（Camenae），罗马神话中的喷泉女神，后来成为艺术的保护神，与缪斯们混合。

449 指迪亚士的船队。

450 葡萄牙航海家每到新的地方，会树立一根顶端有铁十字架的石柱，标志与葡萄牙王室的联系。

451 指圣诞节。达伽马命名的地方是纳塔尔，1835年改名德班。

452 即东方三王。他们见到伯利恒方向的天空上出现了一颗大星，便跟着它来到耶稣的出生地，献上黄金、乳香和没药。见《新约·马太福音》。

453 圣尼古拉（Saint Nicholas），达伽马船队的主保圣徒。

454 吉兆河（Bons Sinais），赞比西河的支流，注入莫桑比克海峡 。

455 指天使长拉斐尔。多俾亚受父亲托付去收回寄款，拉斐尔化名成为他的旅伴和向导。见《旧约·次经·多俾亚传》。

456 指涅墨西斯，参阅注231。她的神殿在希腊的拉姆诺斯。

457 指坏血病，因缺乏维生素C引起。

458 指荷马。

459 这些城市都声称自己是荷马的故乡。

460 指维吉尔。

461 即意大利。奥诺特利亚是迁徙到亚平宁半岛的希腊人部落，后来成为亚平宁半岛的代称。

462 明乔河（Mincio），意大利北部的波河支流。

463 台伯河（Tiber），意大利中部的河流，罗马城建在其河口东岸。

464 喀耳刻（Circe），希腊神话中的女巫，住在艾尤岛。她把俄底修斯的伙伴们变成了猪，当俄底修斯在赫耳墨斯的帮助下解除了魔法后，她爱上了俄底修斯，让他留下来住了一年。

465 俄底修斯离开特洛伊后，船被风暴吹到色雷斯，丧失了七十二个伙伴才得以逃出喀孔涅斯人的包围。之后经过九天九夜的漂流，到了洛托法戈伊人的国度，后者以莲花（洛托斯花）为食，水手们尝了便忘记伙伴和家乡。罗马神话中，生殖之神普里阿普斯想强奸罗提斯，后者化成了莲花。

466 诸风的统治者艾奥罗斯送给俄底修斯一只装满风的皮袋，并让西风送他回家。俄底修斯连续十天亲自掌舵，当看到伊萨卡时才睡去。伙伴们怀疑皮袋里装的是金子，偷偷打开来看，释放的狂风又把他们吹回了大海。

467 哈耳庇厄（Harpy），希腊神话中的怪物，长着女人的头、秃鹫的身体，会抢夺和破坏别人的食物，是旋风的化身。

468 指福玻斯。因为赫拉的嫉妒，勒托无法在大地上找到分娩之所，勒托的妹妹阿斯忒瑞亚化成提洛斯岛接纳了她。

469 即法厄同。

470 米太亚得（Miltiades，前550年－前489年），雅典军事统帅，领导希腊人取得马拉松战役的胜利，击退波斯帝国。

471 地米斯托克利（Themistocles，前525年－前460年），雅典军事统帅、政治家，他主张发展海军，领导希腊人取得萨拉米湾海战的胜利，民众担心他成为独裁者而陶片放逐了他。

472 指奥古斯都。

473 指维吉尔。他生于意大利北部的曼托瓦。

474 富尔维娅（Fulvia，前83－前40），罗马贵族，安东尼的妻子，在政治上很活跃，和安东尼的弟弟发动了与屋大维的内战，是第一位出现在罗马硬币上的非神话女性。她曾向屋大维诉说寂寞，屋大维写色情诗作为回应。

475 指古希腊-罗马文明之外的民族。

476 卡蒙斯借指自己。

477 即塔吉忒姊妹。卡蒙斯借指自己。

第六章

478 即克娄巴特拉七世。为了取悦安东尼，她让人在安东尼钓鱼时潜水，把鱼挂在鱼钩上。

479 指东方。

480 指东方。

481 指巴克科斯。提俄涅是他的母亲。

482 埃特纳火山（Aetna），欧洲著名的活火山，在西西里岛东部。

483 参阅注201。

484 即特洛伊。

485 凯路斯（Caelus），罗马神话中的天空之神，相当于希腊神话中的乌拉诺斯。

486 忒卢斯（Tellus），罗马神话中的大地之神，相当于希腊神话中的盖亚。但乌拉诺斯和盖亚的子女是泰坦神、独眼巨人和百臂巨人；安菲特里忒的父母一说是涅柔斯与多丽斯，一说是俄刻阿诺斯和忒堤斯，后面两位是泰坦神。卡蒙斯此处所据不详。

487 指琉科忒亚（Leucothea），希腊神话中的海仙女。她原来是叫伊诺的凡人，弥倪埃斯人国王阿塔玛斯的妻子，因为夫妻俩收养了狄俄尼索斯，受到赫拉的报复。赫拉使阿塔玛斯发狂，先是杀死了一个儿子，还想杀死伊诺和另一个儿子墨利克尔忒斯。伊诺抱着儿子跳入大海，波塞冬把他们化成神祇。

488 潘诺佩亚（Panopea），希腊神话中的海仙女。

489 指格劳科斯（Glaucus），希腊神话中的海神，原来是个渔夫，打渔时发现能使死鱼复生的药草，他吃后变了鱼尾人身，俄刻阿诺斯和忒堤斯把他化成神祇。后来，格劳科斯爱上水泽仙女斯库拉，遭到拒绝后找喀耳刻倾诉和寻求帮助，喀耳刻却因此爱上他。格劳科斯拒绝了喀耳刻，后者把怨恨归向斯库拉，往她洗澡的泉水中施放魔法，使斯库拉变成了海妖。参阅注108。

490 指阿尔戈英雄们。

491 阿基罗（Aguilo），罗马神话中的北风神，区别于玻瑞阿斯。

492 艾奥罗斯（Aeolus），希腊神话中诸风的统治者。

493 即艾奥罗斯。希波塔德斯是他的别名。

494 即若昂一世。

495 即冈特的约翰（John of Gaunt，1340 – 1399），兰开斯特公爵，英格兰国王爱德华三世的第四子。参阅注372。

496 即菲利帕。参阅注372。

497 指波尔图（Porto），古称波图卡莱（Portucale），葡萄牙北部的港口城市，曾是葡萄牙伯国的首府。

498 杜罗河（Douro），伊比利亚半岛的主要河流，流经西班牙和葡萄牙，在波尔图注入大西洋。

499 佛兰德（Flandre），泛指尼德兰南部、北海沿岸的平原地区，曾是羊毛贸易和工商业中心，对它的争夺引起了英法百年战争；现跨比利时、法国、荷兰。

500 即大夏（Bactria），中亚细亚古国，在兴都库什山以北的阿富汗东北部地区。

501 骑士决斗时，先进行马战，然后比剑术。

502 又名转舵索，是遇到风暴时用来代替人操纵船舵的装置，也可以用来固定船帆等。

503 即巴别塔。

504 阿尔库俄涅（Alcyone），希腊神话中的艾奥罗斯的女儿，特剌斯国王刻宇克斯的妻子。美满的生活让他们自比自称为宙斯与赫拉，这引起众神的不满。刻宇克斯前往德尔斐寻求神谕，遭到海难，尸体冲回特剌斯，阿尔库俄涅在痛苦中变成了翠鸟，刻宇克斯也被众神变成了翠鸟。

505 即武尔坎。

506 即宙斯。

507 希腊神话中，宙斯曾决定消灭人类，向大地降下大洪水。普罗米修斯让儿子丢卡利翁建造方舟，他和妻子皮拉因此得救，成为仅存的人类。大洪水退后，两人在帕纳塞斯山寻求神谕，忒弥斯让他们把母亲的骨头抛向身后。两人理解到，母亲指大地之神盖亚，骨头指石头。他们按神谕去做，丢卡利翁抛的石头变成男人，皮拉抛的变成女人。

508 圣保罗（Paul the Apostle，约3 – 67），基督教历史上最有影响力的传教士之一。

509 西尔提斯（Syrtis），北非海岸的两片险滩，分别是锡德拉湾（大西尔提斯）和加贝斯湾（小西尔提斯）。

510 阿克罗塞劳纽斯（Acroceraunios），亚德里亚海东部的海角。

511 指金星（维纳斯）。

512 指猎户座。俄里翁（Orion），希腊神话中的巨人、猎手，阿尔忒弥斯爱上了他，这让阿波罗很不高兴。有一次，阿波罗见到俄里翁在水中行走，河面只露出头顶，就和阿尔忒弥斯打赌说她一定无法射中。阿尔忒弥斯轻松地赢了打赌。她发现自己的错误后，把俄里翁化作猎户座，从此不和阿波罗见面。这也是太阳和月亮不会出现在一起的原因。

513 奥莱蒂娅（Oritia），希腊神话中的海仙女。

514 伽拉忒娅（Galatea），希腊神话中的海仙女，平静海洋的化身。

515 参阅注110。

第七章

516 指宗教改革运动。葡萄牙是天主教国家，卡蒙斯是天主教徒。

517 指理查一世（Richard I，1157 – 1199），英格兰国王，1189年即位，外号“狮心王”。他热爱征战，参加了第三次十字军东征，但未能到达耶路撒冷。

518 指圣公会（Anglican Church），起源于宗教改革运动时英格兰国王亨利八世领导的新教教派。

519 指弗朗索瓦一世（Francis I，1494 – 1547），法兰西国王，1515年即位，迫使罗马教廷赋予他任命法国主教的权力，建立了绝对君主制。他是具有人文主义思想的君主，大力推动了法国的文化繁荣，包括开始卢浮宫的收藏。

520 西尼菲奥河（Cinifio），的黎波里的河流。这里借指统治着利比亚和埃及的奥斯曼帝国。

521 指卡洛斯一世（Carlos I，1500 – 1558），西班牙国王，1516年即位，也是神圣罗马帝国皇帝，1519年即位，称查理五世。卡洛斯一世是费尔南多二世与伊莎贝拉一世的外孙，虽然对西班牙缺乏归属感，但开启了西班牙的日不落帝国时代。

522 路易十二（Louis XII，1462 – 1515），法兰西国王，1498年即位。马基雅维利在《君主论》中把他作为失败君主的典型。

523 卡德摩斯（Cadmus），希腊神话中的玻俄提亚英雄，他得到神谕要跟着一头牛走。在它停下的地方，卡德摩斯杀死一条巨龙，雅典娜让他把巨龙的牙齿种到地里，结果长出许多全副武装的武士。卡德摩斯把一块石头抛到他们中间，他们便开始相互厮杀。厮杀剩下的五个人和卡德摩斯一起建造了忒拜。

524 指各各他，即骷髅地，耶路撒冷郊外的一座山。耶稣在这里被钉十字架。

525 阿勒克托（Alecto），希腊神话中的复仇女神之一。

526 指宗教改革运动和奥斯曼帝国。

527 帕克托罗斯（Pactclo），土耳其的一条小溪，产金沙。弗里吉亚国王迈达斯向巴克科斯学到点石成金的法术，但他接触到的东西因此都变成金子，最后在这条河里把法术洗去。

528 赫尔摩斯（Hermo），利比亚东部河流，产金沙。

529 马拉巴尔海岸（Malabar Coast），泛指印度半岛的整个西南海岸，是南印度最湿润的地区。

530 埃摩多（Emodus），古希腊人对中亚细亚山脉的泛称。

531 波罗斯（Porus，？－约321），古印度国王，前326年在希达斯皮斯河战役中败于亚历山大大帝。但他的英勇被亚历山大赞赏和尊重，也使马其顿军队拒绝亚历山大深入印度内陆的计划。

532 扎莫林（Zamorin），统治着马拉巴尔海岸的卡利卡特君主头衔，相当于国王。

533 历史上，蒙萨德是突尼斯商人；葡萄牙人回答他的第一句话是：我们来寻找基督徒和香料。

534 即俄耳甫斯。

535 一种古典拨弦乐器，古希腊的游吟诗人经常使用。

536 这些都是印度的城市。

537 指种姓制度。

538 撒马利亚（Samaritans），以色列人的一个旁支，古撒马利亚教的后裔，被认为是不洁的。

539 指刹帝利（Kshatriya），种姓制度中掌握政治与军事权力的阶层。

540 卡图亚尔（Kotwal），意为长官。

541 指达伽马。

542 喀迈拉（Chimaeka），又译奇美拉，希腊神话中的魔怪，身体混合了狮子、山羊、蛇，其中山羊的头会喷火。

543 阿蒙（Amon），埃及神话中的众神之王，有时也是太阳神，其形象通常为人形，头戴一个伸出两根平行羽饰的头箍。希腊人和罗马人会把他与宙斯-朱庇特混合。

544 雅努斯（Janus），罗马神话中的门神，有两张脸，年轻的看着未来，年老的看着过去。

545 百臂巨人埃该翁的别名。

546 阿努比斯（Amibis），埃及神话中的死亡与丧葬之神，其形象通常为胡狼头人身。

547 指大流士一世（Darius I，前550－前485），波斯帝国国王，前521年即位，被认为是第一位具有世界眼光的统治者。前518年派兵远征印度。

548 指塞弥拉弥斯。

549 指马其顿帝国。

550 即亚历山大。

551 指耶稣。

552 卡那刻（Canace），希腊神话中波塞冬的儿子埃俄罗斯的女儿，她与哥哥马卡柔斯乱伦，生下一个孩子。埃俄罗斯把孩子丢去喂狗，并给了卡那刻一把剑，要她自杀。卡那刻死前拿着剑，写信给马卡柔斯，请他把孩子的尸骨和她的遗体装殓在一起。

这是卡蒙斯的自况。葡萄牙语中，笔（Pena）也有痛苦、悲伤、辛苦、刑罚的意思；一手执剑、一手握笔的骑士诗人辗转在战斗与写作之间，也辗转在死亡与痛苦之间。

553 希西家王得了重病，向上帝祷告，上帝给他增加了十五年寿命。见《旧约·列王纪下》。

第八章

554 指雅典娜。帕拉斯是被雅典娜杀死的泰坦神，雅典娜把他的皮剥下蒙在盾牌上。

555 皮洛士（Pyrrhus，约前319 – 前272），摩罗西亚国王、伊庇鲁斯同盟的统帅。他是罗马共和国最强大的对手之一，据说他的医生向刚在战争中失利的罗马人献计，愿意毒死皮洛士，罗马人拒绝了这个建议。

556 门·莫尼兹（Mem Moniz，1080 – 1154），葡萄牙贵族、骑士，埃伽斯·莫尼兹的儿子。

557 唐·帕约·科雷亚（Paio Peres Correia，1205 – 1275），圣地亚哥骑士团团长。1249年，他攻占了阿尔加维斯的首府锡尔维什，使葡萄牙完成了收复失地运动。

558 柏隆娜（Bellona），罗马神话中的女性战神，玛尔斯的妹妹，也有人认为是妻子或女儿。"为柏隆娜效力"指服兵役，"柏隆娜的儿女"指军人，"柏隆娜的游戏"指战争。

559 努马·庞皮里乌斯（Numa Pempilius），古罗马王政时期的第二任国王，前716年即位。

560 佩洛·兰德罗亚尔（Pero Rodrigues），葡萄牙贵族、骑士。

561 吉尔·费尔南德斯（Gil Fernandes，1351 – 1390），葡萄牙贵族、骑士，在若昂一世与卡斯提尔的战争中攻占并守卫埃尔瓦什城堡。

562 瑞·佩雷拉（Rui Pereira），葡萄牙贵族、骑士。

563 佩德罗王子（Pedro de Portugal，1392 – 1449），科英布拉公爵，若

昂一世的次子，曾壮游欧洲各国，有人文思想和世界眼光。阿方索五世六岁即位，因为他的母亲是阿拉贡人，所以佩德罗被议会任命为摄政王。1446年还政后，佩德罗表现出对权力的留恋，被宣布为叛乱，死于国王的镇压。

564 佩德罗·德·梅内塞斯（Pedro de Meneses，1370 – 1437），葡萄牙贵族，第一任休达总督。

565 杜亚尔特·德·梅内塞斯（Duarte de Meneses，1414 – 1464），葡萄牙贵族，佩德罗·德·梅内塞斯的儿子。1458年，阿方索五世命令恩里克王子攻占了阿尔卡塞尔-塞吉尔，任命杜亚尔特为总督。1463年，阿方索五世进攻丹吉尔，未能成功，杜亚尔特为国王断后战死。

567 指穆罕默德。

568 指恩里克王子。

569 这些都是南天球的星座。

570 指波吕墨斯托耳（Polymestor），希腊神话中的色雷斯国王。特洛伊陷落前，普里阿摩斯让幼子波吕多洛斯带着珍宝投奔波吕墨斯托耳避难，波吕墨斯托耳把他杀了，尸体扔进海里，珍宝据为己有。

571 达那厄（Danae），希腊神话中的阿尔戈斯公主。神谕说达那厄的儿子将推翻国王阿克里西俄斯，国王因此把女儿关在青铜做的房子里。但宙斯化成黄金雨进入，使达那厄生下珀耳修斯。这里形容黄金无孔不入、无坚不摧的“威力”。

572 塔培娅（Tarpeia），罗马贵妇。萨宾人包围罗马时，她偷偷找敌人商议，她来打开城门，而萨宾人要把“左臂那东西”给她。塔培娅指的是金手镯，但城门打开后，萨宾人把左臂扛的盾牌扔向她，把她压死了。

第九章

573 托勒密二世（Ptolemy II，前308 – 前246），埃及法老，前283年即位。他大力建设亚历山大博学院和亚历山大图书馆，使亚历山大成为文化中心。他与姐姐阿尔西诺伊二世相爱、结婚，震动了当时的希腊化世界。他建了一座城封赐给姐姐，卡蒙斯认为就是后来的苏伊士。

574 撒拉怂恿亚伯拉罕把夏甲和以实玛利赶走，夏甲打算回埃及，却在旷野中迷路，水也喝光了。上帝使她看见一口井，解除了她和以实玛利的干渴。见《圣经·创世记》。穆斯林认为这口井在麦加的卡巴天房附近。

575 吉达（Gida），红海东岸的港口城市，是麦加的出海口。

576 班达（Banda），摩鹿加群岛中的一座岛屿。

577 直译为赫拉克勒斯的大门，指直布陀罗海峡。

578 指海仙女们。

579 一种古典舞蹈。

580 指埃涅阿斯与迦太基女王狄多的爱情。前814年，苏尔的公主狄多流亡到北非，向柏柏人的首领马西塔尼借一张牛皮之地栖身，柏柏人答应后，狄多把牛皮切成细条连起来，丈量了一块土地，建起迦太基城。根据《埃涅阿斯纪》，埃涅阿斯前往意大利的途中经过迦太基，与狄多相爱，但宙斯提醒他要去建造未来的罗马。埃涅阿斯悄悄离开，狄多在绝望中自杀。

581 爱情会给人带来痛苦，丘比特却以此为乐，所以他是残忍的。

582 指天鹅。

583 佩律斯苔拉（Peristera），希腊神话中的少女。她看到维纳斯与丘比特在比赛采菊花，丘比特采得多，她就去帮维纳斯采。丘比特不高兴了，把她变成鸽子。

584 指牡鹿。参阅注99。

585 指塞巴斯蒂昂一世，他即位时十四岁。

586 他们各自都有乱伦的经历。

587 维纳斯与玛尔斯相爱，她的丈夫武尔坎打造了一张巧妙的青铜网，把这对幽会中恋人捕住并展示给众神。

588 指维纳斯和丘比特。

589 指朱庇特。

590 指维纳斯。

591 指天鹅。法厄同死后，他的同性恋人西格尼斯非常悲伤，众神把他化成了天鹅。

592 参阅注121。

593 在一种出生传说中，维纳斯现身于从海洋升起的巨大贝壳。

594 参阅注144。

595 即赫拉克勒斯。

596 即达芙涅。

597 桃金娘是维纳斯的圣树。

598 库柏勒（Cybele），弗里吉亚神话中的大地之神，大自然生命力的化身。她的情人是农业和植物之神阿提斯，但阿提斯离弃库柏勒，与一名凡人少女结婚，库柏勒让参加婚礼的人都发了疯。

599 波摩纳（Pomona），罗马神话中的森林和种植女神。

600 指桃。实际上原产于中国，从波斯传入西方。

601 即波斯地毯。

602 那喀索斯（Narcissus）是希腊最俊美的男子，但他对来求爱的女人都无动于衷。涅墨西斯惩罚了他。一次打猎归来后，那喀索斯在水中看见自己的脸，于是爱上了自己的倒影，无法从池塘边离开，终于憔悴而死，变成了水仙。

603 阿多尼斯（Adonis）是密耳拉与父亲乱伦后生下的儿子（参阅注369），维纳斯非常喜欢他。玛尔斯或狄安娜派出野猪把他杀死，维纳斯为阿多尼斯清洗尸体时，他的血滴下来变成了银莲花。

604 即维纳斯。

605 雅辛托斯（Hyacinth）是被阿波罗宠爱的少年，嫉妒的仄费洛斯使阿波罗掷的铁饼偏离方向，砸死了雅辛托斯。从雅辛托斯的血中长出了风信子，花的纹理是他的叹息（“AI”）。

606 克罗里斯（Chloris），希腊神话中的花神，常与罗马神话中的芙罗拉混同。

607 指夜莺。参阅注192。

608 即丘比特。厄律克斯代指维纳斯的儿子。

609 指狄安娜，她是三处女神之一。

610 指狄安娜。参阅注99。

611 艾菲尔（Efire），希腊神话中的海仙女。

612 原文引用了彼特拉克的诗，字面意思是“果实与手之间隔着墙”，比喻可望不可及。

613 即忒提斯。她的名字（Thetis）常与外祖母忒堤斯（Tethys）混淆；这里卡蒙斯说忒提斯是天地的女儿，便是把她们混淆了，忒堤斯才是泰坦神。

614 奎里努斯（Quirino），罗马神话中象征罗马人的神，据说就是罗慕路斯。约前717年，在一阵突然的风暴中，罗慕路斯失踪了，目击者说他肉身升天，也有人怀疑他其实被谋杀。

615 指赫拉克勒斯和巴克科斯。

第十章

616 指科洛尼斯（Coronis），希腊神话中的塞萨利公主，生于拉里萨。她是阿波罗的情人，怀孕后与凡人伊斯库斯相爱，愤怒的阿波罗射杀了她，在后悔中救下还未出生的孩子，即医神阿斯克勒庇俄斯。

617 特诺奇提特兰（Tenochtitlan），阿兹特克帝国的首都，这里指墨西哥城；巨大的湖泊或指墨西哥湾，或指特诺奇提特兰所在的特斯科科湖。原文写“Temisfitdo”，一般认为系笔误。

618 即仄费洛斯。

619 德摩多科斯（Demodocus），《奥德赛》中的盲眼歌手，在费埃克斯人的宴会上诵唱特洛伊英雄们的故事。

620 约帕斯（Lopas），《埃涅阿斯纪》中的歌手，在迦太基女王狄多招待埃涅阿斯的宴会上唱歌。

621 皮普尔（Bipur），印度西海岸城市，同名王国的首都。

622 塔诺尔（Tanor）马拉巴尔海岸的城市王国。

623 即斯巴达三百勇士。卡蒙斯写作四千，应系笔误。

624 伊特鲁里亚（Etruscan），亚平宁半岛及科西嘉岛的原住民，对罗马文明有深入影响。

625 贺拉提斯（Horatius Cocles），独眼的罗马军官。前508年，他一个人阻击埃特鲁里亚人进攻罗马的军队，直到战友破坏了台伯河上的桥才撤退。

626 法比乌斯（Quintus Fabius Maximus Verrucosus，前280－前203），

罗马军事统帅、政治家，在第二次布匿战争中采用拖延和游击战术对抗汉尼拔。

627 贝利萨留（Belisarius，505 – 565），拜占庭帝国将军，建立了披铁甲的新型骑兵，一生中的多数战役都是以少胜多。据被证实是虚构的传说，皇帝查士丁尼一世一直猜忌他，晚年甚至把贝利萨留的眼睛弄瞎，使他流落街头乞讨，一年后病死。

628 指阿喀琉斯死后留下的甲胄。

629 指阿尔梅达。参阅注32。

630 康巴亚（Cambaia），马拉巴尔海岸北部的海湾。

631 达布尔（Dabul），马拉巴尔海岸的港口城市。阿尔梅达攻占达布尔后屠城。

632 阿兹（Az 或 Ayyaz），印度人的第乌总督、海军统帅。梅里克是其头衔，马拉巴尔海岸一带对总督的称谓。

633 弥尔霍森（Mirocem 或 Amir Husain Al–Kurdi），穆斯林联合舰队的司令。

634 卡佛莱人（Cafre），非洲东南部的原住民，阿尔梅达在回国途中死于与他们的冲突。

635 这些是非洲东南部海岸的城市。

636 特里斯唐·达·库尼亚（Tristao da Cunha， 1460 – 1540），葡萄牙航海家、探险家。1506年与阿尔布开克一起率领船队赴印度，途中发现了特里斯坦–达库尼亚群岛，和探索了马达加斯加。

637 这些是波斯湾的海滩。

638 巴林（Bahrain），波斯湾西部的群岛。

639 圣加大肋纳（Catarina de Alexandria，287 – 305），基督教学者、殉道者，生于埃及的亚历山大，可能是虚构人物。她的纪念日是11月25日；1512年，葡萄牙人在这一天攻占果阿，把圣加大肋纳立为果阿的主保圣徒。

640 阿佩勒斯（Apeles），希腊画家，以肖像画著称，服务于腓力二世和亚历山大。他为亚历山大的宠妃康帕斯佩画像，爱上了她，亚历山大便把康帕斯佩赐给阿佩勒斯。

641 居鲁士一世（Cyrus I，？ – 前580），波斯帝国的第一位国王居鲁士大帝的祖父。

642 居鲁士一世灭亡了亚述后，把亚述王后潘特娅收入后宫。因担心自己沉溺于潘特娅的美貌，他不愿意立即相见。卫士阿拉斯帕斯发誓不会对潘特娅动心，居鲁士一世便派他守护潘特娅，结果阿拉斯帕斯爱上了她。

643 巴尔杜依努（Baldwin I，830 – 879），法兰西国王卡洛斯二世的骑士。861年，他和公主茹狄塔私奔，国王被迫接受了这门婚事，把他封为佛兰德伯爵。

644 苏亚雷斯（Lopo Soares de Albergaria），1515 – 1518年任葡属印度总督。

645 麦地那（Medina），沙特阿拉伯西部城市，伊斯兰教的第二圣城。

646 柏培拉（Barbora），索马里北部的港口城市，与阿拉伯半岛的亚丁隔海相对。

647 塞拉（Zeila），索马里北部的港口城市，在柏培拉西北方。

648 塔普罗瓦纳（Taprobana），即锡兰，又译斯里兰卡。

649 塞戈依拉（Diogo Lopes de Sequeira），1518 – 1521年任葡属印度总督。

650 传说中由祭司王约翰统治的强盛的东方基督教国家。寻找祭司王约翰是大航海时代的根本动力之一，葡萄牙（西方基督教世界）渴望与东方基督教世界联合，发动圣战收复耶路撒冷。这个国家后来被确认为埃塞俄比亚，不过其实际状况与西方的想象相距很远。

651 坎达塞（Candace），又译干大基，《新约·使徒行传》记载的埃塞俄比亚女王。

652 示巴（Sheba），《旧约·列王纪上》记载的示巴王国的女王，与所罗门同时代。

653 马萨瓦（Massaua），埃塞俄比亚北部、红海西岸的港口城市及岛屿，岛上有四十九座封闭的地下储水池。

654 杜瓦特·德·梅内塞斯（Duarte de Meneses），1521－1524年任葡属印度总督。

655 恩里格·德·梅内塞斯（Henrique de Meneses），1524－1526年任葡萄牙驻印度总督。

656 马拉巴尔海岸的城市。

657 佩德罗·马斯卡雷纳斯（Pedro Mascarenhas），1525－1527年任葡属马六甲舰队司令。1527年，他被任命为葡萄属印度总督，因桑帕约阻挠未能赴任。

658 宾丹（Bintdo），即苏门达腊。

659 桑帕约（Lopo Vaz de Sampaio），1526－1529年任葡萄属印度总督，因为阻挠马斯卡雷纳斯就任总督而被接任的库尼亚逮捕。

660 巴卡诺尔（Bacanop），马拉巴尔海岸的城市。

661 库提亚勒（Cutiale），卡利卡特舰队司令。1526年，扎莫林组织起大型军队进攻卡利卡特的葡萄牙要塞；梅内塞斯率领桑帕约的舰队增援，取得彻底的胜利。

662 焦尔（Chaul），印度西海岸的港口城市，在孟买的南方。

663 赫托尔·达·西尔维拉（Heitor da Silveira），1528－1530年任葡属印度舰队司令。

664 古扎拉特（Guzarates），指印度西北部的原住民。

665 努诺·达·库尼亚（Nuno da Cunha），1529－1538年任葡属印度总督。

666 巴萨依母（Bacaim），即瓦赛，印度西海岸的港口城市，在孟买的西方。

667 参阅注632。

668 诺洛尼亚（Garcia de Noronha），1538－1540年任葡属印度总督。

669 卢米（Rumes），指在印度的土耳其人，或认为源自“罗马”。

670 安东尼奥·达·西尔维拉（Antonio da Silveira），驻守第乌的统帅。1538年，古吉拉特人允许葡萄牙人在第乌建造一座要塞，但他们不久就后悔了，对要塞进行第一次围攻；西尔维拉坚守直到诺洛尼亚的增援来到。

671 埃斯特旺·达伽马（Estdvao da Gama），瓦斯科·达伽马的长子，1540至1542年任葡属印度总督。

672 指马尔丁·阿方索·德·索萨（Martim Afonso de Sousa），1531年远征巴西，1542－1544年任葡属印度总督。

673 瑞佩林（Repelim），马拉巴尔海岸的城市。

674 科摩林角（Cabo Comorim），印度半岛南端的海角。

675 贝亚达拉（Beadala），科摩林海角附近的城市。

676 帕提卡拉（Baticala），即卡尔瓦尔，马拉巴尔海岸的城市。

677 即马尔丁·阿方索·德·索萨。

678 卡斯特罗（Joao de Castro），1545－1548年任葡属印度总督。

679 马斯卡莱尼亚斯（Joao de Mascarenhas），驻守第乌的统帅。1546年，古吉拉特人对第乌要塞进行规模更大的第二次围攻；要塞只有两百名士兵，马斯卡莱尼亚斯和西尔维拉一样坚守直到卡斯特罗的增援来到。

680 两种大炮的外号。

681 费尔南多（Fernando de Castro），卡斯特罗的次子。

682 阿尔瓦罗（Alvaro de Casfro），卡斯特罗的长子，他从果阿率领舰队增援第乌。

683 优素福·阿迪尔（Yusuf Adil Xa，1459－1511），比贾布尔苏丹国的第一位沙阿，即国王。

684 波恩达（Ponda），果阿附近的城市。

685 这是托勒密体系的宇宙模型。

686 据说这部分的原稿未通过宗教审查，卡蒙斯为出版作了改写；再版时，史诗遭到耶稣会会士更严厉的删节。

687 指上帝以外的原因。

688 指黄道和黄道十二宫。

689 莫诺莫塔帕（Monomotapa），赞比西河南部的一个黑种人帝国，15世纪建立，范围在津巴布韦高原到印度洋之间。莫诺莫塔帕也是其国王的称谓。

690 贡萨洛（Goncalo da Silveira），耶稣会会士，前往赞比西河流域传教，1561年被当地人勒死。

691 指黄金。

692 欧洲人曾以为尼罗河和库亚马河（即赞比西河）发源于非洲内陆某个湖泊。

693 佩德罗·德·纳亚（Pedro de Nhaia），卡斯提尔航海家、探险家，为曼努埃尔一世工作。1505年，他在索法拉建造了要塞并驻守。

694 麦罗埃（Meroe），传说中盛产黄金的非洲内陆城市，建在尼罗河的支流中，所以称为岛。

695 克里斯托旺·达伽马（Cristavao da Gama），瓦斯科·达伽马的次子，在与奥斯曼土耳其人的战争中被俘，受折磨而死。

696 拉普托河（Rapto），非洲东部河流，在梅林德附近注入印度洋。

697 瓜尔达夫（Guardafui），非洲大陆东端的海角，即非洲之角，与亚丁相对。

698 这几个是东非红海南岸的港口城市。

699 西奈山（Sinai），西奈半岛南端的一座山，耶和华在这里向摩西授十诫。

700 特罗（Toro），西奈半岛南部的城市。

701 阿尔及拉（Arzira），北非的城市。

702 欧洲人把阿拉伯半岛分成富庶阿拉伯、多石阿拉伯和荒漠阿拉伯。

703 法塔克（Fartaguc），阿拉伯半岛南部的港口城市。

704 多法尔（Dofar），阿拉伯半岛南部的港口城市。

705 罗萨尔卡特（Rosalgate），阿曼湾入口的海角。

706 当时葡萄牙人未能涉足这一地区。

707 卡斯特尔博兰克（Peclro de Casfelbranco），1534－1538年任葡萄牙霍尔木兹舰队司令。

708 穆桑代姆（Musandam），霍尔木兹海峡内的海角。

709 热伦母（Genim），霍尔木兹海峡内的岛屿，上有霍尔木兹古城遗址。卡蒙斯误以为和后来的霍尔木兹城是同一个地方。

710 唐·菲利佩·德·梅内塞斯（Filipe de Meneses），1566年任霍尔木兹城堡司令。

711 拉拉（Lara），霍尔木兹海峡内的岛屿。

712 唐·佩德罗·德·索萨（Pedro de Sousa），葡萄牙海军将领，是马尔丁·阿方索·德·索萨的兄弟。

713 安帕扎（Ampaza），梅林德北郊的村落。

714 雅斯克（Jasgue），霍尔木兹海峡东岸的海角。

715 指伊甸园。

716 信德（Sind），印度河三角洲地区。

717 雅克特（Jagnete），印度河河口的海湾。

718 指印度河与恒河。

719 多马（Thomas the Apostle），耶稣的十二门徒之一，传说中去印度传教并殉道。

20 梅利亚波尔（Meliapor），印度半岛东南海岸的港口城市，据说圣多马的遗体埋葬在这里。

21 指与卡蒙斯同时代的宗教界人士。

22 耶稣曾说使徒是世上的盐。见《新约·马太福音》。

23 奥里萨（Orixa），指孟加拉海湾沿岸地区。

24 吉大港（Chitagong），孟加拉湾东北岸的港口城市。

25 阿拉可汗（Arracdo），孟加拉湾地区的古国。

26 勃固（Bago 或 Pegu），缅甸南部的城市，古称汉达瓦底，曾是勃固王国的首都。

27 土瓦城（Tavoi），勃固王国东部的城市。

28 这两个都是马来半岛西北海岸的港口城市。

29 克尔索内索（Quersoneso），希腊语意为“半岛”。

30 俄斐（Cphir），《旧约·列王纪》中盛产金子、檀香木和宝石的地方。

31 指北方。

32 指东方。

33 彭亨（Pahang），马来半岛东海岸的州属。

34 北大年（Patani），泰国南部东海岸的苏丹国。

35 湄南河（Mae Nam），即昭拍耶河，泰国最大的河流，经曼谷注入暹罗湾。

736 佳马依湖（Chamai），欧洲想象中的亚洲内陆大湖。

737 指卡蒙斯自己。约1558年，卡蒙斯返回果阿途中在湄公河河口遭海难，据说他举着装了史诗手稿的箱子，靠浮木游上岸。

738 占婆（Champa），占族人建立的古国，在越南中部。

739 有学者认为这段描述表明卡蒙斯没亲身到过中国。

740 这些均为摩鹿加群岛中的岛屿。

741 班达（Banda），在爪哇岛与摩鹿加群岛之间的岛屿。

742 婆罗洲（Borneo），马来人指加里曼丹，亚洲第一大岛。

743 巽他（Sunda），爪哇岛西部的印度教王国。

744 指苏门答腊。

745 指密耳拉。参阅注369。

746 索科特拉（Socotora），非洲之角以东、印度洋西部的群岛。

747 指龙涎香。

748 指麦哲伦。

749 即巴西。1500年，葡萄牙人到达巴西，命名为“圣克鲁兹（即圣字架）之地”。

750 指南方。

751 佛米安（Formiao），迦太基哲学家。汉尼拔拜访他时，他正在弟子讲述兵法。别人问汉尼拔怎么看，他说见过不少老而糊涂人，但都不及佛米安愚蠢，因为战争只能从战争中学习。

752 在史诗的结尾，卡蒙斯鼓励塞巴斯蒂昂一世发动对北非的远征；1578年，国王终于实践了这个构想，其失败标志着葡萄牙帝国衰落的开始。